덧없는 환영들

덧없는 환영들

Fugitive Visions

제인 정 트렌카 이일수 옮김

창비

차례

일러두기

1. 본문에서 한국어를 로마자로 음차 표기한 것은 영어판 원문의 표기를 그대로 살린 것이다.
2. 본문 중의 각주는 옮긴이의 것이다.
3. 외국어는 가급적 현지 발음에 준하여 표기하되, 음악에서 빠르기를 나타내는 지시어 등 우리말로 굳어진 것은 관용을 따랐다.

김도현 목사와 공정애 님께 바친다.

덧없는 환영마다 세상이 보이네

다채로운 무지갯빛 가득한 세상들이

—꼰스딴찐 드미뜨리예비치 발몬뜨

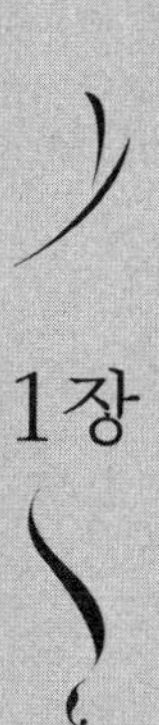

1장

처음 미국에 와서 양부모를 만났다.

처음 한국에 돌아와서 한국 엄마와 자매들을 만났다.

두번째로 한국에 돌아와서 오빠를 만났다.

세번째로 한국에 돌아왔을 때는 한국 엄마가 돌아가시려던 참이었다.

네번째로 한국에 돌아온 것은 갓 결혼하고서였다.

다섯번째로 한국에 돌아왔을 때 난 내 씨스템 안의 한국을 불태워버리고 다시 미국인으로 돌아갈 수 있으리라 생각했다.

여섯번째 한국에 왔을 때는 갓 이혼하고서였다.

오다: *oda*: to come

가다: *kada*: to go

돌다: *dolda*: to turn around

돌아오다: *dolaoda*: to turn around/return/come

돌아가다: *dolakada*: to turn around/return/go

돌아가시다: *dolakashida*: Polite/honorific for "to die," e.g., "당신의 어머니는 언제 돌아가셨습니까?"

위에 제시된 설명을 참고하여 알맞은 말을 고르시오.

When do you return (돌아오다/돌아가다) to America?

When do you return (돌아오다/돌아가다) to Korea?

When do you return (돌아오다/돌아가다) home?

고향: *kohyang*: 그 사람이 태어난 곳, 출생지, 고국이나 마을.

제2의 고향: *je ieui kohyang*: 그 사람의 두번째 고향, 그 사람이 입양된 나라, 두번째 고국.

고향(*gohyang*)은 한자 두 글자로 이루어진 단어이다. 故(*go*: 까닭, 사리) + 鄕(*hyang*: 시골).

짧았던 결혼생활과 미국인 생활도 거의 삼년이 지난 과거가 되었고, 나는 서울에서 학생처럼, 혹은 수도사처럼 가로세로 5미터 남짓한 방에 살고 있다. 난방이 안되는 베란다에 냉장고와 가스레인지가 있고, 욕실에는 샤워부스는 없고 샤워꼭지 달린 호스 하나가 있다. 가진 물건이라고는 컵 세개, 밥솥 하나, 요 한장, 피아노 학생이나 친구들에게 팔거나 줘버리고 남은 책 몇권. 피아노는 없다.

연희동은 외국인 동네이면서 한국인 동네이고, 잘사는 동네이면서 못사는 동네다. 미국식 학제와 영국식 학제를 모두 갖춘 서울외국인학교와 화교학교가 큰길에서 걸어서 십분 거리에 있다. 치킨집 주인들, 세탁소 창 안쪽에서 셔츠를 다리는 남자, 재봉사, 학생들, 구두수선공, 파키스탄인 부부, 백인들, 그리고 내가 사는 곳 길 건너편에 남한의 전직 대통령 두 사람이 산다. 대통령들 집 쪽에는 통밀빵과 괜찮은 바게뜨를 파는 빵집이 있다. 또, 그쪽에 있는 식료품점은 통로 하나 가득히 유럽산 치즈와 미국산 캔 제품, 쌜러리, 가끔은 라임까지 갖춰놓았고, 주인 여자에게 한국계 미국인 자매라도 있어서 들여오나 싶은 상품들이 무더기로 쌓여 있다. 영어로 필요한 걸 달라고만 하면 구하기 어려운 물건을 좀 비싸게 살 수 있다. 리스테린 구강청정제, 종합비타민, 나이퀼 감기약, 퀘이커 인스턴트 오트밀, 봉지 이스트 같은 것들. 이 더미 옆에 또다른 더미가 있는데, 이쪽 주인은 자매가 일본에 사는 것만 같다. 이곳은 여기 살지 않는 사람들이 부자(*booja*) 동네라고들 하는 연희동. 하지만 큰길 끝 내가 사는 뒷골목에는 시골에서 그대로 옮겨온 것 같은 집들이 기와지붕은 무너지고 창살은 녹슬어가는 상태로 서 있다.

내가 연희동에 사는 이유는 이 동네 한국 사람들은 외국인을 덜 무서워하기 때문이고, 이 동네 외국인들은 미국 국방부가 아니라 국무부 쪽 사람들이기 때문이고, 서울에선 찾기 어려운, 빛이 잘 들고 여닫을 수 있는 창이 두개 있는 방이 나왔기 때문이고, 해외입양 한국인들이 술을 마시러 다니는 신촌과 홍대가 바로 근처이기 때문이다. 어떤 술집에는 영어로 이야기하는 입양인들이 있고, 또 어떤 술집에는 프랑스어를 쓰는 입양인들이 있다.

내 집 건너편에는 정말로 잘사는 외국인들이 사는 리베르떼빌이라는 건물이 있어서 티끌 하나 묻지 않은 베엠베, 싸브 자동차가 종일 차고를 들락댄다. 아침이면 제복인 파란색 셔츠와 짙은 파란색 바지, 검은색 모자 차림의 한국인 경비원이 그치지 않는 장맛비가 차고 앞 골목에 쌓아놓은 쓰레기를 쓸어낸다. 이웃집 강아지가 집 안에 들여달라고 짖고, 이웃집 감나무가 내 방 창문을 두드린다. 빗물이 포도를 휩쓸고 하수구 살대 사이로 소용돌이치며 빨려들어간다.

40킬로미터 북쪽에서도 비가 그칠 줄 모르지만, 북한 사람들이 나무를 하도 많이 베어버려 불어난 물을 흡수할 나무뿌리가 남아 있지 않다. 계단식 논의 야트막한 관개 씨스템으로는 억수같이 쏟아지는 비를 감당할 수가 없다. 북한 국영방송에 따르면, 최소 이십사만 가구의 주택이 전파 또는 반파되었고 십만명이 거리로 나앉았으며, 수백명이 죽거나 실종되었고, 논밭이 침수되었고, 또다시 농사를 망쳤으며, 또다시 백만 톤의 식량부족 사태가 올 것이라고, 에너지가 없다고, 다시 한번 강성대국(*Kangsong Taeguk*)에 이르는 고난의 행군이 시작되었다고 한다.

장마는 내 꿈속으로 너울져 들어와 나의 밤들에 비를 뿌리고 홍수를 일으킨다. 전남편, 전부모, 무너진 관계, 잃어버린 연결, 이제는 내가 살지 않는 장소들의 꿈. 내가 살던 집은 알맹이 없이 예전 모습의 잔해로, 흔적 같은 것으로 밀밭 한가운데를 떠다닌다. 지붕은 어디론가 날아가버렸고 벽은 마치 전쟁영화에 나오는 도시의 폐허처럼 비스듬히 기운 조각들만 남아 있다. 그러나 깔끔하게 손질된 산울타리는 예전 모습 그대로 그때처럼 경계를 이루고 있다. 그 경계 바깥으로 빗물이 모여 작은 해자를 이루었다. 방들도 예전 그대로의 모습이 좀 남아 있다. 남편도 그대로다. 그는 거실 한복판의 안락의자에 앉아서 신문을 읽고 있다. "저 창문하고 문짝만이라도 건지면 우리 집 새로 지을 때 쓸 수 있지 않을까?" 트럭이 옆집의 목조 창틀과 문짝 들을 책장에 빼곡한 책들처럼 짐칸에 첩첩이 싣고 떠난다. 남편은 실내화를 신고 『쎄인트폴 파이어니어』지를 읽고 있다. 이제 나는 둥둥 떠내려가고, 신문 넘기는 소리만 남는다.

본능이 달아나라고 했다. 불편하게 하는 기억들의 의미가, 산산이 부서지고 휩쓸려간 증거들이 한 조각 한 조각, 논리에 따라 헤아려졌다. 그 조각 하나하나가 샹들리에에 달린 크리스털이다. 빛을 발한다. 지등(紙燈)과 종이접기. 드러난 말들은 또렷해지고 흐릿해지고 떠돌고 어긋난다.

하얀 덮개, 은 열쇠, 가죽 단추 하나. 이것들을 새 주인에게 가져다주라고 피아노 배달부에게 부탁했다.

피아노는 온통 뜯어내지고, 경첩이 떼이고, 다리가 뽑혔다. 페달과 현도 떼어냈다. 뚜껑도 떼어냈다.

가볍게 하려고 다 떼어낸 피아노. 포대기에 친친 싸인다.

트럭 모터가 징징거리는 소리

수레에 실려 문을 나가는

인형을 끼고 문을 나가는

떠남의 이미지들

떼어냄의 이미지들

포대기에 친친 싸인

교살과 질식사 사이에서 말해진 이야기들이

우리를 인도한다

꽉 쥔 두 손, 쿵쾅거리는 심장, 가쁜 숨—한국에 온 지 삼년이 지난 지금도 나는 거의 매일 아침, 어딘지 모르는 곳에서 보이지 않는 무언가로부터 달아나다가 악몽에서 깨어난다.

파멸로부터, 실패한 결혼으로부터, 인종차별로부터, 자기 자신이나 자기의 과거, 또는 생각나지 않는 기억으로부터 달아난 자들은 딱히 무어라 이름 붙일 수 없는, 그게 꼭 우리들의 엄마라고 할 수는 없는, 어떤 것을 찾아다닌다. 그래서 누군가 또다시 "어쩌다 한국에서 살 생각을 했어요?" 하고 물으면 입양인들은 물어본 사람에 따라 되는대로 대꾸한다.

2007년 여름, 해외입양된 한국인 육백명이 미국, 오스트레일리아, 프랑스, 이딸리아, 덴마크, 노르웨이, 스웨덴, 네덜란드, 벨기에 등 세계 각지에서 서울로 돌아왔다. 휴가차 온 사람이 많았지만, 적어도 그중 이백명은 한국에 장기간 머물렀다. 같은 해, 한국전쟁 이후 두번째로 열린 남북정상회담이 텔레비전으로 중계됐고, 늙어가는 북한의 독재자 김정일이 썬글라스를 벗고 그의 트레이드마크인 펑크로커풍 머리가 듬성해진 모습으로 세상에 나타났다. 그리고 그해 크리스마스 직전, 생후 십삼개월 된 한국인 입양아가 미국인 양모에게 살해당한 일이 있었고, 네덜란드인 양부모가 문화적 차이를 이유로 아이를 홍콩의 복지시설에 넘긴 일도 있었다. (그들은 아이가 갓난아이였을 때부터 칠년을 키웠는데도 아이가 도무지 네덜란드 문화에 적응하지 못한다고 주장했다. 아이에게 뭘 먹일 수도 없다는 것이었다.) 두 아이 모두 그때까지 한국 국적이 있었지만, 앞장서서 자국민을 보호해야 할 한국 정부보다는 오히려 다양한 국적의 입양인들이 더 크게 들고일어섰다.

2007년은 내가 아예 서울에서 살기로 어느정도 마음을 정하고 남한의 언론사에서 편집 일을 시작한 해이기도 하다. 그 자리에 한국계 미국인이 채용된 것은 내가 처음으로, 그 이유는 일단 내가 쓰는 언어가 영어라는 것, 즉 모국어가 한국어가 아니라는 데 있었다. 그러니까 나는 외국인인 덕분에 그 일을 얻은 것이었다. 그곳에서 영문기사 편집 일을 하다가 둘로 분단된 한국을 통일하자는 뜻의 '우리는 한겨레'라는 표어를 알게 되었다.

회사는 한강 북쪽, 서울의 구도심에 있었다. 사무실 건너편에 있는 일본대사관에서는 수요일 정오마다 과거에 동포의 손에 의해 일본군의 성노예로, 일부의 주장에 따르면 나중에는 미군의 성노예로 해외로 보내진 '위안부'들의 피켓 시위가 벌어졌다. 나는 매일 사무실 가는 길에 독립문과, 삼십오년간의 일제점령기 때 독립투사들이 투옥되어 고문당하고 처형당한 서대문형무소를 지나갔다. 매일 출근길에 왕들이 대지와 곡식의 신들에게 제물을 바치던 사직공원에서 노는 아이들을 지나쳤다. 매일 나는 무당들이 죽은 자들에게 재물을 바치던 산과, 한국의 마지막 왕비가 암살당한 경복궁을 지나갔다. 고대의 유산과 근대의 유감과 현대의 기억상실이 혼재하는 이곳 한국에서 우리는 매일 역사 사이를 거닌다.

"너의 역사가 너의 정체성이야. 그게 너라는 사람이라고." 도미니끄가 한 말이다. 서울에 사는 해외입양 한국인들은 그를 '작은 도미니끄'라고 부르며 '큰 도미니끄' '잠깐 들어온 도미니끄' '플로리다 도미니끄' 등 다른 입양인 도미니끄들과 구별했다. 다들 마치 성(姓)이 없는 듯, 혹은 성은 기억할 필요 없다는 듯이 그렇게들 불렀다.

"지금은 자기가 멋진 사람이라고, 믿음직하고 근사하다고 생각하더라도 그렇단 말이야. 사랑도 그래. 누군가에게 '사랑해'라는 말을 몇번이나 했는지 솔직하게 따져봐. 제인, 넌 결혼을 했었어. 그런 과거는 지우는 게 아니야. 안고 살아가는 거지." 그는 프랑스어 억양이 있는 영어로 그렇게 말했다.

그는 자기를 한국말로 '나쁜 도미니끄'(*Nappun Dominique*)라고 불렀다.

흐트러져가는 결혼생활은 어떤 모양인가?

……내 머리카락 같다. 그 검은 머리카락들은 바닥에 괄호와 방백을 새겨넣는다. 음파(音波) 같다. 칠흑 같은 침묵에 맞서 언쟁하는 여자의 목소리가 그리는 무늬다. 그 파동들은 심장박동처럼 오르락내리락 스크린을 가로지르며 공간을 재구축한다. 텔레비전의 재잘대는 소리, 컴퓨터 키보드 달각거리는 소리, 책장 넘어가는 소리만이 들려오는 집에 말과 침묵이 펼쳐진다. 또, 아침에 빈 와인병들 안으로 비춰드는 햇살의 기하학 같다. 아무것도 담을 수 없는, 닫히지 않은 괄호처럼 등을 돌리고 잠든 웅크린 두 몸뚱이……

불안/집착 유형의 경우, '상실된' 애착관계에 작별을 고해야만 한다는 점을 받아들이지 못하는 것으로 보인다. 오히려 이 상실된 관계를 회복하려고 계속 노력하는데, 종종 부모에 대한 강렬한 분노와 책망이 수반되기도 한다. (앞서 살펴보았듯이, 실제적인 상실이 없었다 해도 안정감을 줄 수 있느냐 없느냐 하는 기준에서 이 관계는 '상실'된 것일 수 있다.) 양가감정을 품은 채 부모에의 심각한 의존 상태에서 벗어나지 못하면 새로운 애착 대상들과 진정한 유대를 맺는 능력 역시 위태로워질 수밖에 없다.

(…) 병적 애도 반응이라는 관점에서 보자면, 불안정 애착의 가장 중요한 원인은 간절히 원하지만 한번도 충분히 경험하지 못한 부모와의 다정한 관계의 상실을 극복하지 못하는 데 있다.

—맬컴 L. 웨스트, 에이드리엔 E. 셸던켈러

『관계 맺기의 유형들: 성인 애착에 대한 조망』

결혼 전에 남편은 내가 그간 소원하게 지냈던 양부모와 다시 원만하게 지내기를 바랐다. 나중에 한국 엄마가 돌아가셨을 때 그는 이렇게 말했다. "어머니가 죽었다는 사실을 받아들여야지."

어머니 보고 싶어.

Mother, I miss you.

시험관 원숭이 한 마리가 대리 어미의 얼굴이 만들어지기도 전에 조산으로 태어났다. 그리하여 이 원숭이는 얼굴 없는 어미와 살게 되었다. 어미의 머리는 아무것도 그려지지 않은 나무 공이었다. 이러한 상황에서도 어린 원숭이의 애착 형성에는 아무 문제가 없어 보였다. 그런데 여섯달 후, 천으로 만든 대리 어미 두개가 새로 투입되었다. 하나는 움직이는 것, 하나는 고정된 것이었고 둘 다 완벽한 얼굴을 갖추고 있었다. 할로우는 이렇게 말했다. "놀랍게도 이 원숭이는 둥글고 매끄러운 쪽만 보이게, 그림으로 된 그럴듯한 얼굴 쪽은 보이지 않게 두 얼굴을 강박적으로 180도 돌려놓곤 했다. 원숭이는 두려워하거나 불안해하는 기색도 없이 끈질기게, 결국 실험자가 얼굴을 다시 돌려놓는 데 지칠 때까지 계속 그렇게 했다.”

친밀한 얼굴을 보려는 원숭이의 꺾이지 않는 선호는 실로 인간의 사랑, 그리고 향수병과 같은 사랑의 귀결을 연상케 한다. 또, 보울비가 설명한바, 아기가 엄마의 얼굴을 찾는 것은 엄마와 맺는 애착 유대의 일환이라는 견해를 뒷받침한다.

—로버트 카렌 박사

『애착 형성: 최초의 관계 및 그것들이 우리의 사랑 능력을 형성하는 방식』

연어에 관한 시를 읽는다. 그것들이 분투하는 모습, 몸의 껍질을 뜯겨가면서까지 강물을 거슬러올라가는 모습, 굶주린 것도 아니고 뚜렷한 이유도 없이 왔던 곳으로 되돌아간다. 굶주린 것도 아닌데—

사무실에는 전신으로 기사들이 들어온다. 세계 그 어느 곳보다도 철저하게 무장된 비무장지대 너머에 기근이 예상된다…… 어린이들은 비경작지에 농사를 짓기 위해 일한다…… 이들은 대부분 곡물…… 수수나 옥수수를 먹는다…… 이후 보도에 따르면 어린이들은 산에 식량을 구하러 다니느라 학교를 그만둔다고 한다…… 1990년대 이래 가장 심각한 식량 부족 사태가 예상되며 국제사회가 나서지 않는다면 5월 무렵에는 아사자가 속출할 것이다…… 남한 측은 만일 사태가 심각해지면 원조를 고려해 보겠지만 현재는 그 정도로 심각하지는 않다고 말했다…… 식당에서 일하는 미친 아저씨가 말하길 자기가 하느님 말씀을 들었는데 미국이 북한을 침공할 거라고, 그러니 도망치라고, 내 말 듣고 여길 떠나라고…… 우리는 어째서 그가 미쳤다고 놀리는지…… 나는 아저씨에게 전쟁이 나면 난 내가 태어난 곳에서 죽겠다고 말한다…… 그러면 적어도 결말만큼은 내가 알 수 있으니까…… 북한에는 해외입양제도가 없고, 앞서 말했다시피, 그들은 굶주리고 있다……

나는 늘 아내와 어머니로서의 나를 상상했다. 그건 미네소타 시골에서 자란 여자가 택할 수 있는 유일한 길이었다. 그러나 실제 내 결혼생활은 덧없는 환영이었다. 서른여섯살이 된 나는 그 누구의 엄마도 아니고, 한 뉴욕 남자의 전처이며, 한국인 부모 밑에서 자란 두살배기 조카만도 못한 한국어 능력을 보유한 전(前)한국인이다. 모국에서 나는 내 모국어였어야 할 언어를 제대로 읽지도 듣지도 말하지도 못하는 사람이다.

다행히도 서울에 돌아온 당시 나에게는 상품성 있는 기술이 하나 있었다. 미국 중서부 표준 억양의 영어를 구사하는 것이었다. "영어 잘하시네요! 유학 갔다 왔어요?" 영어를 가르치는 사람은 매일 여섯시간 영어를 말하는 것으로 한달 월세를 번다. 많은 입양인이 그렇게 한다. 영어를 여섯시간 더 하면 한달 내내 친구들에게 술을 살 수 있다. 영어 강사는 매일 외식을 할 수 있고 매번 음식을 남긴다. 한국에는 아시아의 가난한 나라에서 온 이주노동자와 외국인 신부를 위한 센터가 있다. 모두가 알다시피 이들은 착취당한다. 남한에는 오십년도 더 된 입양제도가 있다. 진짜 고아들이 있고, 고아로 만들어진 고아들이 있다. 서류로 아들이 된 아들들,* 사진으로 중매된 신부들, 고아가 아닌데도 고아가 된 고아들, 외국인으로 태어나고 외국인으로 만들어진 외국인들이 있다.

情

……입양되고 대용된 나의 삶, 음악과 함께한 뿌듯한 시간, 그리고 두려움이라는 이 짙은 흉터는 마치 매듭과 보석, 비단 술로 한복(*hanbok*)을 장식하는 정교한 노리개(*norigae*)처럼 하나로 땋여 있다. 한국인들은 전통장신구, 전통의상, 전통음식 따위의 문화적 가공품을 열심히 만들어 관광객 및 입양된 한국인에게 기념품으로 내놓는다. 결코 다른 말로 옮겨져서도, 전달되어서도 안되는 것이 있었다면 그것은 한국인 특유의 정서인 한(*han*)이다. 깊은 슬픔이요, 분노요, 이면에 깊은 사랑을 감춘 원한인 이 감정이 미군이 버린 배급식량으로 만든 부대찌개(*budae chigae*) 말고는 배를 채울 것이 없던 시절에도 한국 사람들을 채워주었다. 그런데 그런 한국 사람들마저—가난하거나 아비 없는 집의 아이들을 추방한 입양 사업가들을 포함해서—오천년 전통의 유구한 문화라고 자부하는 한국문화가 한 세대 만에 사라질 수 있다는 착각을 한다. 마치 문화가 이유가 있어서 생겨나는 것이 아니라는 듯이, 마치 머리를 감싼 그 머리카락 색과 그 머릿결, 심장을 둘러싼 갈비뼈를 감싼 그 피부가 아닌 몸으로는 아무것도 전해지지 않는다는 듯이.

완벽하게 적법한 서류 절차로 내 정체성을 뜯어내고 내 가족을

* '페이퍼 썬'(paper son). 미국으로 이주하려는 일부 중국 젊은 남성들이 부모가 중국계 미국인이라고 주장하며 위조 서류를 제시하는 경우가 있었고, 이를 근거로 대표적인 인종주의적 규제인 중국인이민금지법이 시행되었다.

떼어낸 입양기관은 나에게 '깨끗한 단절'을 선사했다. 한국정부는 나에게 편도여행용 미국행 비자를 발급했다. 나는 다시는 돌아오지 않게 되어 있었다. 정(*jeong*)이라는 말을 알게 될 일도 없었다. 개인주의적인 서양문화에는 없는 정서, 한국인들이 '한국' '한국말' '나의 어머니'라고 하지 않고 '우리나라' '우리말' '우리 엄마'라고 말하게 하는 그 정서를 결코 알 수 없을 터였다. 이제 난 나더러 외국인이라고만 하는 사람들에게 이렇게 말할 줄 안다.

"어느 나라에서 왔어요(*Eoneu nara eso wassayo*)?"

"우리나라에서 왔어요(*Uri nara eso wassayo*)."

우리(*uri*), 우리(*uri*), 위(we), 아워(our). 우리 가족, 우리 집, 우리 문화. 한국인들이 자기 자신과 상대방을 한국인으로 인식할 때의 그 느낌, 이 '정'이라는 감정이 어머니와 딸을, 선생과 학생을, 친구와 친구를 하나로 묶어주고, 미군의 쓰레기를 먹을 때조차 한국인을 거대한 하나의 가족으로 유지해준다.

그러나 해외입양된 아이들은, 태어난 과정의 수치스러운 사실들을 딛고 일어날 기회와 정체성을 개조할 가능성을 부여받은 그 아이들은, 한국인을 하나로 묶는 그 정서를 알면 안되었다. 하기야 그 누가 이 나라에서 말끔하게 걷어내야 마땅한 사람들과 정을 나누고 싶어하겠는가? 그래서 입양기관은 맞고 사는 여자에게서 태어난 것 말고는 아무 죄가 없는 나를 추방했고 나는 나를 입양한 미국인의 조상들의 역사를 배웠다. 양아버지의 조상은 미네소타 주 영아메리카에 살았고 미네소타 최초로 여자 약사를 배출했으며 후에는 레이크할로우의 농장으로 옮겨가서 그 땅에서 육대에 걸쳐 살았고 지금도 그곳에 산다. 양어머니 쪽은 여섯 세대 전에 프로이센에서 건너왔고 종종 치명적이기도 했던 장질환 내력이 있었다.

나는 나를 낳은 엄마의 고통을 알아선 안되었다. 젊은 시절 엄마는 자기 이름이 아닌 일본식 이름을 쓰고 엄마의 우리말이 아닌 언어를 웅얼거려야 했고, 엄마의 우리나라에 외국군이 들어찼으며, 엄마의 우리 땅에 가시철조망이 깊게 박히고 엄마의 우리 가족에게도 상처를 냈으며, 엄마의 우리나라에 또다른 외국 군대가 들어찼다. 결코 알아서는 안되었다. 점령에 대해서도, 그로 인해 엄마의 우리 가족에게 일어난 일도 결코 알아선 안되었고, 결코 연관될 일도 없었다……

⚜

던랩 선생님의 얼굴은 기억나지 않는다. 하지만 그 집 고양이 얼굴은 기억난다. 오목한 접시처럼 동그란 눈동자, 텔레비전 위에 앉아 야옹거리던 모습. 캐럴 언니의 수업이 끝나길 기다리는 동안 피아노실의 닫힌 문 안쪽에서는 왔다 갔다, 왔다 갔다 하며 라르고, 안단테, 비바체로 시간을 재는 똑딱똑딱 메트로놈 소리가 먹먹하게 들려왔다. 녹색 고사리 무늬 벽지 위로 피어오르던 회청색 담배 연기, 삼십분 수업을 하고 나면 마치 후광처럼 연기를 달고 나오던 언니의 모습이 생각난다. 던랩 선생님과의 수업은 공책을 펴고 뾰족한 연필과 새 담배를 준비하고 피아노 맨 오른쪽 건반 옆에 유리 재떨이를 놓은 다음 시작되었다.

엄마는 내가 아니라고 답할 수 없는 질문을 던져서 피아노 수업을 받게 만들었다. "너 버튼 누르는 거 좋아하지?" 알고 보니 난 피아노에 소질이 있었다. 하지만 캐럴 언니는 소질 정도가 아니라 굉장한 재능이 있었다. 무슨 곡이든 척척 연주하는 언니의 재주에 놀란 친척들은 내게 "너도 저렇게 치고 싶지?"라고 물었다. 「아름다우신 예수」 「믿는 사람들은 군병 같으니」 「오 거룩하신 주님」 등 캐럴 언니는 성가집 전곡을 연주할 줄 알았다. 자기를 가르친 선생님을 뛰어넘을 정도였다.

"나는 더 가르칠 게 없네요." 던랩 선생님의 말이었다.

최고의 피아노 선생님이란 가질 수 없는 선생님, 대기자 명단이 기나긴 선생님이었다. 이건 하염없는 기다림 끝에 캐럴 언니가 먼저, 그다음엔 내가, 펜 가 2222번지에 사는 베티 M. 모스 선생님을 만나게 되면서 깨달은 사실이다. 모스 선생님은 대기자가 서른명이나 있었고, 시카고의 셔우드 음악학교에서 공부하고 학위를 취득했으며, 학생들에게 규칙적인 연습을 요구했고, 그랜드피아노를 가지고 있었다. 미스 모스—선생님은 칠십년 동안 '미스'였다—는 매주 여든명을 가르쳤고 비싼 수업료를 당당하게 청구했다. 아픈 적도 없이 늘 자리를 지켰고, 이론 수업, 상으로 학생들에게 동기부여하는 법, 분홍색 긴 소파에 비닐을 덮어두는 것이나 편안한 바지에 발목까지 오는 양말을 신는 것까지, 매사에 자신이 경험으로 터득한 방식을 엄격하게 적용했다. 가정 연주회가 끝나고 선생님이 주는 아이스크림을 먹으러 주방에 들어간 우리는 그녀의 정리정돈 습관이 주방에까지 적용되어 있음을 확인할 수 있었다. 선생님은 종이테이프로 음식용기의 그릇과 뚜껑 짝에 숫자를 표시하고 그것들을 마치 법률 서류처럼 찬장에 차곡차곡 정리해두고 있었다.

나는 음계를 순서대로 연주하는 조 순환의 안정감을 좋아했다. 각 장조에 관계조의 단조가 이어지고 체계적으로 가감되는 올림표와 내림표를 따라 음악의 궁(宮)을 돌고 돌아 스물네 걸음 움직이면 결국 맨 처음 시작한 자리로 돌아와 끝난다. 나는 우수리도, 모호함도 전혀 없는 리듬의 깔끔한 분할이 마음에 들었다. 4분음표에는 8분음표가 두개, 8분음표에는 16분음표가 두개, 16분음표에는 32분음표가 두개. 음악은 질서요, 필연성이요, 수학적 정확성이었다. 그러니까 음악은 우리가 확실히 알 수 있는 것이었다.

"넌 모차르트 전문 연주가가 될 수 있겠어!" 모스 선생님이 외쳤다. 내가 모차르트를 좋아하지도 않았다는 사실은 넘어가도록 하자. 소아관절염을 앓던 나에게는 모차르트가 음악적 해답이었다. 모차르트 작품은 손이 크지 않아도 칠 수 있다. 모차르트 연주에 요구되는 몸의 움직임은 브람스나 라흐마니노프 같은 낭만주의 대작을 치는 데 필요한 동작보다 작다.

작은 손. 그것은 나의 천형이었다. 후에 십년 가까이 피아노를 가르치면서 난 내 손이 대략 아홉살 아이의 손만 하다는 걸 알게 되었다. 꾸준히 연습을 해서 피부와 근육이 유연한 상태에서는 엄지와 새끼손가락을 180도로 펼쳐 한 옥타브를 짚을 수 있었다. 연습을 안할 때는 뼘이 반 옥타브로 줄었다. 피아노를 치는 데 필요한 최소 조건에도 못 미치는 크기였다.

그러나 병원에서는 내 손이 아픈 이유가 손이 작아서인지, 피아노를 너무 많이 쳐서인지, 날씨 때문인지, 아니면 유전 때문인지 확실히 짚어내지 못했다. 내가 다니던 고등학교 바로 아래에 있던 그 병원은 오래된 빅토리아시대풍 주택이었다. 진찰실(원래는 침실)에서 의사는 내 피를 뽑고, 그걸 실험실에 보내고, 실험 결과를 읽고, 알 수가 없다며 호들갑을 떨고, 내 관절의 둘레를 재고, 커져만 가는 그 숫자를 기록하고, 엑스레이를 찍어 오라며 나를 옆 동네로 보내고, 또 피를 뽑고, 알 수가 없다고 하고, 처방전을 쓰고, 결국 내가 정확히 몇가지 약물에 알레르기가 있는지 알아냈다. 그러나 나의 비협조적인 혈관들을 이리저리 찌르고 쑤셔보고도 왜 내 손가락 관절들이 노파의 손처럼 부어오르는지, 왜 내가 잠을 설칠 만큼 손이 아프며 뜨거운 물로 손을 풀고서야 피아노를 칠 수 있는지는 끝까지 알아내지 못했다.

내 양 팔뚝 안쪽을 검붉고 노란 멍으로 물들이고도 이제 더는 진단을 내릴 선택지가 없자 의사는 나에게 피아노 연주를 그만두라고 권했다.

난 그 병원에 가는 걸 그만두기로 했다.

난 혼자서는 몇시간이나 즐겁게 피아노를 연주했지만, 사람들 앞에서의 독주는 사뭇 다른 일이었다. 한순간 집중이 흐트러지면 원하는 만큼 잘 연주하지 못하게 된다. 그런 순간이 두번이면 귀에 들리는 실수를 하게 된다. 그 이상이면 연주 전체가 무너질 수도 있다. 최악의 상황에서는 아예 연주를 멈추고 익숙한 부분부터 다시 시작해야 하는 수도 있다. 곡을 무사히 끝까지, 그것도 혼자서 실시간으로 가져가야 하는 피아니스트는 매 순간 비행기 조종사보다도 더 많은 결정을 내려야만 한다.

나는 모스 선생님의 봄 음악회를 치를 때마다 내가 사람들 앞에서 연주하길 두려워한다는 걸 어렴풋이 느꼈다. 그러나 대학에 들어가서 최소 일주일에 한번, 때로는 그보다 자주 연주할 일이 생기면서 나에게 심각한 무대공포증이 있음을 확실하게 깨달았다.

피아노 선생들은 무대공포증을 준비가 부족할 때 나타나는 증상이라고 설명한다. 그렇다면 그것을 고치는 방법은 더 많이 연습하고 더 자주 연주에 나가서 자신감을 키우는 것일 터! 음악가들은 약간의 무대공포증은 오히려 도움이 된다고들 한다. 솟구치는 아드레날린이 음악에 생기를 불어넣는다는 것이다. 최악은 감동 없는 로봇 같은 연주라고들 한다.

어찌 된 일인지 나의 아드레날린은 나를 거스르기만 할 뿐 단 한번도 도움이 되지 않았다. 나의 경우, 무대공포증은 '맞서싸우거나 도망치기' 반응이 일어나는 생리적 차원의 문제였다. 도망칠 수 있었다면 도망쳤을 것이다. 연주를 앞두고 난 화장실 근처를 떠나지 못했다. 연주 중에는 가장 어려운 대목이 다가올수록 불안감에 빠져들었다. 한 박, 한 박, 또 한 박, 가차 없이 전진하는 박자를 따라 결코 멈출 수 없는 현재를 만들어내고 있다는 감각에서 헤어날 수가 없었다. 숨 쉬기가 어려워지고 심장이 날뛰며 등이 가려워지고 수술실 조명 같은 뜨거운 무대조명, 조여오는 팔뚝, (이게 내 몸에 붙은 팔이야?) 차디찬 두 손, 건반에 묻은 식은땀, 지금 연주하는 곡과 전혀 상관없이 질주하는 생각들, 이제 와서 또 화장실에 가고 싶고, 이대로 무대에서 사라지게 해달라는 기도에 응답은 없고, 마침내 음을 틀리고, 철퍼덕, 귀를 찢는 실패—당황해서 눈을 돌리는 관객들. 프로그램을 뒤적이고 기침을 하고 실망 어린 탄식을 내뱉는다. 난파한 연주를 요령부득으로 끝까지 듣고, 나의 인사에 예의상 박수를 치고, 연주자와 관객 모두 정말 멋진 연주회였던 척한다. 그리고 안마당에 나가 즐기는 펀치와 케이크.

결국 나를 완패시킨 것은 쇼뺑의 저 잔인한 스케르초 C샤프 단조였다. 옥타브, 옥타브, 수많은 옥타브가 프레스토 콘 푸오코(presto con fuoco), 그야말로 숨넘어갈 만큼 빠르게 꽁무니에 불 붙은 듯이 연주해야 하는 곡이다. 그러나 내가 붙인 불이라고는 내 두 팔을 기어오르는 타는 듯한 감각뿐이었다. 대학을 졸업할 무렵 나는 기교라는 밧줄의 끄트머리에 겨우 매달려 있었다. 난 피아노 연주라는, 운동경기이면서 정신노동이고, 일면 마술이기도 한 이 예술에 실패했던 것이다. 근본적으로 음악성이 부족해서였을까? 타고난 능력이 한계에 이르렀던 것일까? 아니면 조표, 리듬, 식기 뚜껑의 정리 체계가 이미 몸에 배어버려서였나? 음악은 사람으로 하여금 살아 있음을 절실하게 느끼게 만들어야지, 사라지기를 간절히 원하게 만들어서는 안된다. 난 연주를 영영 그만두는 것까지 생각했다.

하지만 난 아직 피아노가 좋았고 피아노를 잘 치고 싶었다. 아니, 그토록 오래 피아노와 함께했기에 피아노가 없는 삶을 상상할 수가 없었다. 그래서 마지막으로 필사적으로 노력해보기로 했다. 대학을 졸업한 나는 새로 온 어느 교수에게 개인지도를 부탁했다.

다이앤은 스물넷의 나이에 이스트먼 음악학교에서 박사학위를 받았다. 그녀의 스승은 바르샤바에서 열리는 그 유명한 쇼뺑 꽁꾸르에서 역대 최연소 우승을 차지한 신동이었다. 그 스승의 스승은 그 유명한 피아니스트 아서 루빈스타인이었다. 다이앤은 나에게 마르따 아르헤리치의 연주를 들려주었다. 아르헤리치는 브렌델이나 뽈리니와 달리 피아노 귀족이 아니다. 그녀는 사람들이 '자연의 힘'이라고 묘사하는 존재에 가깝다. 후에 나는 다른 사람을, 특히 피아노 앞의 아르헤리치는 흉내 내봐야 소용없다는 걸 깨달았지만, 그 당시에 아르헤리치의 연주는 내가 원하는 바로 그 연주였다. 수백년 전에 쓰인 곡에서도 그 안에 숨은 흐름과 구조를 낱낱이 드러낼 수 있을 만큼 강력한 음악적 상상력이 나에게도 있어서 마치 표현주의 화가가 캔버스에 아름다운 색채를 펼치듯 아무렇지 않게 두 손을 움직여 저 익숙한 선율들을 흐르게 하고 싶었다.

다이앤에게 일년은 음계와 체르니만 연습해야 할 것 같지 않느냐고 물었지만, 그녀는 그런 기교는 작품 안에서 익힐 수 있다고 단언했다. 그녀는 내가 연구할 첫 곡으로 쁘로꼬피예프의 「덧없는 환영들」을 골랐는데, 탁월한 선택이었다. 각각 독립성을 띠는 암시적인 분위기의 짧은 악장 스무개로 구성된, 마치 시조(*sijo*)와도 같은 이 작품으로 다이앤은 나라는 피아니스트를 완전히 무너뜨리고 다시 세워주었다.

다이앤은 리듬에 내재된 운동성을 가르치기 위해 연습실에 있는 까만 그랜드피아노 두대 중 하나 밑에 트램펄린을 두었다. 악보에 담긴 까만 음표들이 혼돈 속으로 흩어지지 않게 손가락 밑에 잡아주는 닻이자, 그 음들이 계속 앞으로만 움직이게 하는 에너지, 리듬이라는 음악의 추진력이 다이앤에게는 트램펄린에 맞춰 무릎을 구부리는 것만큼이나 자연스러웠고, 한 박을 넷, 다섯, 일곱으로 쪼개는 것도 손뼉치기만큼 쉬운 일이었다. 트램펄린을 둔 피아노의 보면대에는 그녀가 연구 중인 악보를 두었고 다른 쪽 피아노 밑에도 악보가 더 있었다. 그녀의 아담한 손바닥과 네모진 손톱, 내 것보다 두 배는 길 직한 손가락을 보면 쇼뺑 사후에 제작된 그 유명한 왼손 주형물이 생각났다. 그녀는 등을 반듯이 세워서 팔을 자유롭게 움직이며 연주했고, 마치 그것이 세상에서 가장 자연스러운 일인 것처럼 타고난 피아니스트에게서만 발견되는 편안하고 즐거운 느낌으로 건반 위를 내달렸다.

"봐요, 꼭 손으로 마사지하는 것 같죠!" 다이앤은 내가 별것 아닌 동작 하나를 마침내 제대로 해냈을 때 이렇게 말했다. 그녀를 만나기 전까지 십오년 넘게 손목을 위아래로 움직이고 손가락을 높이 쳐들면서 피아노를 쳤던 나에게 그녀는 손목을 양옆으로 돌려서 요골이 척골 위로 올라와도 된다고 가르쳐주었다. 그녀는 고통을 수반하는데다 물리적으로도 불가능한 '손가락 분리'라는 케케묵은 개념은 문밖에 내다버리고 대신 이미 신비롭게 설계되어 있는 우리 몸을 그대로 이용하게 했다. 회전과 무게 배분을 바탕으로 하는 완벽하게 자연스럽고 부드러운 기교, 이것이 그녀의 신조였다. 곡예 같은 쇼뺑 연습곡도 그녀가 연주하면 손을 가졌으니 당연히 연주할 수 있는 곡으로 들렸다.

그러나 지금껏 배운 것을 전부 무너뜨린 후 다시 기교를 쌓는 일은 이를테면 큰 교통사고를 당한 후 걷는 법을 다시 배우는 것처럼 불확실한 연습이다. 지금껏 한번도 깊이 생각해본 적 없는 근육의 움직임을 두고 문득 이걸 어떻게 하는 건지 곰곰이 생각해야 하는 것이다. 걸음은 어떻게 걷지? 어디를 가장 먼저 움직이지? 엉덩이인가? 다리? 발목? 발가락? 무게를 얼마씩 싣지? 정확히 어느 부위에? 건반 하나를 누를 때 손가락의 어느 부분을 쓰고, 팔에서 무게가 얼마나 실려오고, 팔뚝은 얼마나 돌리고, 손목은 얼마나 굽히는 거지?

피아노 연주는 물리적인 행위다. 필요할 때는 선생이 학생을 만지는 일도 있지만, 피아노 수업의 친밀감은 그런 접촉에서 오는 게 아니다. 그것은 학생이 무릅쓰는 위험과 약점, 얼마든지 실수를 거듭하겠다는 학생의 의지에서 오고, 그렇게 형성된 친밀감이 교사의 인내와 지도에 담기는 것이다. 내가 또다시 피아노와 부딪혀 황당한 소음을 내면, 그러니까 또다시 나의 인체와 피아노라는 저 거대한 기계가 싸움을 벌이면, 다이앤은 다시, 또다시 올바른 방법을 보여주었다.

그녀의 안전한 연습실 안에서, 타인의 판단이 들어설 수 없도록 방음문을 닫아둔 그 방 안에서, 한주 후면 반드시 다음 수업이 돌아온다는 약속 안에서, 다이앤은 엄지손가락 뿌리, 어깨뼈, 손바닥의 장심, 엄지와 검지 사이 피부 등 내 몸을 사용하는 방법을 가르쳤다. 내가 어떤 악장을 익히지 못하고 낙담할 때 그녀는 내 몸을 직접 움직여서 내가 그 곡을 경험하게 한 다음 그걸 그대로 외워 나 혼자서도 연주할 수 있게 했다.

한해를 보내는 동안 우리는 쁘로꼬피예프가 제시한 모든 기교적, 음악적 과제를 하나하나 분리해서 분석했다. 프레이즈 하나를 통째로 연구하기도 하고, 두 음의 간격을 연구하기도 했다. 다이앤은 「덧없는 환영들」을 연주할 때 만들어내야 하는 움직임을, 숨 쉬는 법에서 손끝의 도톰한 부위 쓰는 법, 어깨뼈 움직이는 법까지 하나하나 다 안무했다. 어떻게 보면 그건 번호대로 따라 색칠하는 그림 퍼즐이었다. 하지만 또 어떻게 보면 그것은 자유로워지는 법을 배우는 수업이었다.

「덧없는 환영들」의 스무 곡을 전부 완성했을 때 비로소 나는 피아노 치는 법을 알게 되었다.

내 피아노 경험의 본질은 물질세계의 세속적인 방정식들에 들어 있다. 요골과 척골의 회전, 엄지손가락 뿌리에서 시작되는 계획적인 움직임, 힘=질량×가속=포르티시모(fortissimo)=피아니시모(pianissimo). 그러나 피아노 공부에는 기계적 지식과 영적인 이해가 모두 필요하다. 영적인 이해가 문제였다. 지금은 나도 잘 안다. 나의 연주가 근본적으로 흔들렸던 것은 내가 '도약의 기적'을 믿지 못했기 때문이었다. 내가 평범한 피아니스트가 될 순 있어도 결코 위대한 피아니스트가 될 수 없는 이유는 그것이었다. 나는 결코 무언가에 대한 믿음을 가질 수 없는 사람이었고, 그건 피아노 수업에서나 미주리 루터파 교회에서나 마찬가지였다. 수년이나 근본주의 교리를 배우고 열세살 때부터 루터파 대학을 마칠 때까지 일요일마다 교회에 나가 연주를 했음에도 말이다. 나는 믿음이 아니라 두려움을 배웠고 그 두려움이 피아노에, 내 입양생활에, 나에게 주어진 중산층 삶의 모든 차림에 단단한 매듭을 이루고 있었다. 부모님은 루터파 사회복지단체를 통해 나를 입양하면서 날 기독교인으로 키우기로 서약했고, 나는 피아노로 예수님과 부모님과 입양생활과 교회에 헌신을 표했다. 엄마가 자주 하던 "아끼다 잃는다"라는 말과 비슷하게 「주님이 주신 것 주님이 가져가시니」라는 제목의 곡이 있다. '가져간다'는 게 무섭다. 정말 가져가버릴까봐 겁나서 피아노를 그만두지 못한다. 어쨌든 피아노는 자전거와 다르니까.

결국 난 한국 엄마가 돌아가시고 일년이 지나지 않아 피아노를 그만두었다. 그렇지만 음악은 내가 숱한 세월을 보낸 장소이기에 경험에 형식을 부여해야 할 때나 불안과 아픔을 헤아려야 할 때 난 다시 음악으로 돌아간다. 나는 기억하기 위해 음악으로 돌아간다. 샴고양이의 눈, 벽지의 무늬, 열을 맞춘 식기 뚜껑, 혈액을 담고 줄지어 선 유리관의 기억들. 음악은 구할 수 있는 것과 구할 수 없는 것이 가려지는 장소다. 돈, 시간, 아이들, 죄인과 같은 것들. 여기 엄마의 사랑을 재는 저울이 있다. 올라서기 전에 주머니를 비워라. 여기 행운이 있고, 여기 고독이 있으며, 여기 고아원의 아기침대들이 있다. 그것들이 피아노의 건반처럼 가지런히 놓인 모습을 보라.

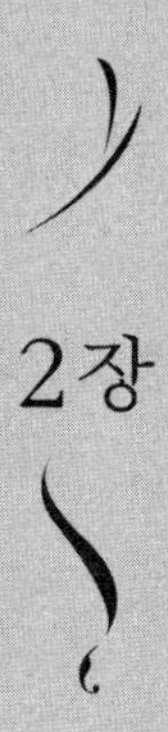

2장

렌타멘테

안단테

알레그레토

아니마토

몰토 지오코소

콘 엘레간차

렌타멘테

Lentamente, 느리게

여기 쁘로꼬피예프가 있다. 「덧없는 환영들」을 막 완성했다. 그는 스물여섯살이다.

쁘로꼬피예프는 검은색 정장에 말끔한 흰 셔츠를 차려입었고 때는 저녁이다. 우리는 응접실 창턱에 초를 켜두었고 친구들에게는 도자기 잔에 차를 담아 내놓았다. 이제 우리는 피아노 주위에 반원 모양으로 자리를 잡는다. 쁘로꼬피예프의 손은 길고 하얗고, 소맷부리에는 진주가 박혀 있다. 검은색 구두는 반질반질 윤이 나고 두 발은 페달 앞에 준비되어 있다. 마지막으로 헛기침하는 소리, 드레스 바스락거리는 소리, 받침 접시에 잔이 달그락거리는 소리. 이제 우리는 조용히 집중한다. 쁘로꼬피예프가 두 손을 들어올리더니 높은음 쪽 하얀 건반 위에 살며시 내려놓는다. 왼손의 영롱한 화음 위로 오른손이 단음으로 이루어진 또렷한 선율을 노래한다.

환영들이 내 마음으로 둥둥 흘러든다. 길고 평평한 선. 광대하고 드넓고 황량한 지평선이다. 중간에 무언가 걸린다. 그쪽에 초점을 맞추고 줌인. 한 남자가 렌타멘테, 느리게 걷고 있다. 그의 발밑에서 얼음 표면이 파열된다. 올려 세운 외투 목깃이 잠복경찰들처럼 그의 얼굴을 감싸고 모자챙까지 닿아 있다. 넥타이는 겉으로 보이지 않지만 나는 영화에서 본 것처럼 남자가 베이지색, 빨간색, 파란색의 비스듬한 줄무늬 넥타이를 맨 것을 알고 있다. 그가 가죽장갑을 낀 손으로 말아쥔 신문이 어떤 종류인지, 그의 아내가 어떻게 생겼는지, 그녀가 어떤 모양의 앞치마를 입는지도 알며, 그녀가 하루 종일 빵을 굽는 모습도, 남자가 문을 열면 아이들이 벌떡 일어나 반기는 모습도 안다. 그리고 남자가 고개를 들 때 내가 익히 아는 또 다른 사실이 눈에 들어온다. 그는 백인이다.

변신 연습곡 제1번

영어로 하는 말들

영어로 하는 생각들

왜 한국어로는 안되는 걸까?

난 생각이 없어   모국어로는

난 사랑할 수 없어   엄마의   언어로는

언어 분단

장벽

가시철조망

아침이면 발자국을 찾는 사람들

폭력적으로 점령당한 마음

내 원한의 언어

음악가가 음악에서 느끼는 감각은 색채와 긴밀히 연결되어 있다. 음악의 색은 악기의 특색, 음성의 특징에서 오기도 하고, 더욱 민감하게는 그 음악의 중심 조성에서 오기도 한다. 음악가는 E 장조(비발디 「사계」 중 '봄'의 조)의 밝은 색과 E플랫 장조(베토벤 「영웅 교향곡」의 조)의 짙은 색, D 단조(모차르트 「레퀴엠」의 조)의 어둡고 우울한 색을 귀로 들을 수 있다.

아이들과 피아노 수업을 하던 시절에 난 그런 종류의 어휘를 가르치려고 노력했다. 심지어 청음 연습을 하는 학생들에게도 이미지로 생각하는 법부터 주문했다. "이게 네가 만든 영화의 배경음악이라고 해보자. 어떤 장면의 음악일까? 어떤 사람, 어떤 동물, 어떤 풍경이 나오지? 어떤 모습으로?"

난 열살짜리들의 마음을 온통 사로잡는 것이 무엇인지 알게 되었다. 바로 개다. 이런저런 종의 개들. 개의 발톱. 개의 생일파티! 또 하나는 재앙에 관한 이야기들이다. 사람들이 비행기에서 탈출해서 수영장에 착륙했는데 그 바람에 누구네 아빠가 지붕에서 떨어졌고 그러다 그 집 썰매 개가 달아나서 이웃이 기르던 사슴을 마구 먹어치웠다는 식의 이야기들.

배경음악이 「덧없는 환영」의 도입부라면 내가 떠올리는 영상은 지평선을 향해 얼음 평원을 걷고 있는 한 남자다. 그는 베이지색, 빨간색, 파란색의 줄무늬 넥타이를 매고 있다. 그의 아내는 체리 슬럼프를 구워놓았다. 그의 아이들은 장난감 자동차를 가지고 놀고 있다. 한 아들은 엄마를 닮았고 한 아들은 아빠를 닮았다. 두 아이 모두 백인이다. 아내는 백인이다. 남자는 백인이다. 그들은 미국인 가족이고 그 누구도 그들의 미국인다움에 이의를 제기하지 않는다.

내 단짝은 날 개구리 눈에 깜둥이 입술에 코끼리 귀 칭크(chink)*라고 불렀고 나도 그게 재미있다는 양 깔깔거렸는데…… 단짝이 장난치면 웃어줘야 하니까…… 그렇게 장난을 통째로 꿀꺽 삼켜버리곤 더 해달라고 했던 건 같은 학년 여자애 중 걔가 나한테 제일 잘해줬기 때문이지. 물론 그애가 내킬 때만 그랬지만. 그러다 어느새 나는 어른이 되었고 신부가 되기 전에 엄마와 화해하고 싶었어. 하지만 화해를 진실이라고 착각한 나는 엄마에게 그런 동네에서 보내는 어린 시절이 어떤 것인지, 너무도 백인다운 백인들 사이에서 내가 얼마나 뼛속 깊이 괴롭고 외로웠는지 이야기했고 왜 내 편이 되어주지 않았느냐고도 물었지. 그랬더니 엄마는 이렇게 말했어. 그게 뭐 어떻다고, 애들은 원래 못됐어. 다들 놀림당하고 사는 거야. 걔네가 널 한국인이라고 놀리지 않았다면 뚱뚱하다든가 하는 다른 이유를 찾아서 놀렸을 텐데, 무슨 특별대우를 바라는 거니? 그 순간 알았어. 백인인 엄마 눈에는 내가 보이지 않는다는 걸…… 사람들이 날 바라보는 눈이 엄마에겐 보이지 않는다는 걸…… 엄마는 나를 볼 때 내 몸은 보지 않는다는 걸…… 왜냐하면 엄마는 그러겠다면 그럴 수 있는 사람이니까…… 상상 속에 살겠다고 하면 상상 속에 사

* '찢어진 눈'을 뜻하는 표현으로, 중국인 등 아시아계 사람들을 비하하는 속어.

는 사람…… 나 역시 백인이라는 상상…… 내가 자기 딸이니까 말이야…… 그래서 엄마 집에서 산 십팔년 동안 내가 인간이 아니었다는 걸 엄마는 모르는 거야…… 그러다 백인 남편과 결혼한 그날, 난 서른살이었고 아름다운 한국 옷과 아름다운 화장과 아름다운 미소를 갖췄지…… 머리도 완벽했어. 그 누구도 나에게 뭐라고 할 수 없었어…… 그런데 그 모든 것을 두르고도 난 그저 칭크일 뿐이었지.

과연 이런 이야기를 하는 게 무슨 소용일까? 어떤 집단에서는 끔찍할 정도로 진부한 사연인걸. 이런 사연이 흔해빠진 우리는 "내가 아직 백인이었을 때" 하고 운을 떼며 우리만이 할 수 있는 웃음기 없는 유머를 구사한다. 우리는 다른 사람들이 우리 삶에 대해 '고통' 운운하는 게 정말 지겹다. 입양 부모들이 꼭 하는 질문이 있다. "문화캠프가 괜찮을까요?" "아이를 인종주의자들로부터 어떻게 지킬 수 있을까요?" "억지로라도 중국어를 배우게 할까요?" "내 아이가 진짜 내 아이가 되는 날이 오긴 할까요?"

우리는 모든 일이 제자리를 찾을 거라는 말을 듣고 싶어한다. 치료법을 개발하고, 부작용이 생기기 전에 예방 가능한 원인들을 찾아내고 싶어한다. 수량화하고, 범주화하고, 반복 가능한 실험을 고안하고, 사물들을 논리적인 순서대로 놓고 싶어한다. 하나, 둘, 셋. 그다음은 이렇습니다. 처음, 다음, 그리고 마지막. 그래서 이렇게 되었습니다. 그 결과로서 이렇게.

변신 연습곡 제2번

메이드 인 코리아

값싼 상품

값싼 노동

값싼 자궁

값싼 입양

값싼 이민

값싼 이민자

값싼 황인 딸

거의 백인이지만 백인은 아님

스스럼없이 자신을 유색인이라고 칭하고 아마도 유색인의 손에서 자랐을 유색인들이 상정하는, 그런대로 괜찮은 생각이 있다. 이제 백인 위주의 논의에서 벗어나자. 백인 이야기는 그만하자. 그것이야말로 우리의 식민화 상태를 나타내는 징후다. 초점을 우리 자신에게 맞추자……

한국은 자기네가 인종적으로 단일하다는 환상을 품고 있다. 한국에서 나의 가족은 유색인이 아니다. 그들은 한국인이다. 마찬가지로 그들이 마음을 쓰는 사람들도 다 한국인이다. 한국에서는 나의 가족이 소수자도, 이민자도, 아시아계 미국인도 아니다. 한국의 내 형제자매는 한국 사람 사이에서 자랐다.

한국에서 나는 예쁘다. 보통은 수술을 해서 만드는 탐나는 쌍꺼풀(*ssangkapul*)을 엄마에게서 물려받았다. 한국에서 나는 너무 작지도 않다. 몸에 맞는 옷도 쉽게 찾을 수 있다. 한국에서 나는 교포다. 나는 해외로 입양된 한국인이다. 한국에서 나는 한국말을 못한다. 한국에서 나는 진짜 한국인이 아니다.

그러니 내게 말해보라. 논의가 어디로 옮아가야 한다고?

변신 연습곡 제3번

표현 불가능한 것을 표현하는 것

보편 언어

피아노 음악

난 피아노의 역사를 안다

한국 전통악기들의 이름은 모른다

한국 악기들의 소리를 좋아하지 않는다

내 슬픔은 표현 불가능하다

이 언어가 만들어낸 슬픔이 아니다

이 언어로는 담아내지 못한다

그들은 아이의 혀를 앗아갔다

그들은 어미의 눈을 앗아갔다

당신도 들은 적 있는 이야기일 것이다. 그건 흔한 벌이니까.

입양인의 독주를 위한 우연성의 음악

(연주자는 선행 악절 다음에 원하는 순서로 후속 악절들을 연주한다.)

선행 (질문) 악절
당신의 정신적 탈식민화 프로젝트는 어떻게 되고 있습니까?

후속 (답변) 악절
1. 사랑을 주는 것과 사랑을 느끼는 것은 전혀 다른 문제입니다.
2. 최고의 피아노 선생님이란 우리가 가질 수 없는 선생님입니다. 최고의 어머니도. 최고의 딸도.
3. 세상 그 모든 사랑 중 내가 가장 절실히 바라는 사랑은 어느 늙어가는 백인 여자의 사랑입니다.
4. 사랑과 거절 사이에 두려움이 있습니다.

꿈 레퍼토리

1. 영화에 나오는 인디언 수천명이 말을 타고 사슴가죽 옷과 머리장식을 하고 모여 있다. 그러다 요요마가 첼로를 들고 찬조출연을 한다.
2. 내가 직접 화장을 했다. 눈꺼풀의 주름에 짙은 색 아이섀도우를 발랐다. 백인 친구가 "바보 같아"라고 말한다.
3. 성대한 하우스파티에 와서 그 집 주방에 있다. 그곳엔 한국인들뿐이다. 그들은 한국어로 말하고 있다. 내가 알아들을 수 있게 영어로 우리는 네 친척이야라고 한다. 그래서 성을 물어보는데 내 성이 아니다.
4. 성대한 소풍에 와 있다. 그곳엔 미국인들뿐이다. 친구가 머리와 화장을 해준다. 친구는 내게 페이지보이 스타일* 가발을 씌웠다. 앞머리가 빽빽하고 가지런하다. 눈썹을 밀고 그 위에 가짜 눈썹을 그려넣었다. 난 옛날 할리우드 영화에 나옴 직한 동양인이다. 소풍이 끝날 무렵엔 다들 집에 가고 나만 남는다.

우연히 들은 말들. "왜 계속 애를 낳는 거래?" "가부장적인 사람들이야." "그들이 자기 애들을 사랑한대서 놀랐어." "걔들이 길거리에서 죽어야 한다는 거야?" "그럼 몸을 팔면서 살아갈 수밖에 없는걸." "고아원에 들어가야겠지." "그래도 난 그애를 정말 사랑해."

---

* 예전에 영국 사환들이 하던 머리를 본뜬 것으로, 1950~60년대에 유행한 복고풍의 머리 모양.

분류

1. 아시아 국가들은 서로 좋아한다. (그렇다/아니다)
2. 한국 출신 입양인은 중국인 입양에 관한 정보를 안다. (그렇다/아니다)
3. 입양인은 출생한 국가의 문화와 입양된 국가의 문화를 자유롭게 오갈 수 있다. (그렇다/아니다)
4. 해외입양인은 국내입양인보다 신체적, 정신적 문제를 겪기 쉽다. (그렇다/아니다)
5. 해외입양인은 국내입양인보다 학업에 뛰어난 경향이 있다. (그렇다/아니다)
6. 아시아계 미국인은 아시아인과 동의어다. (그렇다/아니다)

나에게 말의 소리는 음악적인 색깔과 같다. "이게 내가 하는 언어다"가 하나의 색이면, 한국어로 말하는 이건 내가 잃어버린 언어다는 또다른 색이다.

난 내가 대답할 수 있는 질문, 내가 해낼 수 있는 일을 간절히 원한다.

건반 저 위로 흐르는 선율. 겨울 지평선이 보인다. 한 남자가 황량한 얼음 평원을 걷는다. 그의 외투와 모자의 색깔, 넥타이와 장갑의 색깔, 그의 두 손, 그의 아내, 그의 아이들의 색깔을 보라. 선율이 반복된다. 반음계로 장식되며 모든 조성과 모든 색깔이 빙빙 돈다. 얼음결정과 빛이 빼곡한 모자이크를 이룬다. 환일(幻日)이 하늘에서 타오른다. 그 아래로 남자가 렌타멘테, 천천히 걸음을 내딛는다. 내 상상 속의 이 남자, 이 백인 남자는 내 기억상실의 계절을 걷고 있다.

안단테

Andante, 느리게

오감(五感)의 보고문을, 그 공감각과 혼성을 믿을 수 있을까? 그렇다면 좋다, 이럴 땐 존재들로 돌아가자. 명사들에게로. 명사란 사람이나 장소, 사물이다. 존재에는 형식이 필요하다. 동화는 어떤 존재를 묘사하는 형식이다. 동화라는 형식에는 '사람'이 들어간다. 고아, 계모, 왕자. '장소'가 들어간다. 머나먼 나라, 블랙포레스트,* 베들레헴. '사물'도 들어간다. 오두막, 사과, 별. 그리고 '개념'도 들어간다. 아름다움, 질투, 소유.

시작, 중간, 끝: 동화는 이렇게 구성된다. 여기에 사람, 장소, 사물이라는 변수를 넣는다. 동화는 기성품이다. 시작: 여주인공은 눈처럼 하얀 피부를 가지고 있다. 중간: 사냥꾼은 주인공의 심장 대신

* 독일의 삼림지대 '슈바르츠발트'(검은 숲)를 가리킴. 그림 형제의 동화 속 배경으로도 유명하다.

말(言)을 손에 넣는다. 그가 상자의 뚜껑을 연다. 그 안에는 번역될 수 없는 온갖 말들이 담겨 있다. 그것들이 보금자리 안의 새끼 쥐들처럼 꿈틀거리는 모습을 보라. 상자의 내용물이 어떻게 사냥꾼의 성공을 입증하는지를.

고아, 계모, 왕자: 동화에서는 착한 편이 이기는 한에서 변수들을 조작한다. X, Y, Z: 수학에서는 양변의 값이 같은 한에서 변수들을 조작한다. 교차곱하기가 쉬운 것은 너무도 간단하게 거의 전부를 상쇄해버리기 때문이다. 다시 상자 안을 들여다보라. 어쩌면 그 내용물은 한 둥지의 말들도 아니고 사슴에게서 도려낸 심장도 아닐지 모른다. 어쩌면 그 안에 담긴 것은 다른 엄마의 심장일지 모르며, 그렇게 해서 상실의 음수가 양변에 똑같아지는지 모른다.

동화는 기성품이다. 어떤 버전에서 왕비는 딸의 장기를 소금에 찍어 먹고 싶어한다. 머나먼 옛날에는 드물지 않던 이야기다. 질투의 대상을 잡아먹으면 그걸 흡수함으로써 자기가 원하는 것을 취할 수 있다는 개념이다. 아름다움의 개념. 주인공들은 눈처럼 새하얗다. 내 손톱들은 속살까지 씹혀 있다.

아주 최근에 작문 교사들은 형용사에 부정적이게 되었다. 하지만 형용사가 없으면 여주인공들의 머리채가 금빛이라는 걸 어떻게 알지? 어떻게 숲이 어둡다는 걸, 그가 사악한 마법사라는 걸, 고아들이 굶주렸다는 걸 알지? 고아들이야 늘 굶주린다. 고아에겐 하루 종일 스팸과 초콜릿과 독사과만 먹여도 되고, 그래도 그들은 배고프다고 불평할 것이다. 그래서 정부는 풀로 만든 케이크를 생산한다. 영양가는 하나도 없지만 고아들의 배를 채우는 마법 같은 성분이 들어 있으니까.

수학은 의자와 같은 사물인가, 소유와 같은 개념인가? 미적분에서는 0에 가까워지는 수를 0으로 치환한다. 하지만 그건 속임수 아닌가? 고아비자를 가진 아이와 부모가 죽은 아이는 엄연히 다르다. 0에 가까워지는 수는 0이 아니다.

이 곡에는 피아노가 종처럼 울리는 음이 나온다. 이 종소리는 빛이 내는 소리 같다. 고아들은 빛을 따라간다. 동방박사는 별을 따라간다. 질투 나는 사람을 먹어라. 욕망하는 걸 먹어라. 내 손톱은 생살까지 씹혀 있다. 산 자와 죽은 자, 우리 모두 심판을 받으리라. 그리스도의 몸은, 나의 이 몸은 동방의 몸, 경이로운 별이다. 눈물은 소금 맛이다. 신화는 기성품으로 나온다. 신화는 고유의 문법을 취한다. 형식이 필요한 존재란 말로 표현될 수 없는 존재다. 형식이 필요한 존재는 우리가 결코 우리의 것이 아닌 동화를, 우리가 달달 외워서 아는 동화를 낭독할 때마저도 우리에게서 달아난다. 동화를 읊고 또 읊어보라. 그러면 내게 필요하지만 없는 것들이 생기기라도 할 것처럼.

고아에게는 채우지 못할 허기가 있다. 몸속에 부족한 무언가가 있다. 부족한 그것 주위에는 그것에 이름을 붙이려는 일련의 말들이 있다. 우리는 알 수 없는 그것들. 우리는 상자 속의 그 말들이 끊임없는 움직임을 멈추고 우리가 하라는 대로 하길 바란다. 자리에 앉아. 착하게 굴어. 안된다고 했으면 안되는 거야! 우리는 고아는 고아를 뜻하고, 엄마는 엄마를, 딸은 딸을 뜻하길 바란다. 형용사가 붙지 않은 명사, 우리가 기대하는 바 그대로인 명사, 그것이 실로 무엇인지 가리키는 이름, 한결같고 진실되고, 단단하고 믿을 수 있는 것을 원한다.

사람, 장소, 사물: 열쇠. 종. 별. 「안단테」의 마지막은 A플랫 음의 어두운 숲을 배경으로 이어지는 높은 G 음들이다. 들어보라. 이 소리는 우리가 이야기할 수 없는 것들, 우리가 이름 붙일 수도 없고 다만 은유로 모호하게만 말할 수 있는 것들이며, 이야기의 끝이 다가오고 있건만 이제 보니 우리가 공식처럼 붙이는 "옛날 옛적에"를 빼면 시작다운 시작은 하나도 없는 것 같고, 우리 자신에 관한 이 이야기들에서 우리는 늘 중간 어딘가에서 양털로 실을 잣거나 바닥을 닦거나 오두막 안 유리관에 누워 있거나 머나먼 왕국에 억울하게 붙잡혀 있는 것이다.

알레그레토

Allegretto, 조금 빠르게

멜로디언의 박동하는 리듬　　기계적인 가락

반음계란 모든 건반을 친다는 뜻

5도 위에서 반복하고　　옥타브에서 재현한다

출생의 비밀을 가진 아이들은

봉인된 서류에 담겨 바다 건너로 보내지고

사라졌던 자리에 나타나고

낯선 나라에서 낯선 이들과 조우하고

마치 기계처럼   공포에 반응하고

재현되는   공포를 반복한다

가면무도곡 제1번: 심장 떼어내기

반경 80킬로미터 안에서 제일 크고 저렴한 식료품점인 카운티 마켓에서 엄마와 내가 줄 서 있다. 엄마는 카테고리가 스무개쯤 되는 자신의 레시피 상자에서 미리 추려온 상점 쿠폰과 업체 쿠폰을 움켜쥐고 있다. 레시피 상자에는 쏘스, 세제, 캔 제품, 세면도구, 쌜러드드레싱, 박스포장된 케이크 재료, 건조 음식과 인스턴트 음식, 식용유, 초콜릿 쿠키, 제빵 재료 등의 카테고리가 있다. 우리는 식료품점 서너군데를 돌며 특가 상품에 쿠폰을 적용해서 가장 싼 가격을 찾는다. 우리 가족은 매일 똑같은 싸구려 음식, 이를테면 햄버거는 동그란 모양, 햄버거스테이크는 타원 모양, 이렇게 형태만 다르지 결국 똑같은 다진 고기를 먹는 데 싫증났고, 너무 비싸다고 극장에 가지 못하는 데에도 싫증났다. 전반적으로 우리가 우리라는 데, 고졸의 중하층 백인에, 먹고살기 위해 열심히 일하는 정직하고 착한 사람들이며, 여름에는 채소를 기르고 가을에는 장작을 패고 겨울에 먹을 잼을 재놓는 사람들이라는 데 싫증이 난 것 같다. 미네소타 주에서 가장 못사는 카운티 중 하나에 살며, 딸 하나를 미네아폴리스에 있는 대학에 보냈더니 갑자기 그 등록금이 가계를 압박했으며 저녁식사가 단출해졌다. 우리가 이런 처지라는 걸 알기 때문에 계산원이 앞에 선 아니시나베족* 여자의 카트에 담긴 물건을 계산할 때 우리는 말이 없어지고 엄마는 햄버거용만이 아니라 각종 고기가 한 팩, 두 팩, 세 팩, 네 팩, 다섯 팩, 여섯 팩…… 삑 소리를 내는 것을 부러운 눈으로 바라본다. 이윽고 지불수단이 나온다. 푸드스탬프다. 계산대 아가씨는 무거운 은색 금속 도장을 더 쉽게 찍으려고 푸드스탬프를 한장 한장 스테인리스 계산대에 쫙 펼쳐놓는다. 빵 빵 빵 빵! 쉽게 찍으려는 게 아니라 창피를 주려는 것인지도 모른다. 아니시나베족 여자는 우리의 시선에 아랑곳하지 않고 물건을 바리바리 담고 그걸 다시 카트에 담아 끌고 자동문을 지나 주차장으로 걸어간다.

엄마는 계산대 아가씨에게 쿠폰부터 건넨다.

타원형 다진 고기가 올라온 그날 저녁식사 자리에서 엄마와 아빠는 자기들이 힘들게 일해서 낸 세금이 게으른 인디언들의 푸드스탬프나 화이트어스의 그 말도 안되는 부족 선거에 쓰여서는 안된다면서, 만취한 인디언들과 그 망할 놈의 선거가 결국 어떻게 됐는지 들어본 적도 없다고 입을 모았다. "나도 고기를 그렇게 많이는 못 사는데." 엄마는 이렇게 덧붙였다. 아빠는 공장에서 판금 만드는 일을 한다. 거의 이십년간 조립라인의 같은 자리에 서서 열파이프와 냉각 파이프에 금속 조각을 끼워넣었다. 그 전에는 유제

* 아메리카 원주민 부족 중 하나.

품 공장에서 우유 배달을 했다. 엄마는 배럴 오펀 과자 공장에서 야간조로 감자칩 만드는 일을 잠깐 하다가 다시 어느 치과의 무허가 치위생사 겸 비서로 일하고 있다.

그러고 보니 거의 잊고 있던 사투리들이 생각난다. 스콰우. 프레리 니거. 그 동네 사람들은 자동차에 이런 문구의 스티커를 붙이고 다닌다. **월아이는 살리고 인디언은 죽이자.***

참, 그러고 보니 카운티 마켓에 있던 계산대 아가씨 말이다. 가족에게 크리스마스 선물을 할 돈을 모으려고 여름방학 동안 시급 4.25달러를 받고 일하던 그 아가씨, 모두가 볼 수 있게 계산대에 푸드스탬프를 늘어놓고 모두가 들을 수 있게 빵 빵 빵 빵! 도장을 찍던 그 아가씨는 이년 후의 내 모습일 수도 있었다.

가면무도곡 제2번: 혀 떼어내기

개신교 가족이 함께 살아가는 데는 모든 사람이 똑같고 그 누구도 차별받지 않아야 하며 그 누구도 특별한 것을 누려서는 안된다는 믿음이 반드시 필요하다. 이는 눈에 보이지 않는 존재에 대한 믿음이 아니다. 눈에 띄지 않는 상태에 대한 믿음이다.

* '스콰우'(squaw)는 알공킨어로 '여자'를 뜻하며 북아메리카 원주민 여성을 비하하는 속어이고, '프레리 니거'(prairie nigger)는 '초원 깜둥이'란 뜻으로 아메리카 원주민을 비하하는 속어다. '월아이'는 북아메리카 북부에 서식하는 담수어이다.

고등학생 시절 나는 몇시간을 들여 내 데님 재킷에 지구 모양과 손에 손을 잡은 종이인형들, 그리고 그 위로 '인류는 하나'라는 문구를 박은 적이 있다. 지금 생각하면 믿을 수 없을 만큼 귀엽고 순진한, 1학년 시절보다 딱 한 단계 덜 유치한 자기방어의 표현이었다. 1학년 때는 사람 몸통만 한 녹색 책가방에 씰크스크린으로 거대한 빨간색 무당벌레(ladybug)를 그려넣었는데, 매일 아침과 매일 오후 스쿨버스로 등하교하는 그 사십오분 동안, 하루 중 가장 긴 그 시간 동안 전략적으로 그 가방을 얼굴 앞에 들고 있었다. 나의 책가방 모양 방패의 메시지는 명확했다. "건드리지 마(Don't bug me)." 한 학년 올라갈 때마다 새 책가방을 사야 한다는 엄마의 고집이 1학년 초에는 우스웠지만 2학년 초에는 엄청난 공포를 불러왔다. "그냥 쓰던 거 쓰면 안돼요? 그럼, 이거랑 똑같은 걸로 사면 안돼요?"

우리는 표현할 어휘가 없는 존재에 대해 이야기할 수 없다. 인종 간 혐오만 그런 게 아니라 인종 간 우정에 대해서도 그렇다. 고등학교 시절로 영상을 돌려보면 한 무리의 여자아이들이 있었다. 성격이 좋달까, 서로 맞는달까 해서 우연히 친해진 사이였고 다들 1980년대 후반에 유행하던 머리 모양을 하고 아이들과 어울리려고 열심히 노력했다. CIA와 교회에 의해 구조된, 에스빠냐어밖에 못하는 니까라과 난민이 한명. 2학년 때부터 영어를 배웠으나 여전히 튀는 억양으로 말하던 몽족 난민이 한명. (얘도 CIA와 교회의 산물이었다.) 또 하나는 인디언 혼혈로 추정되었는데, 영리하게도 그렇다고 말하지는 않았다. 엄마는 필리핀인, 아빠는 백인 미군이었던 아이 역시 영리하게도 그런 이야기는 하지 않았다. 그리고 한국 출신 입양아가 하나 있었다.

가면무도곡 제3번: 백인 행세하기

'건드리지 마' 책가방 방패를 내려놓은 지 거의 삼십년이 지나서 나는 한 입양인이 서울에 차린 해산물 식당의 개업식에 초대받았다. 그곳에 온 사람들은 모두 한국인의 얼굴을 하고 있었다. 미군에서 일하거나 미군 관련 사업을 하는 한국계 미국인도 몇명 있었다. 그중 한 사람은 무기를 팔아 누리는 호화로운 생활에 대해 들려주었다. 한국에는 휴가차 친척을 보러온 것이고 사는 곳은 워싱턴 D.C.이며 막 이라크에서 돌아왔다고 했다. "그냥 조져놨더군요." 이것이 그가 이라크에 대해 언급한 이야기의 전부였다.

또 어떤 남자는 자기가 군에서 정확히 어떤 일을 하는지 입 밖에 내서는 안될 정도로 계급이 높은 직업 군인이었다. 소문에 따르면 그는 일회용 빨대 하나로 토끼를 죽이고 가죽까지 벗길 수 있으며, 임무 중에는 필요에 따라 사람 다리를 부러뜨릴 수도 있다고 했다. 그는 이라크에 발령받으려고 갖은 노력을 기울이고 있었다. 아마도 계급이 너무 높은 탓에 가지 못한 것 같은데 본인은 가고 싶어했다. 그는 그 얼마 전 이혼했다. "군대 덕분에 잘 살았지." 그가 골초의 목소리로 말했다. "이제 그 빚을 갚을 때요."

우리는 질릴 때까지 해산물을 먹었다. 지느러미가 있는 것도 먹고, 없는 것도 먹고, 전으로도 먹고 죽으로도 먹고, 접시에 하나씩

놓인 것도 먹고, 껍질째 사기 그릇 위를 굴러다니는 것도 먹었다. 다들 한국인 얼굴을 하고 있더라고 말했나? 실은 한국인 혼혈인가 싶은 남자가 하나 있었는데 그는 그날 밤 내내 "나야 그냥 백인이죠"라는 농담만 하며 고집을 부렸다. 밤이 깊었을 때 나는 그에게 왜 계속 백인이라고 주장하느냐고 물었다. 그는 자신이 미군 통역관이었다며 군 내부의 인종주의에 대해 이야기했다. "실은 나 체로키 인디언이에요." 그가 말했다. "하지만 백인인 게 더 편하니까."

가면무도곡 제4번: 사랑하는 이의 떠남

근처에 폴란드계도 몇 있고 스칸디나비아계도 다양하게 있지만 메뚜기 떼를 물리쳤다는 성 우르호의 고향 메나가 쪽에는 역시 라플란드* 출신이 많다. 이모가 핀란드 삼촌과 결혼해서 낳은 아들이 사촌 섀드였다. 엄마는 조카 중에서도 핀란드인 혼혈이자 가문의 피부 색, 눈동자 색, 명랑한 성격, 따뜻한 마음씨를 다 물려받은 그 애를 제일 예뻐했다. 그는 가족력인 염증성 장질환 크론병까지 물려받았고, 발병하고 십년간 합병증으로 간까지 손상되더니 결국 온몸에 암이 퍼졌다. 그의 병은 피부에까지 나타났다. 사촌은 스물아홉해 두달 스무날을 살다 갔다.

우리는 한살 차이도 안 났고 6마일도 안되는 거리에서 자랐다. 할머니네 낙농장과 다섯 이모의 집들에서 함께 경운기를 탔고 소

* 스칸디나비아 반도와 핀란드 북부, 러시아의 꼴라 반도를 포함하는 유럽 최북단 지역.

털이 고스란히 묻은 우유 단지를 나눠 마셨고 아무리 놀아도 질리지 않는 종이상자 놀이를 함께 했고 건초 더미 위로 갈 수 있는 데까지 함께 올라갔으며 어린이용 오르되브르로 식탁에 올라온 치즈맛 과자를 나눠 먹었다. 그러다 천연두마저 동시에 앓게 되자 엄마들은 우리 둘 다 아픈 틈을 이용해 커피케이크 파티를 열기도 했다. 그때가 바로 내가 영원히 간직하고 싶은 시절이다. 천연두든 뭐든 전부. 하지만 우리는 성장했다. 나는 나대로 섀드는 섀드대로. 그는 미네소타의 화신, 즉 맥주를 마시고 농담을 즐기고 사슴 사냥을 나가고 트럭을 모는 사나이가 됐다. 틀림없이 그도 어떤 날은 투덜거리기도 하고 괴팍하거나 못되게 굴기도 했겠지만, 정말이지 나에겐 그런 모습을 한번도 보이지 않았다. 단 한번도, 심지어 꼬마 때도.

난 그가 세상을 떠나기 전에 그를 보러갔다. 야위고 머리가 하얗게 세어서 못 알아볼 뻔했지만 사람은 여전했다. 여전히 웃기고, 여전히 종알거렸다. 여전히 다른 사람들을 걱정하는 사람, 본인의 최후를 위로하러 찾아온 이들을 대접하려고 지하층에 있는 자기 방에서 나오는 사람이었다. 위층의 식탁에서 그의 부모는 아들 인생의 사람들과 장소들을 회상했다. 그가 유년기를 보낸 집, 너무 큰 정장 재킷을 갖춰입고 찾아온 어릴 적 친구들, 옛날식 목욕탕과 증기가 피어오르는 돌이 있던 그의 조부모 집, 그의 기숙사 방과 맥주 파티, 그 시절 친구들, 그들과의 주말 사냥, 그가 다시는 보지 못할 장소들, 그가 결코 아내로 맞을 수 없을 그 아가씨……

어머니가 아들의 시신을 닦았다.

섀드의 장례식에서 그의 어머니, 그러니까 나의 이모는 모두에게 이렇게 말했다. "하느님의 왕국에 들어간 완벽하게 영광스러운 날입니다." 이모는 하느님이 영생의 약속을 지켜주셨고 섀드는 이미 천사가 되어 벌써 강아지와 아이 들과 함께 놀며 영생을 누리고 있다고 믿었다. 그때 이모가 보인 위엄은, 태어날 때부터 죽을 때까지 아들을 보살피고, 꽃과 음식, 감사카드와 전화 인사와 대금 지불과 아들 방 청소와 침대보 세탁까지 모든 것을 기꺼이 도맡고, 평소에는 명랑한 사람이라 우는 모습 한번 보인 적 없던 남편까지 챙기는 한 어머니의 위엄이었다.

우리는 모두 자기 방식대로 슬퍼했다. 여자 친구는 고개를 저으며 울고 관에 누운 섀드의 뺨에 입을 맞추고 결국 자기 친구들의 품에 풀썩 쓰러졌다. 언니가 데려온 어린 두 조카는 처음 와본 장례식이라 "여기 누구를 묻는 거야?" "왜 죽었는데?" 같은 질문을 해댔다.

장례식 후 우리는 일회용 컵에 커피를 마시고, 플라스틱 스푼 겸 포크로 종이접시에 담긴 일곱가지 쿨휩 샐러드와 집에서 담근 피클, 햄을 끼운 버터빵을 먹으며 세포 차원에서 살아 있음을 확인했다. 난 부모님과 함께 시간을 보냈다. "그 아이가 왜 죽어야 했지?" 누군가 끔찍하리만큼 예상대로 세상을 떠났을 때 느끼게 되는 충격에 휩싸인 두분은 손자들을 따라 하듯 질문을 해대며 죽음을 받아들이려고 애썼다.

"그애는 여기에 더 있을 필요가 없었으니까. 십년이나 앓고 있잖아. 그 정도면 충분했어." 이모는 시제를 혼동하며 말했다.

"그애는 우리가 가져보지도 못한 아들이었어." 엄마 아빠는 그 주말 내내 이 말을 하고 또 했다. "우리가 가져보지도 못한 아들, 우리에겐 없는 아들이었어. 우리가 키운 아들, 우리에겐 없는 아들이었어."

"우린 딸 셋을 키웠고." 실제로는 딸이 하나에 한국계 조카 둘이 있는 이모가 대답했다. 그녀가 내 팔을 꽉 쥐었다.

'스토커'가 성적으로 위험하다는 판결의 명세서

『쎄인트폴 파이어니어』
2003년 5월 21일 수요일

지난 목요일 미네소타 주 항소법원은 스토킹과 살해 협박 등 강박증 내력이 있는 자는 '성범죄 위험인물'의 법적 정의에 근거해 구금할 수 있다는 판결을 내렸다.

이 판결은 현 34세인 〔나의 스토커〕에게 적용될 것이라고 법원 신문은 전했다. 1991년 같은 대학에 재학 중인 〔나〕를 스토킹하는 것으로 성적 일탈을 시작한 〔나의 스토커〕는 처음에는 이 여성이 탈의하는 모습을 관찰했고 그녀에 대한 집착이 악화되면서 급기야 그녀의 아버지에게 총을 쏘고 이후 체포되었다. 경찰은 그의 차량을 수색해 그녀를 계획적으로 납치, 강간, 살인하기 위한 권총, 칼, 접착테이프, 비디오카메라를 발견했다고 한다.

폭행 혐의로 감금된 전과가 있는 〔우리의 스토커〕는 교도관에게 유사한 행동을 보였다. 그는 복역

중에 성범죄자 교정을 수차례 거부, 또는 불이행했다. 1997년 가석방되었고 용무를 보기 위한 외출을 허가받았다. 그러나 그는 총을 구입한 후 그 여성 교도관을 찾으러 나섰다.

그는 체포되었고 이번에도 경찰은 그의 자동차에서 장전된 총과 칼, 접착테이프를 발견했다. 또, 당국은 교도소 직원, 판사 등 그의 사건과 관련된 인물들의 이름이 적힌 명단 두개를 발견하기도 했다.

가면무도곡 제5번: 누락된 말들

작가의 존재는—그가 의도하는 것들과 보지 못하는 것들, 보는 것들 모두—창의적 활동의 일부이다.

에디는 백인이다. 그가 백인임을 우리가 아는 것은 아무도 그가 백인이라고 말하지 않기 때문이다.

—토니 모리슨

『어둠 속의 유희: 백인성과 문학적 상상력』

보안관이 나의 스토커를 트윈시티스*에 있는 그의 집에서 네시간 거리의 베커 카운티에서 체포한 후, 당국은 그 전 몇주간의 절도사건 및 문제의 총격과 관련해 그를 신문했다. 조서는 총 9페이

* 지리적으로 인접한 미네아폴리스와 쎄인트폴 두 도시를 아울러 일컫는 이름.

지이고 대부분 그가 언제, 어디에 있었는지에 관한 내용이다. 그런데 신문 중간에 다음과 같은 문답이 들어 있다.

문: 이 지역에 연고가 있습니까?

답: 보호구역에 친척들이 있어요. 한번도, 아, 아직은 만나본 적 없는데, 그러니까 이쪽에 친척이 있고 나도 등록돼 있으니까 그래서 이러면……

문: 친척들 이름이 뭡니까?

답: 그게, 내가 그걸 몰라서요. 그 동네에 가서 부족민 사무소를 찾아가려고 한 건데 결국 못 가고, 그게 가본 적이 없거든요. 난 그냥 조금 섞인, 반의 반쪽짜리 인디언이라서. 그런 델 들어간 적이 없고, 그냥, 거길 가서, 어……

(가면무도 장면들이 음악에 의해 강조된다. 극의 끝에 이르면 마을 사람 모두가 음악과 춤에 참여한다.)

반의 반쪽짜리 인디언 > 반쪽 핀란드인 > 그냥 한국인 > 호적 > 인디언으로 등록 > 인디언으로 인식 > 자기를 칭할 권리 > 그런 델 들어간 적이 없고 > 증거 서류를 이용할 권리 > 공문서 > 사문서 > 결정이 내려지고 > 무효화된 사람들 > 눈에 띄지 않는 유색인 > 눈에 잘 띄는 백인 > 범행 시 스토커 나이=23 > 나를 바라보았다 > 창문틀 사이로 > 화이트어스 생긴 지 몇해=139 > 한국에 외구가 들어온 지 몇해=111 > 철조망 사이로 > 스토커가 처음 화이트어스에 간 나이=23>거길 가서>친척을 찾을 수 없어>나는 그냥 조금 섞인, 반의 반쪽짜리>나는 그냥 입, 입양인>내가 처음 한국에 간 나이=22>그냥 갔고>친척을 찾았고>날 무시해도>머리로는 알아도>나 자신이 싫어도>아시아계 미국인 기관엔 들어간 적 없고>난 들어간 적 없어도>당신은 거길 가서>반드시 증언되어야>등록되어야>감금되어야>이제 당신이 누군지 알겠어>당신이 원했던 가족이 누군지도>그들이 가져보지도 못한 아들>당신이 찾아내지도 못한 가족이 누군지도>결코 없는>

이 마주침들.

아니마토

Animato, 생기 있게

1

상상력이라는 내면의 귀가 있어 이미지를 소리로, 소리를 이미지로 바꾼다. 스물네시간 해가 지지 않는 평원을 질주하는 아이슬란드 야생 조랑말들, 재주넘는 체조선수 주위로 둥근 호와 나선을 그리는 반짝이는 리본, 황금색 낙타의 혹에 걸린 시계. 쁘로꼬피예프의 음악은 타건의 맥동과 잦아드는 파동 속에서 독자적인 시간을 만들어낸다. 한 곡 안에서도 여러 층을 이루는, 음악의 초침인 박자에 의해 조직되는 시간이다.

메트로놈처럼 일정한, 박자라는 내면의 시계는 어렵지 않게 만들어낼 수 있다. 하지만 그 박자를 음악적 표현으로 이용하는 기술은 배우기가 좀더 어렵다. 이 기술을 뜻하는 음악 용어가 '훔치다'라는 뜻의 이딸리아어 '루바레'(rubare)에서 온 '루바토'(rubato)다.

루바토: 시간을 훔치다.

2

엄마(*umma*), 나의 한국 엄마는 내가 음력 1972년 1월 24일 새벽 2시에 아버지의 다섯째 딸로 태어난 때의 일을 들려주었다. 바깥이었고 눈이 내렸다. 나는 바깥에서 엄마의 몸을 나와 세상에 태어났다. 새벽 2시였고 아버지는 엄마를 집에 못 들어오게 했고 양력으로는 3월 9일, 밤이었다. 그때 미네소타는 3월 8일 점심때였다.

미국에 갈 때 난 열네시간을 거꾸로 여행했던 셈이다. 미네소타를 떠나지 않는 한 나는 열네시간을 득 본다. 열네시간이라—난 공식 나이보다 하루 더 나이가 많다. 열네시간으로 하루를 번 셈이다.

한 엄마의 벌거벗음. 빼곡하게 모자이크처럼 배열된 시간들.

3

여름밤에는 써머타임이 밤의 한시간을 낮에 보탠다. 봄(spring)

에는 '앞으로 뛰어오르고'(spring ahead) 가을(fall)에는 '뒤로 물러난다'(fall back). 한국에는 써머타임이 없다.

4

최후의 심판 날에 관한 노래 하나가 생각난다. 쌘디 패티나 에이미 그랜트 같은 기독교인 록 스타에게 곡을 주는 작곡가를 꿈꾸던 십대 시절에 들은 모든 노래처럼 그 노래도 잊을 수가 없다.

> 하루만 더 있으면 세상이 갈라질지도 몰라요. 하루만 더 있으면 시간이 사라질지도 몰라요. 이제 하루가 남았다면 당신은 무슨 일을 하겠어요?

5

널리 용인되는 추측들

"만약 네가 입양되지 않았다면……"
"만약 네가 한국에 계속 있었다면……"
"만약 네가 미국에 오지 않았다면……"
—그랬다면 난 죽었을 것이고, 몸을 팔았을 것이고, 교육을 받지 못했을 것이고, 발육에 문제가 생겼을 것이고, 뒷골목에서 떠나지 못했을 것이고, 고아가 되었을 것이고, 노숙자가 되었을 것이라고.

미국 엄마는 위와 같은 이야기를 전부 믿는다.

백인성이 이글거리고 고립되고 절대적인 규칙들로 이뤄진 곳에서 무언가를 설명하는 방법은 두가지다. 옳다, 그르다. 맞다, 틀리다.

그럼에도 나는 엄마에게 그곳에서의 삶이 실로 어땠는지, 유쾌한 일들과, 물론 불쾌한 일들에 대해서도, 또 내가 입양된 그 광대한 잿빛 땅에 대해 이야기하려고 했다. 한국에 있는 내 가족에 대해, 나에 대해 이야기하려고 했다.

엄마는 내 말을 자른다. "그냥 내가 나쁜 사람이라 그렇겠지."

엄마는 착한 사람이다. 내 논리와 엄마의 논리가 같진 않지만 내가 엄마의 논리를 이해하는 것은 그녀가 그 논리로 나를 키웠기 때문이다. 날 '자신이 낳은' (다른 누군가가 낳지 않은) 아이로 대하는 것이야말로 절대적으로, 의문의 여지 없이 옳은 일이라고 엄마는 믿을 수밖에 없다. 착한 사람은 자식에게 가장 좋은 것을 준다. 착한 사람은 엄마로서도 좋은 엄마다. 좋은 엄마는 아이를 행복하게 키운다. 좋은 엄마는 결코 아이에게 상처를 주지 않는다. 좋은 엄마는 사람으로서도 좋은 사람이다.

엄마는 둘 중 하나를 선택할 수밖에 없다고 생각한다. 본인의 선량함이냐, 내 경험의 진실함이냐. 결국 그녀는 자신의 선량함을 선택한다.

그런 걸로 엄마를 탓할 순 없겠지.

나도 내가 착한 사람이라고 믿고 싶으니까.

6

나는 오후 피아노 수업의 첫 학생을 기다리고, 캐럴 언니는 아이들이 학교에서 돌아오기를 기다리며 전화 통화로 시간을 죽이고 있었다. 우리는 꽤 오래 서로 없이 살다가 어른이 되고 약 이년 전부터 다시 연락하며 지낸다.

"다시 연락하며 지내니까 좋네." 갑자기 애정을 느끼며 언니에게 이렇게 말했다. 언니가 전화를 받으면 난 대번에 언니의 그날 기분이나, 알레르기가 올라왔다는 걸 보니 청소 중이라거나, 또, 친한 사람만 아는 시시하고 자질구레한 일들까지 알아챌 수 있었다. 난 그런 게 참 좋았다. 이윽고 약간 두렵긴 했지만, 지난 이년간 기억을 서로 들려주고 함께 떠올리고, 서로의 남편과 언니 아이들에 대해 알게 되고, 우리는 자매라는 협정을 맺어오면서도 결코 꺼내지 못했던 이야기를 꺼냈다. "연락하면서 지내니까 정말 좋아. 왜냐하면, 정말 솔직히 말해서, 어릴 때 언니 기억이 없거든. 언니가 집에 있던 게 기억이 거의 안 나."

물론 우린 한집에서 자랐다. 부모님이 1964년에 결혼한 직후에 지어서 그후 사십여년을 산, 침실 세개짜리 미국식 주택이었다. 캐럴 언니가 전혀 기억나지 않는 건 아니었다. 언니 옆에서 자려고 밤에 까치발로 언니 방에 가던 일이나 언니가 코바늘로 떠준 인형 옷 같은 것. 하지만 그런 것 말고는 언니에 대한 기억이 없다. 내가 언니에 대해 아는 사실 대부분은 어른이 되고 나서 알게 된 것이다.

"신기하다." 캐럴 언니가 말했다. "나도 네 기억이 별로 없거든."

바로 그 시절, 열네시간 떨어진 한국에서 자란 내 여동생은 우리 두 사람 다 기억하고 있었다. 하지만 그애가 기억하는 우리란 우리들의 엄마가 하고 또 하는 이야기 속의 우리일 뿐이었다.

7

나는 시간을 구부리는 법을 배웠다. 선생님은 메트로놈을 켜고 나에게 피아노를 치라고 했다. 목표는 메트로놈 소리를 듣고 그 소리에 맞춰서가 아니라 그 언저리에서 연주하는 것이었다. 많은 연습 끝에 메트로놈은 내가 자유자재로 건드리기도 하고 건드리지 않기도 하는 기준점이 되었고, 이제 시간이 유체처럼 움직이기 시작했다.

현대적인 연주 연습에서는 두 손이 함께 루바토로 연주하는 것이 정석이다. 박자가 유동적인 경우에도 양손의 음표들은 작곡가가 악보에 쓴 대로 나란히 이어진다. 하지만 낭만파 피아노 대가들의 시대에는 곡의 표현력을 높이기 위해 양손을 약간 다른 리듬으로 연주하는 방식이 유행했다. 쇼뺑의 루바토는 바람 속에 서 있는 한그루 나무로 묘사되었다. 그의 왼손은 흔들리지 않는 줄기와 가지였고, 오른손은 흔들리는 이파리처럼 왼손이 내는 소리 위를 미끄러지듯 나아갔다.

8

한국 엄마가 한번도 입에 올린 적 없는 고유명사: Jane.

미국 엄마가 한번도 입에 올린 적 없는 고유명사: 경아.

9

템포란 곡의 속도를 말한다.

이딸리아어로 '템포'(tempo)는 '시간'을 뜻하는 말로, 라틴어 '템푸스'(tempus)에서 왔다.

10

책을 쓴다는 것은 피아노를 연주하는 것과 정반대의 일이다. 내가 피아노를 연주할 때는 음악이 악보에서 벗어나 생명으로, 현재로 고양된다. 글을 쓸 때의 나는 스쳐지나가는 이미지를 그러모아 한 지점에 묶는다. 과거, 현재, 미래 같은 단어에. 만약 그랬다면, 또는, 지금 그러한 같은 구절에.

11

부모님 집을 생각하면 인형들이 떠오른다. 내 인형과 엄마의 인형이다. 엄마는 벽장 안 보드게임 옆에 결혼식 전 신부파티 때 받은 인형을 넣어두었다. 키가 60센티미터가량 되는 신부 인형이었다. 어린 나는 왜 어른이 인형 같은 걸 갖고 싶어하는지 이해하지 못했지만, 지금 생각하면 그건 가지고 노는 인형이 아니라 신부인 자신을 상징하는 인형이었을 것이다. 그러다 엄마는 장식 인형을 모으기 시작했고 훔멜* 인형을 구하려고 경매 모임을 찾아다녔다. 우리 집 거실 소파 옆 작은 탁자 위에는 갈색 드레스에 하얀 앞치마를 두른 할머니가 생선이 가득 담긴 바구니를 들고 서 있었다. 어떤 때는 텔레비전 밑에 노부부가 등장했다. 영감은 방금 베어낸 나무 그루터기 옆에 서 있었다. 곧이어 노란색 머리카락에 회색 모자를 쓴 꼬마 남자아이가 찬장에 나타났다. 좀 있다가는 노란색 머리카락에 빨간색 두건을 쓰고 헝겊을 댄 바지를 입은 남자아이가 나타났다. 부모님에게 아이가 있었다면 딱 그런 모습이었을 것 같았다. 후에 나는 부모님에게 아들이 있었다면 딱 그런 모습이었을 것 같은 남자와 결혼했다.

열네살이던 나는 엄마에게 인형을, 진짜 훔멜은 아니고 값싼 모조품을 하나 선물하려고 돈을 모았는데 시간이 꽤 걸렸다. 하지만 버건 꽃집의 재고 정리 매대에서 엄마가 너무나 좋아하는 소년 인형들을 발견했을 때 난 그걸 몽땅 사버렸다. 한개도 남김없이. 나는 엄마를 위해 그것들을 찬장 맨 위 선반에 줄을 맞춰 세워놓았다. 엄마의 아이였다면 딱 그런 모습이었을 법한 남자아이 여덟명이 각각 낚시를 하거나 달리거나 뛰어오르거나 쉬거나 생각에 잠

* 도자기로 된 피겨 인형 브랜드.

긴 자세로 서 있었다.

파란 눈과 금발의 엄마, 엄마가 그 연푸른색 눈동자와 담황색 머리카락으로 날 사랑해준다면 내가 무슨 일인들 못하겠어요.

12

우리의 결혼식 피로연 차림은 전부 독일식이었다. 쇠고기 초절임 구이, 송아지고기 커틀릿, 오렌지 젤리를 얹은 초콜릿 토르테. 연회가 열린 블랙포레스트 여관은 우리 집안에 독일 전통이 너무도 강력하게 흐르고 있음을 알려줬던 곳이다. 그곳의 정통 독일 음식은 우리 집에서 먹는 것과 거의 비슷하다. 쏘시지, 이런저런 캐서롤 요리, 간 튀김에 양파, 감자에 또 감자, 그레이비소스 위를 둥둥 떠다니는 고기 등. 다른 게 있다면 우리 집 음식이 형식 면에서 약간 미국화되었다는 점 정도랄까. 우리 가족은 생각지도 않게 음식을 통해 독일인다움을 실천하고 있는 것만 같았다.

아니나 다를까, 부모님은 음식 차림이나 연회 장소에 대해 아무 말도 하지 않았다. 블랙포레스트 여관에서의 독일식 피로연이 남편이나 내가 아니라 두분을 위한 것임을 알아차리셨는지 잘 모르겠다. 그러다 나중에 간 튀김과 양배추 절임이 너무도 먹고 싶어서 남편과 함께 그곳에 갔을 때 의문이 풀렸다. 거기선 등판에 가게 로고를 찍은 티셔츠를 팔고 있었다. 티셔츠 앞쪽에 이렇게 쓰여 있다. “독일인 아닌 사람은 정말 마음에 든다고 말한다. 독일인은 의외로 괜찮다고 말한다.”

미네아폴리스에 있는 옥스버그 대학에 지원할 때만 해도 대학가의 음식문화가 교육의 일부가 될 줄은 몰랐다. 사실 캠퍼스가 있는 씨더리버사이드 지역은 오래된 이민자 동네다. 씨더 가에는 이민자들이 운영하는 가게가 줄지어 서 있고 그중엔 코리아하우스라는 한국 식당도 있다.

코리아하우스는 식탁 두개가 들어갈 크기이고, 좁고 어두운 식당이 다 그렇지만 이곳에서 밥을 먹는 요령은 바닥이나 벽을 보지 말고 음식에만 집중하는 것이다. 나는 위스콘신 주 출신 룸메이트에게 그 식당에 함께 가달라고 부탁했고, 한국 음식에 대해 아무것도 모르는 우리는 되는대로 주문한 다음 나온 음식을 먹었다.

난 그날 오후 내내 배앓이를 했다.

하지만 그날 이후 난 이제 백인 룸메이트의 호위 없이도 그 식당을 자주 찾았고 한국식 배추절임에 점점 적응했으며 한국인으로 보이는 주인 겸 웨이터의 존재도 즐기게 되었다. 그는 나에게 채소와 구운 고기와 날계란에 고추장을 섞은 비빔밥을 먹는 법을 가르쳐주었다. 난 그때까지 내가 먹은 모든 것, 이를테면 버섯수프의 크림에 전 시들시들한 면 따위가 끼친 영향을 뒤엎으려는 것처럼 이제부터는 내가 되고 싶은 것을 먹겠다는 계획을 세웠다.

어느 일요일, 학교 식당의 점심을 건너뛰고 코리아하우스에서 밥을 먹기로 했다. 식당은 조용했고, 이걸 먹으면 분명히 이따가 고생하겠다 싶으면서도 음식을 먹었다. 그때 주인이 손에 사진 한장을 쥐고 내 자리에 오더니 옆에 앉았다. 주황색 낙하산복을 입은 남자들이 열명 남짓 찍혀 있었다. 그는 사진 속 자기를 가리키며 부정확한 영어로 자기는 베트남군 비행기 조종사였다고 말했다. 그러다 임무 수행 중에 적군에게 총을 맞고 비행기가 추락했고 거기 탔던 사람들은 전부 죽고 자기만 살아남았다고 했다. 자기는 다리만 부러졌고 그 때문에 지금도 비 오는 날이면 다리를 전다고 했다. 그때 포로로 잡혀가 강제노역소에서 몇년을 보내다가 자유를 찾아 캄보디아를 걸어서 횡단했다고 했다.

나의 반응: **한국인이 아니란 말이에요?**

템푸스 푸기트(tempus fugit): 세월은 덧없다.

13

어쩌면 언젠가 잠에서 깨면 내가 제대로 된 이야기 속 주인공이 되어 있을지도 모른다. 옛날 옛적에 내가 한국인이었을 때. 이렇게 시작하는 동화가 없는 것은 그 모든 것이 전적으로 정상적이고 현실적이기 때문이다. 이 동화에는 불가사의한 탄생이 없고, 모든 아이가 자기 엄마의 손에 자라며, 잃어버린 무언가를 찾아나서는 모험도 없다. 모든 것이 평범하다. 주인공은 중산층의 일하는 여성이다. 남편과 아이들이 있고 가게를 운영한다. 그녀는 백인 남자와 사랑을 나눈 적이 없고, 한국 남자의 몸이 어떻게 생겼을까 궁금해하지도 않는다. 결혼식을 준비할 때 웨딩케이크 꼭대기를 장식할, 자기와 남편을 닮은 자그마한 신랑 신부 도자기 인형 한 쌍을 손쉽게 구한다. 이 동화에서 주인공의 손톱은 피아니스트의 뭉툭한 손톱이 아니다. 매니큐어가 칠해진 긴 손톱이다.

14

이 곡은 엄밀히 말해 푸가는 아니다. 푸가 느낌이 있긴 하나, 실은 하나의 모티브를 반복하고 겹치고 이어붙여서 먼저 나온 오른손이 왼손과 엇갈리고 왼손이 오른손과 엇갈리며 두 손이 반대로 움직이도록 정교하게 배치한 곡이다.

15

햇빛을 모으는 써머타임　　어둠에 대한 규제
인종 간 출산　　범죄　　절도
"법에 대한 무지는 항변이 되지 않는다"
"그때는 몰랐던 것들"
"그로부터 배운 것들"
두 존재의 마찰　　둘 사이에 존재하는 것들
"옳다고 믿었던 것들"

남겨진 것들

16

파란 눈과 금발의 엄마, 주방의 시계를 뒤로 돌려 내가, 다른 사람의 아이가 당신 인생에 들어오던 그때의 나를 봐요. 시간에 구속받지 않는 상상력으로 시계를 뒤로 돌리고 내 친구들을 봐요. 그애들은 뒷골목이나 경찰서에 버려져선 안돼요. 자기 부모에 대해서, 자기가 태어난 도시에 대해 거짓말을 들어선 안돼요. 이름에 붙일 성이 없어서 고아원 원장의 성을 물려받아선 안돼요. 그애들은 진짜 생일을 가져야 해요. 시계를 뒤로 돌리면 입양기관의 회색 금속 서랍에는 기밀 서류가 빼곡하고 입에 담을 수 없는 엄마 아빠 이름은 그들의 아이만 빼고 아무나 볼 수 있으니까 기밀일 이유가 없어요. 시계를 뒤로 돌리고 우리가 늘 무사하게 해주세요. 우리에게 나쁜 일이 없도록 해주세요. 당신이 이렇게 시간을 구부려서 좀더 근사한 상상으로 계절을 만들어주면 엄마들이 절망할 일이 없어요. 그러면 나의 검은 머리 엄마도, 내가 그토록 간절히 사랑받고 싶었던, 금발과 연푸른색 눈의 아름다운 엄마도 결코 절망하지 않을 거예요.

⚜

미네소타 주 전역에서 가장 아름다운 자연풍경 속에 자리한 이 건물은 가시철조망과 너무 많은 울타리만 빼면 붉은 벽돌 기숙사로만 보인다. 이미 형기를 마쳤으나 사회로 내보내기엔 위험하다고 생각되는 범죄자들을 구금하는 곳이다. 예컨대 이제까지 이미 많은 사람의 삶을 망쳤고 개전의 정이 없는 상습적 아동성범죄자, 상습적 강간범들이 이곳에 들어온다. 나의 스토커, 즉 성적 만족을 위해 치밀한 계획하에 나를 강간하고 살해하고 매장하려 했다고 경찰에게 진술한 그 남자도 이곳에 들어갔다. 하지만 백년 전 이 병원에는 동성애나 사별의 슬픔 같은 이유로 사람들이 입원했다.

현재 이곳은 '미네소타 보호병원' 또는 병원이 있는 마을의 이름을 따서 간단히 '쎄인트피터'라고 불리지만, 과거 미네소타 사람들은 '위험한 정신질환자 병원' 등 여러 이름으로 불렀다.

몰토 지오코소

Molto Giocoso, 매우 즐겁게

위험한 정신질환자 병원의 수요 뉴스

미네소타 주 쎄인트피터

1882년 4월 12일 수요일

오샤와에 사는 존 블룸키스트가 지난 토요일 정신질환 판정을 받고 병원에 입원했다. 그는 지난 가을에 말 한필, 올봄에 소 한마리를 잃고 정신적 충격을 받은 것으로 보인다. 그는 자기가 곧 거지가 되리라고 생각했다고 한다.

1882년 6월 28일 수요일

『델라노 이글』지에 따르면 라이트 카운티의 한 젊은 여성이 이

병원에 입원했는데 카운티 당국은 공공요금 때문에 그녀를 입원시켰으며 경찰은 그녀가 미치지 않았음을 알고 있었다고 한다.『이글』지에 따르면 그녀의 친구들은 바틀릿 경찰서장에게 서한을 보냈고 그녀는 멀쩡하기 때문에 언제든 귀가할 수 있다는 확답을 받았다고 한다.『이글』지의 기사가 사실이라면 라이트 카운티 당국은 푼돈이 간절한 처지임이 분명하다.

1882년 8월 16일 수요일

병원의 정신질환자 기록에 따르면 이달에 남성 15명, 여성 21명이 입원했고 7월에 남성 19명, 여성 9명이 입원해 지난 두달간 총 64명, 월평균 32명의 환자가 수용된 것으로 나타났다. 월평균을 상회하는 이 수치는 정신질환이 증가세에 있음을 보여준다.

1882년 11월 8일 수요일

지난 목요일, 주립병원 음악대의 지휘자 G. B. 에버렛 씨가 매사추세츠 주 웨스트메드웨이에 사는 부친의 갑작스러운 사망을 알리는 전보를 받았다. 에버렛 씨는 동부행 첫 열차로 출발했고 당분간 자리를 비울 것이다.

1883년 3월 28일 수요일

지난 금요일, 정신질환자를 수용하는 북쪽 병동에서 즐거운 댄스파티가 열렸다. 음악은 T. M. 페리와 그의 조수들이 담당했다. 환자들의 즐거운 춤은 놓칠 수 없는 재미라고 하므로 다음번 행사 일정이 나오면 놓치지 말아야 할 것이다.

콘 엘레간차

Con Eleganza, 우아하게

내가 꾸는 꿈에는 색깔도 있고 배경음악도 있다. 배경음악은 대개 관현악이지만 때로는 좀더 친밀한 음악일 때도 있다. 예컨대 지금 들려오는 배경음악, 8분의 6박자에 미끄러지듯 나아가는 선율과 절뚝거리는 리듬의 이 곡은 약간 조율이 어긋난 피아노로 녹음된 것이다. 눈앞에 한 사람의 댄서를 떠올려보라. 몸 한쪽엔 신랑 의상을, 다른 쪽엔 신부 의상을 입고 있다. 뚜렷한 수직의 경계로 립스틱과 수염이, 베일과 중절모가, 드레스와 턱시도가 나뉘어 있다. 이 댄서는 기묘하고 모순적이다. 변하지 말아야 하는 무언가, 이를테면 신랑과 신부, 남자와 여자에 대한 패러디다. 댄서가 회전한다. 흑백, 흑백, 홀로 데르비시 수도승처럼 빙글빙글 춤을 춘다. 무척 생기가 넘치지만, 그래도 빌린 예복으로는 우아해질 수가 없고, 변장이 그럴듯해 보이지도 않는다.

빙빙 돌고 있는 댄서를 쪼개보자. 댄서를—이를테면 존 트라볼타와 올리비아 뉴튼 존으로—두 사람으로 나누어 혼란스럽지 않게 춤추게 하자. 세상에서 가장 멋진 댄서로 만들어주자. 트라볼타는 예전처럼 호리하고 남성호르몬이 넘쳐나는 모습으로, 올리비아는 눈부시게 여성스럽고 큼지막한 눈에 근심 걱정을 잊은 모습으로 하자. 이제 음악이 흐르고 두 사람이 빨갛고 파랗게 번쩍이는 조명을 받으며 리놀륨 바닥 위에서 춤추는 동안, 참전용사회관의

빙고장 스타일로 스테인리스 카트에 담긴 뷔페를 차려보자. 아니지, 아예 댄서와 타일 바닥 통째로, 김이 모락모락 나는 커다란 음식통에 재채기가 튀지 않게 반짝이는 유리 덮개를 덮어두는 제대로 된 뷔페식당으로 옮기는 게 낫겠다. 뷔페의 아름다움과 신비란, 으깬 감자와 고기소가 끝도 없이 이어지고, 음식을 옮겨담는 스푼의 손잡이가 마카로니 치즈나 브레드 푸딩 속에서 반짝이며 솟아있고, 정말이지 어떻게 저 마카로니 샐러드를 만들어낼 시간이 있는지, 정말이지 어떻게 저 두툼한 쇠고기구이와 햄 사이에서 마음을 정할 수 있는지, 그래서 고르고 나면 주방장 모자를 쓴 사람이 톱칼로 고기를 종잇장처럼 얇게 썰어서 접시의 빈 곳에 담아주고, 담을 데가 없으면 옥수수 위에 얹어서라도 담아준다든지 하는 데 있다. 자리로 돌아올 땐 미끄러지지 않도록 채색 타일 바닥을 조심해서 걸어야 하는데 그러다 보면 다른 데도 눈길이 미친다. 예컨대 하이힐을 신고도 편하게 움직이는 올리비아의 발이나, 그녀의 발가락 위에서 반짝거리는 모조 다이아몬드 장식, 예의 그 하얀 홀터드레스의 치마 아래로 슬쩍 비치는 날씬한 다리, 닭튀김용 보온등 빛을 받아 반짝이는 숨 막히게 아름다운 백금색 머리카락 등이 보일 것이다. 그녀는 너무도 아름답기에 낯선 이들에게 그런 식으로, 앞뒤 가리지 않고, 햄을 기다리는 와중에도 스텝 한번 놓치지 않고 자신의 아름다움을 나눠줄 수 있다.

뷔페가 가장 좋지만, 부모님이 일하러 나가셨을 때는 뱅퀴트 사의 냉동식품도 나쁘지 않다. 사과 조림은 잊지 말고 포일을 벗겨내야 한다. 으깬 감자는 굽는 중간에 저어줘야 한다. 언니와 나는 점심을 먹은 다음 허슬 춤을 추고, 스누피 춤을 추고, 거실의 황록색 벨벳 커튼을 쳐놓고 서로 손전등을 비춰대고, 머리빗이나 아이스크림 국자를 들고 노래를 부른다. 페퍼민트향 립글로스, 깃털로 장식한 머리, 탱크톱과 조깅용 반바지—이게 진짜 디스코지. 우리도 언니들 오빠들처럼, 그러니까 친가 쪽 사촌들처럼 멋졌으면 좋겠다. 아빠가 형제들과 사이가 좋지 않아 만날 일은 거의 없지만, 사진 속 그들은 부풀린 머리 모양에 인기가 많고 코듀로이 재킷에 밝은 파란색 터틀넥을 걸친 영원한 고교 선배의 모습이고, 그러니 아마 춤도 잘 출 것이다. 여름방학이 끝나가고 있다. 라디오를 한껏 크게 틀어보고 춤을 추고 노래하고 책을 읽는다. 금색 소파 쿠션에 코를 박으면 맡아지는 익숙한 냄새, 선풍기 돌아가는 익숙한 소리, 엄마 아빠가 집에 돌아오길 기다리는 익숙한 오후.

⚜

십년 새 여섯번째 오는 한국. 2005년 늦여름, 이혼을 막 매듭지었다. 공연장에서는 뮤지컬 「헤드윅」이 상연되고 있다. 금발 가발을 쓴 한국인이 여자인 척하는 독일 남자를 연기한다. 개학 직전 주말이고, 공식적으로는 장마가 끝났지만 계속 비가 온다. 태풍의 계절이다. 나는 과일과 채소를 파는 행상의 목소리에 잠을 깬다. 가파른 언덕을 오르내리고 뒷골목을 누비는 트럭에 수박, 복숭아, 천도복숭아, 양파, 방울토마토, 감자, 고구마, 통째로 입에 넣은 다음 껍질만 뱉어내고 먹는 다디단 포도 들이 가득 실려 있다. 장미가 활짝 피었고 코스모스와 국화가 길가에 줄지어 피었다. 이웃집은 국화(國花)인 무궁화(*mugunghwa*)를 한그루 키우는데, 트럼펫처럼 생긴 꽃이 노란색, 오렌지색으로 피어 있다. 그 집 지붕 위로 나팔꽃과 뒤엉킨 토마토는 금세 익을 것이다. 감나무 열매는 딱딱하고 푸릇하다. 가을이 오면 속이 차고 주황색을 띨 테고, 마당에 감나무가 있는 사람들은 윤이 나는 이파리와 잘 익은 과일이 달린 가지를 꺾어 친구에게 선물로 줄 것이다. 조금 있으면 지붕에 호박이 열리고 제주산 감귤이 제철일 것이며 은행이 보도를 뒤덮고 호박 덩굴이 지붕과 전깃줄과 전화선을 따라 뻗어나갈 것이다. 무엇보다도 지금은 빨간 고추를 거두고 자리에 널어 말리는 계절로, 주차장이든 가게 앞 도로든 자동차 지붕이든 공간만 있으면 어디에나 고추를 펴놓는다. 며칠마다 새로 딴 고추가 나타나고 전에 딴 고추는 쪼글쪼글 까맣게 말라간다.

나는 골목길과 지름길을 훤히 안다. 표지판도 없는 계단들이 각각 어디에서 시작해서 어디에서 끝나는지, 어느 지하철 노선이 빠르고 어느 노선이 느린지, 환승거리가 긴지 짧은지, 어느 가게에 가면 생필품을 살 수 있는지 안다. 이 도시 여기저기에서 공기가 어떻게 다른지도 안다. 신촌의 숨 막히는 버스 매연과 하수구 냄새, 청계천의 상쾌하고 시원한 바람, 엄마가 아프기 전에 살았던 서초동 예술의전당 뒷산에서 쏟아지는 짙은 숲의 향기, 도시 곳곳의 절이 내뿜는 향냄새와 연꽃 향기도 안다. 푸른 하늘을 보기 어려운 이 도시에서 어떤 잿빛 하늘이 비를 예고하는 것이고 어떤 잿빛 하늘이 스모그에 해가 숨은 것인지 분간할 수도 있다. 외진 공원에는 잡초와 대나무 사이에 갖가지 관목들이 자란다. 수목 사이로 불어오는 바람은 부드럽게 쉬잇 소리를 낸다. 공기가 울음소리로 윙윙거린다. 귀뚜라미, 매미, 청개구리, 거미줄에 먹잇감이 걸려들기를 기다리는 황색 거미. 나는 영양이 풍부한 미역국과 감자 간장조림, 양파 반죽을 입힌 오징어 다리 튀김, 갖은 채소를 넣은 된장국, 깻잎에 싼 돼지갈비와 기름에 구운 마늘, 버섯과 당면을 함께 넣어 자작하게 익힌 저민 쇠고기, 참치 회와 홍어, 선짓국 등으로 배를 채운다. 고구마 잎과 냉이, 각종 산나물도 먹어봤다. 이 나라 우유에서 나는 독특한 누린내와, 이 나라의 빨간 사과와 둥글고 노란 배의 질감도 안다. 난 이 땅에서 나는 것들의 맛을 알고 있다.

하지만 밤이 되면 나는 늘 미국 꿈을 꾼다.

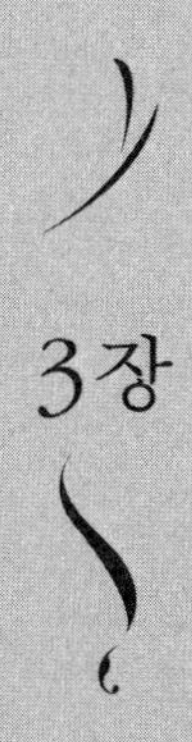

3장

피토레스코

코모도

피토레스코

Pittoresco, 회화적으로

2005년, 인제대에서 열린 성인 입양인을 위한 프로그램에서 들은 말들.

"당신은 한국인이니까 한국어를 금방 배울 거예요."

"아리랑을 부를 줄 알아야 한국인이죠."

"당신은 진짜 한국인이에요. 우리와 같은 정서를 느끼니까요."

"이 영화는 한국적 정서를 담고 있어서 당신은 이해 못할 수도 있어요."

"문화에서 가장 중요한 것은 음식과 언어죠."

"한국 음식 할 줄 알아요?"

"왜 한국어 못해요?"

A E A E A E, 5도 간격의 동일한 패턴을 되풀이하는 왼손의 오스티나토(ostinato), 바닥에서 꼭대기로 그리고 다시 바닥으로 구르는 원과 같은 소리, 배음의 여울. 이 음렬에서 열린 소리로 울려퍼지는 피아노 현은 한 마디에 여섯 박, 1 2 3 4 5 6으로 예상 가능한 박자를 센다. 4분음표가 한 박. 선미의 갑판이 파도의 마루에서 다시 바

닥으로, 바다의 맥박에 맞춰 움직인다. 배의 우현에 불어오는 시원한 바닷바람.

해외여행을 위한 여권, 그리고 내가 예술 활동 및 요양을 위해 해외로 나간다는 사실을 증명하는 관련 서류를 받았다. 체류 기간에 대한 언급은 없었다. 헛수고이긴 했지만 한 현명한 친구의 경고가 있었다. "자넨 역사로부터 도망치는 걸세. 그리고 역사는 결코 자네를 용서하지 않을 걸세. 자네가 돌아왔을 때 사람들은 자네를 이해하지 못할 테니까."

—『쎄르게이 쁘로꼬피예프 자서전』

나의 태평양 횡단 경험은 훼손되었다. 태평양이 빠진 태평양 횡단 여행이므로. 비행기는 그 사이의 공간을 지우고, 먼 길을 여행했다는 기분도 지워버린다. 내가 여기에서 저기까지 얼마나 빨리 가는지 보라. 거대한 대양, 산호초들, 고래와 돌고래, 수면에 반짝이는 햇빛, 그리고 그 광활한 이행의 공간에서, 가상적인 것으로 움츠러드는 그 공간에서, 내가 처음 경험하는 기나긴 여행 중에 내 마음속에 떠오르는 그 모든 것들을 보라.

가족에게 들은 말들.

1995년: "엄마는 네가 한국어를 배우길 바라셔. 엄마가 영어를 배울 나이는 아니니까."

1998년: "한국어 많이 늘었네. 엄마가 열심히 공부하라고 하셔."

2000년: "다음엔 한국어로 같이 이야기할 수 있겠다."

2002년: "다음엔 한국어로 같이 이야기할 수 있겠다."

2004년: "빨리 한국말 좀 배워라. 열심히 좀 해봐."

2005년: "너 정말 똑똑하구나. 한달이면 한국어 배우겠다."

2006년: "한국어는 언제 배울 거니?"

2007년: "두살배기 조카도 너보다 한국어 잘해."

막간: 사이의 공간.

오른손이 왼손 위를 넘어와 저 낮은 곳의 D 음을 치고, 오른손의 그윽한 화음이 이어진다. 또다시 낮은 D 음이 공명하고, 그윽한 화음 하나, 찰싹 부딪히는 청록색 바닷물, 갈매기 울음소리, 그림엽서의 이미지들, 그림엽서가 주는 기대들. 종이오리기로 만든 바다, 종이오리기로 만든 산. 산에 색을 입힐 때는 멀어질수록 희미해지게 점점 옅은 색을 칠해나가야 한다. 빗소리를 들을 때는 겹겹이 다가오는 소리를 들어보라. 빗소리가 멀어질수록 희미해지며 점점 옅은 잿빛을 띠는 것을 들어보라.

소리의 불완전함. 소리가 여행하는 방식. 반향을 듣는 법을 배워야 한다. 피아노 소리가 음악회장 뒤편에서 다른 소리로 돌아오는 걸 들어야 한다.

당신의 목소리. 그걸 발견한 적이 있는지. 그걸 발전시키고, 변화시키고, 잃어버린 적이 있는지. 영어로 글을 쓰겠다는 정치적 선택을 해본 적 있는지. 당신은—

피토레스코(pittoresco)　　회화적으로
돌치시모(dolcissimo)　　매우 부드럽게
피아니시모(pianissimo)　　매우 여리게
에스프레시보(espressivo)　　표정을 풍부하게
음악의 경로
중간 항로
통과의 문화
절묘한 변위
그다음은
말과 생각의 반사작용

상응하는 표현이 영어에는 없는 단어 중 하나: 아쉽다(*ashuipda*), 동사, 너무나 간절히 갖고 싶거나 하고 싶으나 그 욕구를 채울 수 없음을 뜻함. 사전의 예문: 네게 아쉬운 것이 없도록 해주겠다(*Nege ashuiungoshi eopdolok haejugetda*).

성경의 예문: 주님은 나의 목자시니 아쉬울 것 없어라.

코모도

Commodo, 편하게

문(*mun*)으로 발음되는 한자 음절

門: 문, 입구, 열린 곳

們: 여러 사람을 가리키는 말

問: 묻다=입+문

聞: 듣다=귀+문

悶: 괴로워하다=문 뒤에 서 있는 마음

나는 한 남자를 사랑했고 후에 그와 결혼을 했는데, 그건 간단하고 일상적인 이유에서였다. 그가 평일이면 매일 오후 5시 55분에 내게 전화하기 때문이었다. 또, 그가 내 목덜미의 정확한 지점에 뺨을 갖다대기 때문이었다. 커피를 끓여주었고 그의 집 냉장고에 항상 커피용 크림우유를 채워놓기 때문이었다. 함께 클래식음악 이야기를 할 수 있는 동시에 공인 자동차 정비사이기 때문이었다. 그와 함께 있으면 마음이 편하기 때문이었다.

그는 롱아일랜드 출신으로, 뉴욕 주에서 나고 자란 뉴욕 토박이, 그것도 뉴욕 시에는 거의 가지 않아 자유의여신상을 본 적도 없고 지하철을 '기차'라고 부르는 부류였다. 그는 피자를 '파이'라고 부르고 스파게티 소스를 '그레이비'라고 하는, 썩지 않는 육신을 믿는 이딸리아계 의붓친척들을 둔 뉴욕 사람이었다.

플러싱 근처에서 자란 마크는 어릴 적부터 주변에 한국인이 많기도 했고 후에는 퀸스에 사는 음악 하는 한국인들과 대학을 같이 다니기도 했다. 그와 사귀기 시작했을 때 난 실제로 이렇게 생각했다. 와, 아는 한국인이 나보다 많아! 그건 사실이었을 것이다. 하지만 주변에 누가 많다고 해서 그들과 하나가 되진 않는다. 기껏해야 구경꾼일 뿐이다. 어쨌거나 그 역시 내면으로는 결코 이딸리아인이 되지 않았다. 그는 인종적으로 독일계와 영국계 혼혈—우연인지 아닌지 모르겠지만, 나의 양아버지와 똑같은 혼혈이었다.

사랑은 모든 것을 정복할 수 있다지만, 우리의 결혼생활에는 이내 정복'당할' 조짐이 나타났다. 나는 한국 가족에게 결혼식에 참석해달라고 했지만 그들은 9·11 이후에 미국 비자를 받기가 너무 어려워서 그냥 한국에 있었다. 언니는 대신에 원앙 한 쌍과 한국 전통의상을 보내주었다. 결혼식 당일에는 세상을 하얗게 덮치는 눈보라 때문에 자동차로 트윈시티스에 오려고 했던 미네소타 시골의 친척들은 한명도 오지 못했다. 식장엔 나의 미국 부모님과 언니와 형부, 조카들, 그리고 폭설이 있기 전날 비행기로 온 뉴욕에 사는 이딸리아 친지들 몇명뿐이었다. 마크는 자라는 동안 때로는 성공회, 때로는 유대교, 때로는 가톨릭교 신자였지만, 우리는 유니테리언파(派) 교회에서 결혼식을 올리기로 했다. 목사님은 우리더러 직접 서약서를 작성하라고 하셨는데, 우리는 그야말로 법석을 떨고도 젊은 남녀가 결혼 같은 중대한 사안 앞에서 마땅히 발휘해야 할 지혜라고는 찾을 수 없는 그런 서약이 작성되었다. 웨딩케이크의 꼭대기를 장식할 부부 인형이 백인 신랑과 황인 신부로 된

게 없어서 우린 그냥 하얀 플라스틱 비둘기 두마리를 케이크에 얹었다. 이제 와서 하는 말이지만, 그 조그만 한국식 신부용 모자 쓰는 법을 가르쳐줄 한국인이 주변에 하나도 없었기 때문에 난 별 생각 없이 그걸 뒤통수에 핀으로 달았고 그 때문에 지금도 한국 식구들에게 결혼식 사진을 보여주는 게 너무 창피하다. 난 언니가 보내준 한국 전통혼례복을 남편에게 억지로 입혔고, 그 옷을 입은 남편은 관광객마냥 어처구니없고 어색하기 짝이 없는 모습이었다. 그는 분홍색 씰크 바지를 입어야 한다는 데 질색했다.

우리의 결혼생활은 그렇게 시작되었다. 좀 사기 같았다고 할까. 우리는 다인종 결혼은 물론 다문화 결혼에 대해서도 아무 생각이 없었고, 나는 나대로 한국인이라는 자각이 점차 강해지고 마크는 마크대로 뉴욕보다 미네소타를 더 친숙하게 여기며 미네소타를 마음의 고향으로 삼아가는 와중에 그런 두 사람이 함께 살아가는 데 본보기가 되어줄 부부는 본 적도 없었다. 생물학적 표현형으로 보자면 미네소타 사람들 못지않게 백인다웠던 마크가 그곳을 그렇게도 좋아한 이유는 일단 너무도 잘 섞여들 수 있어서였다. 그곳에는 자기 의붓가족처럼 키가 작고 피부가 까무잡잡한 남부 이딸리아인들이 거의 없었던 것이다.

남편은 외가 친척이 없는 자리에선 자기 아버지가 세번째 부인과 결혼할 때 들었다는, 이딸리아인을 소재로 한 농담을 끄집어내곤 했다. 하지만 듣기 좋은 이야기도 한두번이고, 베트남전 참전용사로 전쟁 당시 밤마다 국경을 순찰한 이후로 잠을 제대로 자지 못하고 있던 시아버지는 다들 남의 일에는 신경 끄라고만 말했던 것 같다.

나도 우리의 결혼생활에 대해 딱 그렇게 말할 수 있었으면 좋았을 텐데. 하지만 나의 결혼은 독일계이자 영국계인 미국인 남자와 이딸리아계 미국인 여자의 사정과는 달랐다.

백인 남자와 결혼했다는 이유만으로 나에게 비난을 쏟은 것은 백인들이 아니라 아시아계 미국인들뿐이었다. 그들 말로는 백인 남자보다는 아무 아시아계 남자가 낫단다. 하지만 나의 한국 엄마가 내 상황이었다면 일본 남자보다 백인 남자를 높이 샀을 게 틀림없다. 물론 엄마가 아시아계 미국인이 아니라는 커다란 차이가 있지만 말이다. 나는 그때 이런 이야기를 해야 했겠지만, 진짜 문제는 따로 있었다. 매일같이 들려오는 저런 비난들은 결혼생활의 각종 스트레스 요인 중 하나에 불과했으며 그때 벌써 내가 외롭고 불안했다는 것이 진짜 문제였다. 남편은 묵묵함을 중시하는 조용한 가장이었다. 지금은 안다. 다른 사람도 아니고 나의 동족이라는 사람들의 인종 혐오 앞에서 그가 우리를 보호하기 위해 할 수 있는 일은 아무것도 없었으리라. 자기를 방어하고 자신의 선택을 변호하고 자신의 경험을 옹호하는 것은 내가 스스로 해야 할 일이었다.

안타깝게도 나의 인종 간 결혼에 대해 이러쿵저러쿵하던 사람들은 자기 의견을 똑똑히 표명하진 못했고, 그 때문에 나는 왜 아시아계 미국인들이 아시아계 여자와 백인 남자의 결혼이 많다고 그토록 화를 내는지 이해하지 못했다. 내가 듣기에 그건 미움을 참지 못한 고함이었다. 그 내용은 대개 아시아계 미국인 여자의 몸이 누구의 것인지, 왜 아시아계 미국인 남자는 여자를 못 만나는지, 왜 아시아계 미국인 남자가 취할 수 있는 최고의 복수가 백인 여자와 자는 것인지 하는 것들이었다. 나는 나중에야 서울에 와서 내 친구 재달에게서 그의 이혼한 부모님이 합의점을 찾아낸 방법을 이용해서 백인 남자의 아내인 나와 다른 한국 여자들 사이의 거리를 계산하는 법을 배웠다. 이렇게 센다. 백인 남자를 남편으로 둔 한국계 미국인 여자와는 한 걸음 떨어진다. 미군 남편을 둔 한국인 여자에게서는 똑같이 한 걸음, 또는 두 걸음 떨어진다. '전쟁 신부'에게서는 한 걸음 더 떨어진다. '전쟁 노리개'로부터는 한 걸음 더 떨어진다. 기지촌 창녀에게서는 한 걸음 더. '위안부'로부터는 한 걸음 더. 위안부의 아이에게서는 다시 한 걸음 더.

하지만 모르는 사람에게 비난받거나 내가 아시아계 미국인이거나 남편이 백인인 것보다도 더욱 직접적으로 영향을 미친 것은 사람이 매일 밥을 먹어야 한다는 사실이었다. 사람이 계속 저녁식사를 함께 하다 보면 사랑에 빠질 수도 있는 법이다. 또, 계속 저녁식사를 함께 하다 보면 사랑에서 빠져나올 수도 있는 법이다.

난 그를 사랑했기 때문에 요리를 했다. 처음엔 그도 날 기쁘게 하려고 내가 무엇을 내놓든 목으로 넘겼다. 하지만 얼마 안 가 그는 쏘스에 든 건포도를 골라내기 시작했고 자기는 버섯을 먹지 않는다고 했으며 가지는 맛도 보지 않으려고 했다. 그러더니 먹고 싶지 않은 걸 골라내던 방침을 바꿨다. 특정 음식의 즙이나 향이 들어간 음식은 일절 먹을 수 없다는 것이었다. 마지막에는 그보다도 복잡한 규칙을 한 겹 더했다. 그 음식에 적합한 요리법과 그렇지 않은 요리법을 둔 것이다. 예컨대 토마토소스는 괜찮지만 토마토 덩어리는 괜찮지 않았다. 땅콩은 가루를 내서 만든 부드러운 땅콩버터는 먹을 수 있지만 땅콩 알갱이가 든 땅콩버터는 먹을 수 없으며, 볶은 땅콩만 따로 먹는 것은 당연히 있을 수 없는 일이었다. 거꾸로 캐슈너트는 통째로 볶은 건 먹지만 캐슈너트 버터로는 먹지 않았다. 따로 먹으면 너무도 맛있는 음식은 섞어 먹어선 안되었다. 예컨대 양배추나 비트는 좋아했지만 양배추와 비트를 섞어서는 먹지 않았다. 참치 샐러드에 들어간 잘게 썬 셀러리는 먹을 수 있지만 샌드위치에 들어가는 참치 샐러드에는 셀러리를 넣으면 안되었다. 어떤 음식은 적은 양으로 먹는 것은 좋지만 그 이상은 안되며 그걸 다음 날 다시 데워 먹는 건 당연히 있을 수 없는 일이었다. 기타 등등. 나는 요리 공정 일람표를 냉장고에 붙여두었다.

남편은 날 사랑했기 때문에 자기가 나가 있는 동안 내가 심심하지 않도록 일본산 강아지 한마리를 사주었다. 난 아침저녁으로 요리를 했고 강아지는 나의 오판으로 인해 뚱뚱해져버렸다. 수의사는 개에게 사람 음식을 그만 먹이라고 했다.

나는 마크에게 점심 도시락을 싸주고 싶었지만 그는 사 먹겠다고 고집했다. 저녁에 집에 돌아온 그는 배가 고프지 않다고 했다. 밤늦게 결국 허기가 지면 그는 식당에서 싸온 남은 음식을 스티로폼 용기에서 꺼내 데우지도 않고 먹었다. 아침이면 난 남편에게 집에서 직접 구운 롤빵을 주며 출근길에 먹으라고 애원했지만, 그는 그럴 시간이 없다고, 또 어차피 빵에 호두가 들어가서 싫다고 했다. 그러고 나면 난 혼자 뜨거운 오븐장갑과 앞치마 차림으로 주방

한가운데에 덩그러니 서 있고 강아지는 저칼로리 사료를 먹고 있었다.

난 강아지에게 사람처럼 먹이지 못하는 걸 보상하기 위해 강아지를 우리 침대에 재웠다. 강아지는 매일 밤 어김없이 나와 남편 사이에서 마음에 드는 자리를 찾았다. 난 코를 고는 강아지를 안은 자세로 잤고 남편은 코에 코골이 방지 밴드를 붙이고 반듯이 누워 잤다.

그는 날 사랑했기 때문에 집을 샀다. 그가 내가 집을 보기도 전에 값을 부른 것은 내가 워낙 집에 관심이 없어서였다. 그는 자기 친구와 함께 그 집을 골랐다. 건설업자인 그 친구는 집 수리를 도와주는 대가로 우리 집 지하에 임대료 없이 들어와 살기 시작했다.

이윽고 마크는 나의 강박적인 요리에 강박적인 집 고치기로 대응했다. 살다 보면 뭔가를 들어냈더니 구조 자체가 썩어 있어서 전부 새로 고치지 않고 겉만 손본다고 해결될 일이 아님을 발견할 때가 있다. 마크는 집을 거의 뒤집어엎다시피 했다. 현관 전체를 새로 만들고 지붕을 다시 얹고 외장을 다시 입히고 창문을 다시 달았다.

그는 날 사랑했기 때문에 시간만 나면 자기 친구와 함께 집을 부수고 지었다. 그는 날 사랑했기 때문에 나에게 자주적으로 내 할 일을 하라고 격려했다. 하지만 내가 원한 것이라곤 누군가 식탁에 앉아서 내가 만든 음식을 먹어주는 것뿐이었다.

내 음식을 먹은 사람은 그의 절친한 친구이자 지하실에 살던 그 건설업자였다.

우리는 상대에게 귀를 기울이고 자신의 이야기를 들려주는 동작을 치러냈다. 우린 굳이 해석하지 않아도 되는 순전한 느낌을, 사랑을 주고 또 그에 걸맞게 사랑을 받는 방법들을, 마음과 마음을 직접 연결하는 끈을 찾아내려고 했다. 우리는 더 잘되고 싶었다. 우리는 외롭지 않고 싶었다.

남편은 술과 케이블 텔레비전 방송과 대중적인 페이퍼백 서적을 사랑했다. 나는 술과 케이블 방송에는 취미를 들였지만, 페이퍼백 서적은 좀처럼 좋아할 수가 없었다. 그는 "굉장한 작가"라며 정치 스릴러와 추리물을 쓰는 어떤 작가를 추천했다. 나는 그의 책장에서 책을 찾아내 아무 페이지나 펼쳐서 읽어보았다. 호박색 피부에 눈꼬리가 치켜올라간 '밍'이라는 아가씨 이야기가 나왔다. 물론 당연히, 무슨 장식용 꽃병마냥 이름이 밍(明)이겠지. 물론 당연히, 그녀는 몸을 떨면서도 미국인 장교를 향한 욕망을 억누르지 못할 거고. 물론 당연히, 내가 남편에게 그 부분에 대해 묻자 남편은 그 작가 책은 정치적 플롯이 재미있어서 사는 것뿐이라고 대답했다. 기사가 좋아서 읽는 거야, 도색잡지를 보는 사람은 그렇게 말한다.

아이러니하게도 그는 거의 항상 내 손길을 밀어냈다. "이따가 밤에"라면서. 이따가 밤이 되면 "내일 아침이 낫겠어"라면서. 어제와 내일은 시간이라는 미끄러운 얼음 위 여기저기에서 미끄러지고 서로 부딪혔다. 마치 전부 똑같이 생긴 군인들로 이뤄진 군대가 쓰러지는 것과도 같이.

난 그가 한 시절 나에게 구애했다는 사실을 떠올리고 부서지지 않은 원 안에 들어가 아무것도 없는 허공에서 그 시간을 만들어냈다. 시곗바늘이 예각을 이루다가 둔각을 이루다가 다시 예각을 이루며 원을 그렸다. 그후로 장식용 달력이 몇장이나 넘어갔던가? 얼룩 야생마들 열두장, 발레리나 열두장, 모네의 정원 열두장, 그렇게 아름다운 것들로만 되어 있던 열두장들이 지나갔다. 나의 세월은 버려졌고 집안일의 영향으로 내 두 손은 마치 서양의 작은 동네처럼 주름졌다. 내 손에 도로, 기찻길, 전깃줄이 생기고 바람에 흔들리는 것들이 들어왔다.

남편과 나는 내 '다섯번째 한국 여행'을 그간의 한국 여행과 똑같이 만들려고 했다. 나 혼자 가서 넉달 동안 한국어를 공부하는 것으로 말이다. 이미 이혼 이야기가 나온 참이었지만 정말 그렇게 되어선 안되었다. 우리는 '냉각기'를 가지고 넉달 후에 다시 시작하면 될 거라고 생각했다. 그러면 관계가 더이상 변하지 않으리라는 착각이었다. 착각도 이만저만이 아니었다. 그 시점에서 난 관계란 결코 멈춰 있을 수 없다는 것, 심지어 더이상 연락하지 않는 사람과의 관계도, 심지어 죽은 사람과의 관계도 그렇다는 걸 익히 알고 있었다. 매년 제사(*chesa*)라는 의식으로 죽은 자들과의 관계를 새로이 하는 한국인이라면 잘 알 것이다. 죽음은 아무것도 아니다. 볼 수 있느냐 없느냐 하는 문제일 뿐이다. 음식상을 차려놓으면 조상이 매년 찾아온다. 우리가 문을 닫으면 그들은 먹고 마시고, 그러다 다 먹고 나면 우리가 문을 열고 그들은 떠난다. 육체가 떠난 기념일에 그 영을 굶주리게 해서는 안된다.

그러나 산 자에겐 매일 돌봐야 할 일들이 있다. 세상 반대편으로 떠나온 사람은 나였지만, 그래도 난 결혼 상태를 유지하고 싶었고 연결되어 있다는 감각을 느끼고 싶었다. 그래서 전화하기로 약속한 시간을 놓치거나, 나는 그에게 보내고 싶어하는 편지와 소포가 있는데 그에게는 없거나 할 때 불평을 터뜨리는 사람은 바로 나였다. 그가 얼마나 나를 보고 싶어하는지 적은 낭만적인 편지를 그토록 기다리는 것도 나였다. 그는 이메일에 조명 가게 사이트 주소를 적어 보내고는 우리 집 바깥에 걸어놓으려는데 그중 어느 게 마음에 드느냐고 묻곤 했다. 비닐 재질 외장이나, 실외 조명, 지붕, 물받이 같은 것들—난 점점 홈디포*를 증오하게 되었다.

우리는 언제나 불륜 한번이면 우리의 결혼생활이 끝나리라는 데 의견을 같이했다. 그래서 나는 내가 정확히 무슨 짓을 하는지 알고 한국계 덴마크 입양인과 바람을 피웠다. 나는 이혼당할 참이었다. 후에 그 입양인은 내가 자기를 이용했다고 말했다. 그건 서로가 서로를 이용한 관계였다.

우리는 서로에게 반한 게 아니라 함께 한국에 반했다. 내가 반한 것은 소소한 즐거움들이었다. 내 남편 옆에서는 한번도 경험하지 못했고 앞으로도 결코 경험하지 못할 작은 즐거움들이었다. 거리의 트럭에서 봉지에 담아 파는 귤이라든가, 러브호텔의 재미 같은 것. 다른 사람 눈길을 전혀 끌지 않으면서, 동시에 남편처럼 다른 사람들에게 눈길을 던지며 일본 만화 캐릭터 같다느니, 키가 정말 작다느니 하는 논평을 늘어놓지 않으면서 서울을 활보하는 재미였다.

* 집의 수리와 장식에 필요한 재료를 취급하는 미국의 대형 유통업체.

나에게 한국식 공중목욕탕을 소개해준 게 그 덴마크 남자였다. 우리는 남녀공용 싸우나가 있다고 해서 목욕탕에 갔지만, 내가 반한 것은 여성전용 탕이었다. 그곳이 너무도 좋았던 이유는 내가 그때까지 한번도 한국인의 몸을 제대로 본 적이 없었기 때문이었다. 여자와 아이 들이 거리낌 없이 알몸으로 돌아다니고 모두 함께 미네랄 소금이나 녹차를 탄, 부글거리는 뜨거운 탕에 들어가 피부를 부드럽게 적셨다. 또 목욕탕 한쪽에서는 여자들이 샤워꼭지와 거울 앞에 낮은 플라스틱 의자를 놓고 앉아 머리를 감고 얼굴 마사지를 하고 혼자서, 또는 서로의 몸을 북북 닦아냈다. 사람 피부는 약간의 열기와 마찰을 주면 회색 때가 닦여 나오면서 온몸에 새 피부층이 드러난다. 나는 자기를 낳아준 한국 엄마를 잃어버리지 않은 행복한 한국 아이들을 보았다. 제 엄마를 쏙 빼닮은 청소년 여자애들, 허리께에 멍처럼 생긴 자국이 아직 남아 있는 어린아이. 그 반점은 동아시아 아이들 대부분이 태어날 때부터 가지고 있다가 나이가 들면서 희미해진다. 엄마들 몸에는 아이를 낳을 때 생긴 갈색 임신선과 제왕절개수술 흉터가 아직 남아 있었다. 그 엄마들과 아이들이 얼마나 부러웠던지.

덴마크 입양인과 나는 삼십년이 지나서야 마침내 목욕탕에서 우리와 같은 몸을 발견했다. 다른 아이들은 집에서 부모에게 배우고 고등학교 탈의실에서 배우는 것을 말이다. 결국 우리는 서로 잘 어울리지 않는다는 사실이 분명해졌지만, 우리가 서로에게 준 선물이 있었다. 서양에서 자란 우리가 오직 인종적 인식의 대상으로만 배웠던 우리의 몸에 대한 어른다운 사랑, 그리고 한국에 남을 수 있는 용기였다.

나는 남편에게 전화를 걸어 다시 한번 이혼을 요구했다. 다시 한번 "안돼"라는 대답을 들었다.

인제대학교에서 다섯달—미네소타 주의 법적 별거 기간이 다섯달이다—을 보낸 후 쎄인트폴로 돌아갔을 때 남편이 장미꽃 한 다발을 들고 공항에 마중을 나왔다.

내가 제일 좋아하는 꽃은 나리꽃인데……

내가 무엇에도 만족할 줄 몰라서일까? 사랑을 받을 때마저도 사랑을 느끼지 못해서일까, 아니면 어떤 순간에는 사소한 마음 씀씀이, 즉 그 사람이 좋아하는 꽃이 무엇인지 기억하는 것, 빈 음식용기를 도로 냉장고에 넣지 않는 것, "다리를 건널 일이 생기면 그때 함께 건너면 되지"*라고 대답하는 대신 지금 당장 이야기에 귀 기울이는 것과 같은 작은 예의가 절실하다는 걸 내가 그때 비로소 알아차린 것일까? 난 이미 헤아릴 수 없이 여러번 그 지긋지긋한 상상의 다리에 올랐다. 하지만 난 그 다리를 결코 건너지 않을 셈이었다. 난간에 발가락을 끼우고 뛰어내릴 셈이었다. 이제 나는 물에 빠져 익사해가고 있었다.

이혼하고 이년 후, 내가 처음에 마크에게 끌렸던 면이 그가 날 미치게 만든 부분과 결국 같은 것이었다는 당연한 사실을 알게 되었다. 우직한 성격, 한곳에 뿌리내리는 굳건하고 확고한 속성, 몸에서 오는 흔들리지 않는 듬직함 같은 것들. 나는 그가 일을 마치고

* 공연히 미리 심각한 상황을 걱정하지 말라는 의미의 관용구.

항상 같은 뒷문으로 걸어 들어와 집에 모습을 드러내는 시각을 알고 있었다. 매일, 같은 시각. 그건 우리 집 개도 알았다. 피아노 학생들도 알았다. 이웃들도 알았다. 한국에 와서 입양인들—친밀한 관계를 너무도 갈망하는 동시에 두려워하며, 시도 때도 없이 "사랑해"라고 말하다가 어느 순간 그 관계를 끊고 도망치는 식으로 해결하는 사람들—사이에서 이년을 보내고 나서 이혼 문제를 마무리하기 위해 미국에 돌아갈 준비를 하던 중에 난 그의 그러한 면모가 무엇을 뜻하는지 깨달았다. 마크는 내가 그를 마지막으로 보았던 미네소타 주 쎄인트폴의 바로 그 장소에 그대로 있을 것이었다.

심리치료를 받자는 이야기는 결혼하고 처음 이년간은 내가 꺼냈는데, 내가 이혼을 요구한 다음부터는 그가 꺼냈다. 처음이자 마지막이었던 상담시간에 상담사는 일단 나와 몇분 이야기를 나눈 후 남편으로 넘어가서 그에게 이렇게 말했다. "두분의 결혼생활이 끝났다는 걸 받아들일 수 있겠어요? 당신이 놓아주지 않으면 그녀는 호랑이가 될 겁니다."

마크는 심리치료사에게 백 달러짜리 수표를 끊어주었고, 우리는 술을 마시러 갔다.

우리는 오년을 함께 지냈다. 난 그를 전혀 미워하지 않았다. 다만 이렇게 생각했을 뿐이다. 우리가 방바닥에서 자는 거나 매주 한번 이상 쌀밥을 먹는 걸 가지고 싸울 일만 없다면 우리 둘 다 사는 게 좀더 편안하지 않을까? 야외 조명 설비에 대해 정말로 관심이 있는 사람, 평생 미네소타에 살아도 행복할 수 있는 사람, 한국인이 더 많은 곳으로 이사를 가자고 끊임없이 조르지 않는 사람과 함께

라면 그의 삶이 더 행복해지지 않을까? 그가 만든 집을 함께 즐기고 싶어하는 사람이라든가, 예쁜 백인 여자와 함께라면 훨씬 행복할 텐데. 이왕이면 온종일 홈디포에서 페인트를 고르는 걸 좋아하는 그런 여자.

그래서 우리의 별거 기간 중에 그에게 가장 큰 힘이 되어주었다는 사람이 인터넷에서 알게 된 한국계 미국 여자라는 이야기를 들었을 때, 내 얼굴은 노래졌을까, 하얘졌을까? 후에 그는 중국계 미국인 여자와 사귀었다. 그건 우연이었을까? 그러니까 일 관계로 어쩌다 만난 사람이라는 게 사실이었을까? 나의 백인 남편이 미네소타에 사는 아시아계 사람들과 나보다도 훨씬 더 친하게 지내는 능력을 가지고 있었다니, 이게 어찌 된 일인가? 나는 그들을 두려워했는데 그에겐 그렇지 않다는 단순한 이유에서였을까? 그는 자기 인생에 다문화성이 들어와도 문제 될 것이 전혀 없어서였을까?

그는 자기의 새 여자 친구가 한국계면 어떻고 중국계면 어떠냐고 했다. 내가 한국계라는 사실은 중요하지 않았다. 그의 여자 친구에게, 그에게, 그런 건 중요하지 않았다. 그 누구에게도 전혀 중요하지 않았다. 오직 나에게만 중요했다. 우린 그냥 사람이야, 그는 말했다. 우린 그냥 사람이야……

내가 백인이었다면 남편과 나는 지금도 함께 살면서 돈, 섹스, 아이들 같은 결혼생활의 일상적인 갈등을 풀어나가고 있었을지도 모른다. 그랬다면 난 지금도 세상이 공평한 경쟁의 장이라는, 모든 사람이 자기 자신이나 자기 가족에게 이로운 방향으로 중요하고 개인적이고 개별적인 선택을 내릴 수 있는 곳이라는 아름다운 환상을 안고 살아가고 있었을지도 모른다. 투명하고 중립적이고 인종을 구별하지 않는 사람들이 자신의 취미나 지적 관심을 기준으로 문화와 국가를 취할 수 있게 잘 차려진 선택지의 뷔페. 난 아마 일본이나 중국에 관심을 가지지 한국은 별로였을 것 같다. 내가 말 그대로 백인이었다면 말이다.

비록 나의 학습된 명예백인성이 나를 망가뜨리고, 내 결혼생활을 망가뜨리고, 내 남편을 망가뜨리긴 했어도—바로 그 백인성이 나의 양부모를 망가뜨리고 그들의 부모 노릇까지 망가뜨린 것과 마찬가지로—나는 남편을 진심으로 사랑했다. 아니, 내가 누군가를 사랑할 수 있는 정도의 최대치로 그를 사랑했다. 무엇보다도 그는 내가 선택한 남편이었다. 하지만 그는 특정한 이유가 있어서 나를 선택한 게 아닌가 싶다. 혹시 내가 여느 다른 아시아계 신부로 대체할 수 존재는 아니었는지 궁금하다. 내가 입양 가능한 여느 아시아 아이와 맞바꿀 수 있는 존재였던 것처럼.

우리는 모두 인간이다. 우린 그냥 사람이다. 아무렴, 난 그냥 한 사람이고 싶었다. 그런데도 나는 내 모든 삶을 내 인간성을 되찾는 데 썼다.

이혼 서류

외국인등록증

서류 신부

종이를 세는 단위

서류 문화

종이에 베인 손가락

혀 위의 칼날

구두의 날카로운 굽

섹스로 얻는 것

백인성으로 얻는 것

주는 문화　　빳는 문화

4장

알레그레토 트란퀼로

리디콜로사멘테

콘 비바치타

아사이 모데라토

알레그레토 트란퀼로

Allegretto Tranquillo, 조금 빠르고 조용하게

마스터 클래스의 선생: 그래요, 대체로 설득력이 있는 괜찮은 연주였어요. 잘 들었어요. 잘 쳤어요, 학생. 자, 피아노를 치는 데 문제가 좀 있는 게 귀에 들리네요. 분명히 전부터 이런 문제가 있었겠는데. 두 손을 들어봐요. 청중에게 보여주세요. 손이 이렇게 작군요! 마이러 헤스도 해냈고 당신도 할 수 있어요. (청중이 킬킬 웃는다.) 편한 상태로 어디까지 닿나요? 한 옥타브도 안돼요? 이런, 이 곡에서 쁘로꼬피예프는 도입부부터 학생에게 물리적으로 불가능한 화성 음정을, 10도를 연주하라고 하잖아요. 그럼 어떡해야 할까? 아니죠, 학생 선생님이 그렇게 가르쳤어도 방금 한 것처럼 해선 안돼요. 방법을 찾아봐요. 학생에게 가장 잘 맞는 방법, 자기 마음에 드는 방법을 찾아내야 합니다. 학생이 선택할 수 있는 방법이 세가지 있어요. 굴리든지, 화음을 바꾸든지, 음을 생략하든지. 목표는 어떻게든 자기 약점을 보완하는 거예요. 약점을 감출 수 있으면 감춰야지. 할 수 있는 척하는 거지! 나도 실은 내성파거든. 나라면 화음을 바꾸겠어. 그런데 어떻게 바꾸지? 마땅히 있어야 할 음을 지우고 거기 있으면 안 될 음을 집어넣으면 어떻게 될까? 하지만 학생은 어쨌든 쁘로꼬피예프가 의도한 그대로 소리내진 못할 거고, 그럼 대회 같은 데서는 틀림없이 그런 게 문제가 될 거예요. 심사위원들이 정확도에서 점수를 깎을 테니까! 뉘앙스나 화성, 박자에서도 점수가 깎일 테고. 그렇다고 스타일 점수가 안 깎인다는 이야기는 아니야! (청중이 킬킬 웃는다.) 하지만 학생이 이 곡

을 치겠다는데 뭐라 할 말이 없네. 약간 고쳐서 연주하는 것 말고는 방법이 없겠죠? 하지만 그냥 다 놔버릴 수도 있거든. 그런 생각은 해봤어요? 「덧없는 환영」을 통째로 연주할 필요는 없으니까. 여덟 곡 정도 고르면 되니까. 어차피 실제로 이걸 다 연주하는 경우는 거의 없고. 그래도 만약 이 작품을 그대로 연주하겠다면 어렵겠지만 결정을 몇가지 내리고 그 작은 손을 보완해야 해요. 가능한 한 넓게 뼘을 벌리는 연습을 한다든가 말이죠……

로베르트 슈만의 그 유명한 손 부상은 손을 늘이는 기계장치를 사용한 탓이라고들 한다. 정확한 원인에 대해서는 의견이 분분하지만, 그가 왼손이 약해진 탓에 어쩔 수 없이 피아노 거장이 되려는 꿈을 접어야 했다는 데는 이견이 없다. 대신 그는 작곡가가 되었다. (그리고 라인 강에 몸을 던졌다가 이년간 정신질환자 수용소에 수감되었고 1856년에 그곳에서 사망했다.)

당연한 이야기이지만, 손 부상을 피하는 것은 피아니스트의 최대 관심사다. 손에 보험을 든 피아니스트도 있다. 그렇지만 두 손으로 이루어진 세계에서 손을 다친 불운한 이들이 어떻게 자기의 장애를 보완하는지 살펴보는 일은 흥미롭기도 하다.

보험 들기 연습. 다음 씨나리오들에 대해 비용편익을 분석하시오. 모든 관계자에게 무엇이 '편익'이고 무엇이 '비용'인지 밝히시오. 위험을 수치화하고, 부상자에게 어떻게 보상할지 따지시오. 인적 비용을 계산하시오. 수혜자를 지정하시오. 누가, 어떻게 보상할지 밝히시오. 어떤 보상을 비밀로 할 것인지 따져보시오.

씨나리오들

1. 당신의 사회적 가치가 아이가 있는지 없는지에 따라 달라지는데, 당신이 직접 아이를 낳을 수 없다면 입양하겠습니까? (네/아니요)
2. 건강한 백인 아기를 원하지만 구할 수 없다면, 백인이 아닌 아기를 입양하겠습니까? (네/아니요)
   피부색은 어느 정도까지 허용 가능합니까? ____________
3. 건강한 백인 아기를 원하지만 구할 수 없다면, 5세가 넘은 백인 아이를 입양하겠습니까? (네/아니요)
4. 양녀가 언젠가는 당신을 떠나 자기가 태어난 곳으로 돌아가리라는 사실을 미리 알았다면, 그래도 아이를 입양하겠습니까? (네/아니요)
5. 친척 중에 백인이 아닌 아이를 입양하는 데 반대하는 사람이 있다면, 당신은 입양을 밀어붙이겠습니까? (네/아니요)
6. 사회복지사가 같은 지역 공동체 구성원(예: 교사, 이웃 등)을 통해 한 가정의 입양 자격을 조사하는 일에 그만한 가치가 있다고 생각합니까? (네/아니요)
7. 만약 어떤 가정에서 친족이 아닌 남성이 가족과 함께 살 때 성희롱 위험이 높아진다면, 당신은 법적 양부를 친족, 비친족 중 어느 쪽으로 간주하겠습니까? (친족/비친족)

입양하고 얼마 후까지? ______________

8. 양녀가 성희롱을 당한다면, 양녀와 가족 중 어느 쪽을 지키겠습니까? (양녀/가족)

9. 만약 당신이 고래 싸움에 낀 새우 처지의 국가라면, 외국 군인이 당신의 영토에 들어오는 것을 허용하겠습니까?
(네/아니요)

10. 당신이 가난하다면, 딸이 집에 경제적으로 도움이 되고자 외국 군인과 결혼하는 것을 허락하겠습니까? (네/아니요)

11. 당신은 인간을 기증하는 것으로 외세와의 관계를 호전시키겠습니까? 당신은 외국 군대에 매춘부를 제공하겠습니까?
인간 기증 (네/아니요)
군인을 상대로 한 매춘 (네/아니요)

12. 외국 동맹이 당신을 공산주의로부터 지켜주었다면, 당신은 후에 해당 동맹국에 당신의 아이들을 보내주겠습니까?
(네/아니요)
얼마 동안? (50년 이내/50년 이상)
무역협정은 어떻게 두겠습니까? ______________

13. 백인 남자와의 결혼생활이 원활하지 않다면, 당신을 별 볼 일 없고 백인이나 따라다니는 년으로 몰아붙이는 주변 아시아계 미국인들의 입을 막기 위해서라도 그 결혼을 유지하겠습니까? (네/아니요)

14. 불임인 백인 엄마가 양녀들의 머리카락이 제저벨 같은 흑인이나 드래곤 레이디 같은 아시아인처럼* 보인다며 머리카락

을 훼손한다면, 그건 범죄입니까? 어떤 범죄에 해당합니까?

범죄 아님 / ________________에 해당하는 범죄임

15. 누군가 한 여자를 강간하고 죽일 뻔했다면, 피해자는 범죄자를 용서해야 합니까? (네/아니요)

얼마 후에? ________________

정부는 그를 사면 또는 석방해야 합니까? (네/아니요)

얼마 후에? ________________

⚜

"서울에 살고 있는 입양인이 이백명은 된다며? 여기 정말 굉장하다. 다들 완전 제정신이 아니야."

—한국에 처음 와서 머무른 지 일주일도 안된 한 입양인이
삼겹살에 소주를 마시며

1882년 6월 28일 수요일

병원의 북쪽 건물이 완공된다 해도, 최근 이곳에 입원하는 속도를 보건대 미친 사람들을 어떻게 처리해야 할 것인가는 숙제로 남을 전망이다.

* 제저벨은 성서 속 인물로, 이교도의 신을 신봉하는 부정한 여자를 가리키며, 드래곤 레이디는 강력하고 사악한 여성상으로, 주로 동아시아 여자를 가리킬 때 쓰임.

노동과 직업활동을 통한 치료 매뉴얼

미네소타 주 쎄인트피터 주립병원

XI. 물리적 요소

정신병원에서 환자들에게 일이나 과제를 할당할 때는 반드시 물리적 한계를 면밀히 고려해야 한다. 해당 과제가 다음의 일부 혹은 전부를 요하는가?

1. 걷기	9. 몸 웅크리기	17. 당기기
2. 뛰어오르기	10. 무릎 꿇기	18. 손가락 사용
3. 달리기	11. 앉기	19. 느끼기
4. 균형 잡기	12. 손 뻗기	20. 말하기
5. 기어오르기	13. 들어올리기	21. 듣기
6. 서기	14. 옮기기	22. 보기
7. 몸 돌리기	15. 던지기	23. 빠른 작업
8. 몸 굽히기	16. 밀기	속도

부정사의 어간에서 '다'를 빼고 '기'를 붙이면 동명사가 된다.

• 예문:

writing = 쓰기

reading = 읽기

listening = 듣기

다음을 한국어로 번역하시오: walking, jumping, running, talking, feeling……

치환하기 연습

건강한 미국인 아기를 사적으로 입양하려면 오만 달러가 넘는 비용이 들 수 있습니다. 이러한 상황에서 당신은 아이를 다른 나라 출신으로 대체하겠습니까?

- 예문
  1. 당신은 러시아 아기를 원합니까?
  2. 당신은 중국 아기를 원합니까?
  3. 당신은 과떼말라 아기를 원합니까?

대화 상대와 함께 직접 다음 문장을 만들어보시오.

당신은 ________ 아기를 원합니까?

시장에 가요!

- 예문

1. _____원어치 주세요(*won eochi juseyo*).

2. 깎아주세요(*Kkakka juseyo*)!
3. 시간 없어요(*Sigan eopseoyo*).
4. 빨리 해주세요(*Bballi haejuseyo*).

이제 자신이 원하는 가격과 시간으로 흥정해보시오.

기타 회화 연습용 주제들

(문법 도움말: 동사의 어간에 '(으)면'을 붙여 조건문을 만든다.)

1. 만약 당신의 갓 태어난 아들이 커서 범죄자가 되고 22세부터 영구적으로 시설에 수감될 것임을 안다면, 당신은 그래도 아이를 키우겠습니까?
2. 만약 아이에게 맞받아 사랑할 능력이 없음을 안다면, 당신은 그래도 그 아이를 딸로 입양하겠습니까?
3. 하얀 잠옷을 입은 더러운 동양 놈이 인간임을 알게 되었다면, 당신은 그래도 그를 총으로 쏘겠습니까?
4. 한 아이의 엄마가 인간임을 알게 되었다면, 당신은 그래도 자선행위의 일환으로 그녀의 아이를 빼앗겠습니까?
5. 아이를 포기하거나 유기하는 사람들이 처한 절망의 진짜 성격을 안다면, 당신은 그래도 그 행위를 '선택'이라는 말로 표현하겠습니까?
6. 당신이 품을 수 있는 감정의 한계가 당신의 생존을 좌우한다

는 것을 안다면, 그 한계를 감추겠습니까?

추가 점수 문항

'좋다'라는 단어에 대해 다섯 문단으로 쓰시오. '좋은' 엄마, 남편, 딸, 학생 등이 무엇을 의미하는지에 대해 쓰시오. '좋은 행위'란 무엇입니까? '좋다'를 정의하는 데 다른 형용사를 쓰지 마시오. 글은 반드시 서론, 본론, 결론으로 이뤄져야 합니다. 글을 쓰기 전에 개요를 작성하시오. 연필로 작성하시오.

> 빠리에 산다고 다 빠리 사람은 아니다.
>
> —(러시아에선 유럽인, 유럽에선 러시아인이었던)
>
> 쎄르게이 쁘로꼬피예프

살면서 그토록 쉽게 모든 것을 버리고 떠날 수 있었던 적은 그때뿐이었다. 나의 한국 가족은 한국 엄마가 암으로 죽어가고 있을 때부터 내가 한국에 와서 살기 바랐지만, 나는 내 모든 것을 어떻게 버려야 할지 알 수 없었거나, 알고 싶지 않았다. 하지만 남편과 이혼하고 집은 그가 갖기로 하자 난 모든 걸 두고 떠날 수 있게 되었다.

그래서 한국에는 정말 중요한 것만 가져왔다. 여행가방 하나와 상자 두개. 양쪽 집의 가족사진, 책 스물일곱권, 펜 두자루, 옷가지. 감옥 창살 앞에서 찍은 내 스토커의 폴라로이드 사진. 기사에 의하면 그는 여자 교도관을 쳐다보면서 자위를 했다고 한다. 아마도 그녀를 죽이는 상상을 하면서 그랬겠지. 한국 엄마는 절대로 찍으려고 하지 않던 사진들…… 생기지 못한 기억들은 어디로 가는 걸까?

여기, 나의 루터교 세례식을 찍은 폴라로이드 사진이 있다. 내가 미국에 도착하고 두주 후, 정식으로 입양되기 일년 전의 일이다. 내가 미국 시민이 되기 오년 전이며, 입양기관이 내가 네덜란드로 갔다고 기록한 지 두달 후의 일이며, 입양기관이 내가 네덜란드 시민권을 획득했다고 기록하기 사년 전의 일이다. 이 보류의 시기에, 내가 엄마에게 저항하는 모습을 보라. 엄마는 나를 가슴에 꼭 안으려고 하지만 나는 그녀를 밀어내고 있다. 엄마가 행복하다 못해 기뻐 어쩔 줄 모르는 모습을 보라. 갓난아기이긴 했어도 내가 나 자신의 입양을 거부했다는 걸 그녀는 알아차리지 못한다. 엄마를 만나지 않은 지 몇년이 지났지만 난 지금 엄마가 어떤 모습일지 안다. 지금 엄마의 상심은 꼭 저때 행복했던 만큼일 것이다. 난 지금도, 지구 반대편에서도, 엄마 생각을 하고 엄마의 상심을 생각한다. 내 스토커 생각을 하고 그에게도 엄마가 있으니 그녀의 상심을 생각한다. 그리고 내 한국 엄마의 상심과 기나긴 공허감을 생각한다. 우리가 그 모든 일에 얼마나 최선을 다했는지 보라. 우리를 만족시켜주지 못한 모든 것들, 우리가 결국 알아내지 못한 모든 것들을 보라.

집단적 지식과 기억이 몇 세대에 걸쳐 억압되었고, 그로 인해 고독한 개인들이 폭력의 여파를 견뎌야 했다. 대학살이 있고 오십년

후에 진실과 화해를 모색하는 작업이 시작되면서 남한의 일꾼들이 폐광, 동굴, 수 킬로미터 길이의 참호를 발굴했다. 한국전쟁이 시작되기도 전에 미군의 지휘하에 남한 사람들의 손에 처형당한 공산주의자라는 혐의를 받은 사람들의 시신을 찾기 위해서였다. 처형당한 사람 중 상당수가 공산주의가 뭔지도 모르는 무지한 농민들이었다. 아이들도 있었다. 사망 인원은 파악 불가능하다고 한다. 재판도 없이 처형당한 사람이 십만에서 이십만명에 이르는 것으로 추정되나 정확한 숫자를 알아낼 순 없을 것이다.

미국의 문서가 기밀해제되면서, 노근리 철교 밑에 피신해 있던 민간인들을 공습한 사건의 숨은 이유가 드러났다. 주한미군은 진지에 접근하는 민간 피난민에게는 무조건 기총소사를 가한다는 방침을 두었던 것이다. 미 공군의 터너 C. 로저스 대령은 에드워드 J. 팀버레이크에게 다음과 같은 쪽지를 보냈다. "만약 그들이 그런 행동을 취하려는 것이라면 왜 군은 그들이 다가올 때 총격을 가하지 않는 건지 이해할 수가 없다." 군 전투기를 민간인보다는 더 긴요한 목표물에 사용할 수 있지 않겠느냐는 주장이었다.

이제 우리는 이런 일을 '민간인 대량학살'이라고 부른다.

다음은 미국인들이 대화에서 흔히 쓰지만 글쓰기에서는 피하는 관용구들이다.

1. 총알을 씹다(이를 악문다).

2. 총알 같은 땀이 흐른다(몹시 두렵다).

3. 권총보다 뜨겁다(매우 뜨겁다, 매우 인기 있다).

4. 그 여자는 폭탄이야(그 여자는 매우 매력적이야).

5. 시험에서 폭탄 맞다(시험을 망치다).

6. 총에서 손 떼지 마(마음 바꾸지 마).

7. 불타는 총을 들고(결의를 불태우며).

8. 발사되다(격분하다).

9. 총을 난사하다(마약을 주사하다).

10. 발사(제기랄)!

미국을 아주 떠나기 며칠 전 자동응답기에 어떤 메시지가 들어왔다. 카운티의 피해자·증인 관리국이 나에게 주는 마지막 작별선물과도 같은 메시지였다. 나는 그곳에서 보내온 메시지를 들을 때면 늘 용건이 끝날 때까지 숨을 멈추고 있었다. 그날은 희소식이었다. 다시 한번 항소가 성공적으로 기각되었다는 소식으로, 미네소타 주가 내 스토커를 미네소타 쎄인트피터 주립병원에 좀더 수감하겠다는 내용이었다.

내 스토커는 성년기를 내내 감옥에서 보냈다. 나는 내 성년기를 내내 한국으로 돌아가는 데 썼다. 나는 그와 나 사이에 대양 하나와 대륙 하나, 지구 절반, 백년 묵은 신문기사 스크랩을 놓았고, 그 정도로 멀리 있자니 그에 대한 연민까지 생긴 것 같다. 하지만 그와 같은 주, 같은 도시에 산다면 과연 그를 연민할 수 있을까? 같은 시간, 같은 방에 함께 있다면? 다시금 숨이 가빠진다. 나는 저 광대한 거리가 보장하는 안전을 애써 떠올리면서 내가 가진 기억들을 이어 맞추고 또 그를 위해서도 몇가지 기억을 만들어낸다. 우리 둘

다 집을 그리워하고 있다고 생각해본다.

우리가 기억하는 것들이 놀랍고, 우리가 기억하지 못하는 것들도 놀랍다. 단편으로 조각난 기억은 흩어져버리는 기억, 그건 무슨 일이 일어났는지 정확히 기억하지 못하는, 내가 아는 너무도 많은 사람들, 삶의 어느 대목이 통째로 사라져버린 너무도 많은 사람들. 나의 양엄마 또한 이 항목에 포함되는데, 그건 엄마의 아버지가 결코 자세히는 설명되지 않는 모종의 변태적인 방법으로 자기 딸들을 겁탈했다는 소문이 있었기 때문이다. 부스러기 같은 기억 말고는 떠오르는 어린 시절이 없었던 엄마는 내 언니 생일에 언니 방에 그 도둑놈이 들어와 자기의 큰손녀딸을 겁탈하려고 했을 때 아무것도 못 본 체했다.

엄마, 내 엄마이니까 내가 사랑하는 엄마, 한국에 온 내 옆에서 내 손을 잡고 잠을 자고 나에게 밥을 먹이고 나를 씻겨주고 내 몸을 두려워하지 않았기에 내가 사랑하는 엄마, 난 한국에서 살아보기로 하기 전까지 엄마에게 화난 적이 한번도 없어요. 엄마, 당신은 세 아이를 버렸지요. 언니와 나는 미국인에게, 오빠는 시골 할머니에게. 엄마가 돌아가시고 한참 후에 막내 여동생도 물었어요. "왜 엄마는 그래야만 했을까?"

한국에 온 나는 우리 가족에게 도움이 되지 않는 이 사회의 논리를 이해하기 시작했고, 나 자신은 그걸 믿지 않으려고 애를 썼다. "제 자식도 버릴 만큼 타락한 부모를 왜 다른 사람이 도와야 하는가? 그런 사람들에게 도대체 왜 신경 써야 하는가?"

엄마, 그런 짓을 하는 부류의 엄마란 당신 같은 엄마를 말하는 걸 거예요. 아이를 구하려고 애쓰다가 오히려 얼마나 망가뜨렸는지 절대로 이해하지 못하는 엄마 말이에요. 그래서 난 당신이 돌아가신 후에야 내 삶의 진실을 이야기했어요. 내가 그토록 간절하게 당신을 바랐음에도 당신은 그보다도 더욱 간절하게 내 입에서 결국 모두 다 잘됐다는 말이 나오길 바랐으니까요. 나처럼 부서질 대로 부서진 사람이 하는 용서를 당신이 어떻게 받아들일 수 있었겠어요?

내 몸은 살아남았고, 그건 맞아요. 난 잘 먹고 컸어요. 그런데 엄마, 나에겐 살아남지 못한 부분이 그만큼 있어요. 한국에 살러 왔을 때 난 내가 정확히 얼마만큼을 잃어버리지 않았는지 잴 수 있었어요. 그건 잃어버린 게 아니라 체계적으로 망가뜨려진 거였어.

입양인의 정체성과 역사를 파괴한 것은 결코 개인 차원의 일이 아니었다. 그건 너무도 체계적이었다. 한국에서는 다소 불운한 가족, 즉 병원비를 감당할 수 없거나 아이가 너무 많아서 다 키울 수가 없거나 집안에 알코올중독자가 있거나 하는 상황에 처한 가족이라면 어느 가족이나 입양이라는 유혹에 흔들릴 수 있었다. 우리네 한국 엄마들은 국제입양이 장기 홈스테이 따위가 아니라는 걸 이해하지 못했다. 가서 잘 먹고 공부 열심히 하고 나중에 돌아오라니. 입양이 한 사람의 존재를 완전히, 돌이킬 수 없게 지워버리는 것임을 그들은 몰랐다. 우리의 입양은 너무도 합법적인 절차로 우리의 언어, 우리의 문화, 우리의 가족, 우리의 이름, 우리의 생일, 우리의 시민권, 우리의 정체성을 빼앗는 것이었다. 그러고도 세상은 입양을 자비롭고 도덕적인 행위로 간주했다.

서울에서 입양인으로 살다보면 이내 무언가 심각하게 잘못되어 있음을 깨닫게 된다. 서울에 장기간 거주하고 있는 약 이백명의 입양인 중 가족과 재회한 입양인들이 너나없이 하는 이야기가 있다. 가족과 재회한 입양인들은 자기가 정확히 어떤 식으로 입양되었는지 알게 되는데, 대개의 경우 그들의 한국 가족이 들려주는 이야기는 입양 당시 양부모가 입양기관에서 들은 이야기와 사뭇 다르다.

나의 경우, 나의 양부모가 나에 대해 얼마나 왜곡된 이야기를 들었는지조차 몰랐다. 한국 가족과 재회하고 한국 엄마 쪽 이야기를 들은 지 수년이 지날 때까지 그 상태였다. 그건 나의 양부모가 내 입양 서류 전체를 주지 않았기 때문이었다. 그들이 나에게 넘긴 것은 아주 기본적인 서류들뿐이었다. 한국발 편도여행 비자, 미네소타 주에서 발행한 가짜 출생증명서, 세례증명서 등등. 그 모든 관계 서류가 당연히 내 것이라고 생각하면서도, 이미 한국 가족과 재회한 마당에 굳이 기관에 가서 서류를 요구할 정도로 중요한 일이라고는 생각하지도 못했다.

그러나 한국에서 이년을 산 후, 비자를 갱신해야 했고 그러려면 그 서류들을 받아야 했다. 바로 그때, 난 나의 역사와 언니의 역사가 얼마나 체계적으로 파괴되었는지, 또 우리의 이야기가 얼마나 왜곡되어 양부모에게 전해졌는지 정확히 알게 되었다.

나는 입양기관에 전화를 걸어 나의 고아호적을 달라고 했다. 가족호적은 이미 가지고 있었다. 모든 입양인에게는 고아호적이 있다. 입양 절차를 원활하게 하기 위해 그들을 공식적으로 고아로 만드는 문서다. 하지만 나에겐 진짜 호적이 있으니까 고아호적이 필요하진 않을 거라고 생각했다. 엄마는 돌아가시기 전에 언니를 시켜 관청에 가서 우리 가족의 호적등본을 떼어다 나에게 주라고 했다. 엄마는 그런 방식으로 내가 가족에서나 한국에서 지워진 적 없었음을 나에게 보여주고자 했다.

그런데 처음 비자를 받을 때 사용한 가족호적상의 생일이 여권상의 생일과 달랐다. 이건 비자를 발급한 시카고 주재 한국대사관이 모르고 넘어간 문제였다. 하지만 서울의 출입국관리소 직원은 알아차렸다. 생년월일을 일치시키려면 한국 법원에 가서 호적상의 생일을 변경하거나 고아호적 사본을 가져오라고 했다. 호적상의 내 생일은 나의 아버지가 생명 말고 나에게 준 유일한 것이니까 그걸 바꾸고 싶지는 않았다. 그래서 비자 문제를 해결하려고 고아호적 사본을 받기로 한 것이었다.

닭이 먼저냐 달걀이 먼저냐 하는 이 상황을 간단히 정리해보자. 만약 내가 이미 한국에서 살기로 결정을 내리지만 않았어도 한국에서 그깟 서류를 작성할 일은 없었고 그럼 비자가 필요할 일도 없었다. 그 서류 하나를 받자고 한국 입양기관에 연락을 취할 일이 생기지만 않았어도 그들이 나의 나머지 서류를 보낼 일은 없었다. 그리고 그들이 서류를 나에게 주어도 좋다는 가족의 동의를 미리 받아두지만 않았어도 나에게 나머지 서류가 오는 일은 없었다. 가족의 동의를 받았다는 것은 이미 그들을 찾아냈다는 뜻이었다.

입양기관은 영어로 된 서류와 한자 섞인 한국어로 된 서류를 보내왔다. 영문 서류는 내가 예전에 한번 본 적 있겠지만 내용을 기억하진 못하는 그 서류였다. 미국 부모님이 사본을 내주지 않은 그 서류, 미국에 있는 입양기관 또한 나의 미국인 부모의 사생활 보호를 들먹이며 사본을 내주지 않은 그 서류였다.

내 기록을 읽을 수 있다는 건 사전을 보면서 필요한 한국어와 한자를 읽을 수 있을 만큼 한국에 오래 살았다는 이야기였고 주변에 내 번역을 확인할 수 있는 한국인이 있다는 뜻이었다.

기관이 보내온 오래된 서류 꾸러미 속에는 내 고아호적과 내 미국 여권의 '사실관계'를 일치시키기 위해 새로 만든 서류도 있었다. 이 새 서류는 내가 미국으로 보내졌다고 명시하고 있었으니, 입양기관의 1972년 기록과는 맞지 않았다. 입양기관은 내가 네덜란드로 보내졌다고 기록했다. 또, 1976년에는 내가 네덜란드 시민으로 귀화되었다고 기록했다.

나의 미국 부모가 받은 영문 서류에는 내 엄마가 미혼모이며 아버지와 동거하다가 내가 태어난 직후 집을 나갔다고 되어 있었다. 하지만 엄마에게 들은 이야기로는 아버지의 폭력을 피하려고 엄마가 날 고아원에 맡겼다고 했고, 법률 문서인 가족호적에도 엄마와 아버지는 내가 태어나기 약 사년 전에 결혼한 것으로 나와 있다.

내 입양은 완벽하게 합법적이었다. 필요한 모든 서류가 제대로 구비된 상태였다. 필요한 모든 정보가 날조된 상태였다. 그 서류들은 공식적인 현실이 되었다.

내가 미국에 보내지고 몇달 만에 엄마가 먼저 나를 찾지 않았더라면 난 절대로 나에 대해서 알아보지 않았을 것이다. 내가 미혼모 엄마한테 버림받았다고 믿고 살았을 것이다. 온양이 아니라 한국 남부의 나주라는 곳이 내 본적이라고 믿었을 것이다. 내가 1972년

3월 8일에 태어났다고 믿었을 것이다. 누군가 내 이름을 한자로 짓는 수고를 했으리라곤 생각도 못했을 것이다. 나의 이야기는 아직도 자기가 누군지 탐색 중인 다른 수많은 입양인의 이야기와 똑같았을 것이다.

입양을 합법화하고 가능하게 만든 형식들에 구속되어 있던 나의 진짜 이야기, 즉 나에겐 가족이 있었고, 엄마는 날 간절히 원했고 날 사랑했으며, 내 이름은 고아원 직원이 아니라 아버지의 성을 딴 것이고, 후에 아버지는 자신이 가족에게 가한 폭력, 나를 입양에 이르게 한 폭력을 뉘우쳤다는 이야기는 삼십사년이 지나서야, 일련의 요행과 흔치 않은 상황에 힘입어 밝혀질 수 있었다.

한국에서 이년 넘게 살다가 자기 가족과 재회한다는 건 특별한 일이겠지만, 한국 가족과 다시 만났고 한국어로 의사소통을 할 수 있거나 자기 통역이 되어줄 편견 없는 사람을 둔 입양인들 사이에는 상식으로 통하는 사실이 있다. 대개의 경우 우리가 양부모에게 왜곡된 이야기로 전해졌다는 것이다. 즉, 엄연히 아버지와 결혼한 어머니가 미혼모라고 전해졌고, 주변 인물에서 형제자매가 제외되었고, 건강 기록도 바뀌었다. 이름, 생일, 출생지도 바뀌었다. 한국 부모가 어디에 사는지 찾다가 그보다 더 터무니없는 일을 당한 사실을 알게 되는 경우도 있었다. 원래 입양되기로 한 아이가 무슨 이유로 약속한 날짜를 맞추지 못하자 자신이 바꿔치기로 입양된 경우도 있고, (그의 백인 양부모는 자기들이 받은 아이와 사진에서 보았던 아이가 다르다는 걸 알아채지 못했다) 아이를 잃어버리거나 임시로 고아원에 맡긴 한국 부모가 나중에 아이를 돌려받지 못한 경우도 있고, (아이가 거기 없다거나 죽었다고 했지만 실제로는 입양아로 선택당해 해외로 보내진 것이었다) 고아원에 갔다가 엄마의 동의도 없이 해외로 보내진 경우도 있었다.

입양기관은 무엇 때문에 이런 짓을 했던 것일까? 여러 이유를 생각해볼 수 있지만, 분명한 사실은 어느 누구도 부부 사이인 부모가 있는 온전한 가족의 자식을 입양하려고 하진 않을 거란 점이다. 그 누구도 엄마에게서 뺏은 아이를 입양하고 아이 엄마가 필사적으로 아이를 찾아다니는 상황을 원하지 않는다. 사람들은 진짜 고아를 원하지, 가족이 위기에서 벗어날 때까지 임시방편으로 잠깐 고아원에 맡겨둔 아이를 원하진 않는다.

입양인들 사이에서는 왜곡, 납치, 아이 바꿔치기, 기록 위조 같은 이야기가 흔했지만, 모두 일화 수준이었다. 그래서 2007년에 나는 입양인들 및 내국인들과 함께 그와 같은 학대 사례를 수집하기 시작했다. 우리는 모임 이름을 '진실과 화해를 위한 해외입양인 모임'(TRACK)으로 정하고 입양인으로서 우리 자신과 한국 가족과 양부모의 편에서 행동에 나섰고 한국의 부패방지및국민권익위원회에 우리 자신과 주변 친구들의 사례를 상정하기도 했다.

위원회 산하 사회복지부서가 시행한 1차 조사는 우리 기대만큼 철저하지 못했다. 그래도 우리는 우리가 제기한 문제 중 일부에 대해 입양기관들이 내놓은 정보를 공식 문서로 남길 수 있었다. 일화에 머물러 있던 정보를 공식적인 정보로 바꾸어냈다는 점에서 중요한 성과였다.

입양인이 본인에 대한 정보에 접근할 권리에 대해 한 기관은 입양인이 '필사적으로 원할 때'에 한해 친부모의 동의 없이 정보를 제공하겠다고 했다. (필사적인지 아닌지 증명할 방법에 대해서는 설명이 없었다.) 아이들이 생모의 동의 없이 입양된 두건에 대해서 기관 측은 그렇다, 그런 일이 있었다, 하지만 당시엔 그런 관행을 금지하는 구체적인 법 조항이 없었다라고 답변했다. 친부모의 주장에 따르면 아이의 친할머니가 아이를 데려갔다가 자기들 모르게 내버렸다고 하는 두건에 대해서 해당 기관은 기록상으로 '버려진' 아이들이었고 기관은 그들에게 새로운 신분을 만들어줄 법적 권한이 있었다고만 진술했다. 따로따로 양도되었던 나와 언니의 미심쩍은 양도 기록에 대해서는 다음과 같이 변명했다. "당시 우리나라는 기록에 그다지 신경 쓰지 않았다." 우리가 미혼모가 버린 아이들로 전해진 데 대해서는 "통역상의 실수"라고 설명했다. 내 기록에 한자 이름을 비롯해 원래의 생년월일, 출생지가 빠진 데 대해서는 나의 부모가 잘못된 정보를 제공한 탓이라고 했다. 마지막으로 나의 네덜란드 시민권에 대해서는, 그쪽 시 정부에게 잘못을 돌렸다. 이름이 같은 여자애 넷이 동시에 입양되었는데, 하나는 네덜란드로, 하나는 덴마크로, 둘은 미국으로 보내졌다고 했다. 같은 이름이 너무 많아서 헛갈렸다는 것이다. 내 생각엔 1972년 3월 8일에 태어난 정경아라는 아이가 네 가족에 입양되기로 약속되어 있었다는 추측도 불가능하진 않다고 본다. 진짜 정경아는 그중 한 가족에게 갔다. 나머지 세 가족에는 각각 다른 어린 여자애가 갔을 것이고 양부모들은 그 아이가 사진으로 본 아이가 아니라는 걸 결코 알아차릴 수 없었을 것이고, 이제 그 아이들은 허술한 서류를 가지고 자기가 나인 줄로만 아는 여자들이 되었을 터다.

앞의 사례들은 일반 대중은 물론, 입양기관에서도 드문 일이라고들 말한다. 납치, 위조, 아이 바꿔치기 같은 사례는 남한에서 진행된 수천건의 도덕적인 사례 중 몇 안되는 실수라고, '부수적 피해'라고들 말한다. 과거에 "실수가 있었고" 이제 와서 그러한 납치나 위조에 대해 할 수 있는 일은 없다고 입양기관들은 말한다. 입양인들에게 "이제는 넘어가라"라고 말하는 사람들은 너무 오래 잘못되었다면 결국 그건 잘못이 아닌 게 된다고 생각하는 사람들이다. 그러나 잊지 않는 것이야말로 과거를 들춰서 가족의 이산을 자선행위가 아닌 다른 무언가로 사고하게 하는 수많은 가능성을 이끌어내는 행위다.

대략 이십만명의 아이들이 남한에서 해외로 입양되었다고 추정되지만, 누가 알겠는가. 기록도 없이 보내진 아이도 많다. 우리가 수를 정확하게 파악하는 것은 불가능하다. 마치 우리가 그럴만한 짓을 저질러서 추방된 것처럼 이야기하는 이 같은 아동 추방은 일종의 '민간인 대량학살'이다.

그러나 난 여전히 살아 있다. 서울의 지하철 차창에 비친 내 얼굴은 여전히 내가 타고난 그 얼굴, 한국인 얼굴, 깨지지 않은 가면이다. 말을 하지 말아야지 다짐하면서 밤에 지하철을 타고 이천만명이 겹겹이 살고 있는 이 대도시를 종횡무진 다닌다. 지하로도 가고 한강을 건너기도 하고 차가 꽉 막힌 고가도로 옆을 지나기도 한다. 때로는 어딘가 갈 곳이 있어서, 때로는 나를 잠들게 하는 열차의 덜컹거림을 느끼려고 지하철을 탄다. 때로는 그냥 서서 유리문에 비친 유령 같은 내 모습, 고가도로와 다리가 내 다리를 두 동강 내며 지나가는 모습, 텅 빈 고층건물 사무실의 형광색 야간 조명이 내 가슴에 번쩍이는 모습을 본다. 검은색 정장에 흰 셔츠를 입은 회사원들은 집으로 돌아갔고, 매일 아침 회사원들 구두를 모아다가 지하의 엘리베이터 옆 작은 방에서 구두약을 칠하고 점심때까지 신발 주인들 책상에 가져다주는 구두닦이도 집으로 돌아갔다. 청소부는 종이컵과 플라스틱 병을 다 분리하고 비누도 반씩 잘라두었다. 회사 주차장의 세차하는 여자는 걸레를 빨아서 널어놓았다. 그 옆 사무실 건물 꼭대기의 옥상정원에서는 곤충들이 꽃과 풀에 수분을 다 해두었다. 이 초현대적인 나라에도 그 같은 연결의 생태계는 돌아가고 있다. 각 도시는 버스나 기차, 비행기로 연결되고 도시에서 각 동네는 버스나 지하철로 연결된다. 서울의 지하철은 세상에서 가장 북적이고 가장 싸고 가장 효율적인 편이고, 내가 매일 밤 타는 지하철 차량은 세계에서 가장 깨끗한 편이고 현실을 거울처럼 비추는 그 밝은 창 속에서 나의 몸은 이제껏 내 인생, 내 정신이 그랬듯 조각조각 깨진다. 그렇지만 자동차와 열차를 바라보며 내 몸을 쉼 없이 쇄도하는 카타르시스에도 불구하고, 또 바닥의 진동이 전해주는 가능성에도 불구하고, (바닥과 선로 사이의 간격은 그다지 넓지 않다) 그리고 일년 전에 고층건물에서 뛰어내린 입양인이 있음에도, 다들 정도는 달라도 서양에서의 삶을 스스로 죽이고 있는 우리 서울 거주 입양인들이 그 사람 이야기를 자주 하면서도, (우리는 입양인이 죽었다고 놀라지도 않고, 친구들에게 계속 살아야 한다고 열심히 설득하지도 않는다) 이 모든 포기와 소소한 소멸들에도 불구하고, 나는 살고 싶다. 그들이 나에게서 빼앗아 간 그 많은 것들이 있고, 난 길을 잃고 외롭지만, 너무도 여러번 죽음의 문턱까지 가보았지만, 그래도 나는 살고 싶다.

1883년 8월 29일 수요일

주립병원 밴드가 해체되었다는 이야기가 있다. 우리에게 좋은 음악을 선사하는 그들이 일시적으로 해산한 것이길 바란다. 힘내시오, 밴드 여러분!

내가 미국을 영영 떠나는 이미지는 남자 셋이 뚜껑, 다리, 페달을 떼고 포대기에 싼 나의 검은색 그랜드피아노를 현관문 앞으로 내놓는 모습이다.

하루 뒤, 내가 서울에서 묵을 고시텔(*gositel*)에는 피아노를 놓을 자리가 없었다. 고시텔은 공동 욕실과 주방을 갖춘 작은 침실들이 있는 건물로, 벼락치기 시험 공부를 하는 한국인 학생이나 외국인 학생, 막 이사 온 한국인 노동자들이 단기로 세를 내고 사는 곳이다. 거쳐가는 사람들을 위한 주거 공간인 셈이다. 바닥에 누워 팔다리를 뻗으면 위아래, 양옆으로 벽에 닿았다. 비좁은 침대와 책상, 옷가지 열개 정도 들어가는 옷장 하나, 침대 발치를 덮는 책상이 하나 있었다. 방을 깔끔하게 치우면 바닥에서 윗몸일으키기와 팔굽혀펴기를 할 공간이 생겼다. 내 손의 근육들은 타이피스트처럼 굳어갔다.

한 입양인 친구를 통해 처음으로 일자리 제안이 들어왔다. 한국에 사는 미국 입양인들 대부분이 하는 일, 영어 강습이었다.

학교 수업이 끝난 오후에 신촌에서 지하철을 타고 동대문으로 가서 파란색 노선으로 갈아타고 남쪽으로 내려가 용산구 이촌동에 갔다. 난 지하철을 타면 날씬한 다리와 색을 빼고 파마를 한 머리카락, 파란색 콘택트렌즈, 부자연스럽게 오똑한 코, 수술한 쌍꺼풀에, 보이지 않는 곳에 흉터를 가진 젊은 여자들이 몇명인지 세고, 이제는 한국인으로 보이지 않는 여자들이 표지에 등장한 잡지가 몇개인지 셌다. 한국의 탤런트이자 영화배우인 대니얼 헤니가 나오는 광고가 몇개인지 셌다. 백인 미국인 아빠에 한국 출신 입양인 엄마를 둔 그는 거의 한국인처럼 보이지만, 그에게서 배어나오는 서양인다운 특징은 그를 업그레이드된 한국인, 백인 수준으로 올라선 한국인으로 만들어준다. 그리고 물론 그는 멋지게 영어를 구사한다. "다니엘이다!" 푸른색 교복과 무릎까지 오는 양말을 신은 여중생들이 비명을 지르면서 지하철 통로에 붙은 그의 거대한 포스터에 달려들어 입을 맞추더니 이차원 이미지인 그를 끌어안으려고 했다. 업그레이드되었을 뿐 결국 같은 한국인, 그렇지만 전에 없던 뛰어난 한국인인 그는 자기 엄마를 미시건 주로 보낸 국제입양기관을 선전한 바 있었다. 나는 백인성의 유혹, 제국의 유혹이 어느 정도인지 가늠하고 나 자신은 얼마나 공모하고 있는지 헤아려보았다.

백인 행세로 지우기

직업능력으로 지우기

살아남음으로 지우기

경제발전으로 지우기

우리가 어떻게 번영에 이르렀는지 기억하는 사람? 미국식 전쟁에서 미국식 민주주의로 이어지는 직선 길은 아니었고, 한국식 길을 따라, 당신이 가면서 길을 낸다는 식으로, 삼십년이 넘게 군사독재가 이어졌고, 이후엔 여자들이 땀 흘려 일한 그 많은 시간이 있었죠. 그나저나 아기는 어디에서 온다고 생각하시나요……

용산구는 지도에서 찾기 쉬운 곳이다. 서울의 정중앙, 한강이 굽어지는 곳에서 비어 있는 지점을 찾으면 된다. 한 세기가 넘도록 시민의 거리가 들어서지 못하고 외국 군대가, 처음엔 일본군이, 그다음엔 미군이 사용해온 곳이다.

미국인들은 용산에 그들만의 작은 미국을 만들었다. 미국 교외를 연상시키는 베이지색 회반죽을 바른 주택과 잔디가 깔린 앞마당과 조용한 거리, 반쯤 죽은 관목들, 스포츠 경기장, 소풍 테이블, 야외 바비큐 그릴, 공립학교, 영어책을 갖춘 공공도서관, 알코올중독자 모임, 타코벨까지. 기지 부근에는 군인들과 외국인 영어 강사들이 한국 여자를 물색하러 가는 이태원이 북동쪽에 붙어 있다. 이태원에서 대각선 맞은편인 기지 남서쪽에는 이촌동이라는 상류층 한국인 동네가 있다.

기지를 향해 저공비행하는 헬리콥터들이 이촌동의 고층아파트 옥상을 스치듯 지나간다. 이촌동 거리는 서울에서 가장 깨끗하고 넓은 편이다. 신축빌딩과 외국요리 식당 앞에 베엠베와 렉서스 SUV가 줄지어 서 있다. 내가 영어를 가르치던 학원으로 지하철역에서 십분을 걸어서 가는 길에 세븐일레븐에 들러 다이어트 콜라를 사 마시고, 일을 마치고 집에 가는 길에는 코미디언 루실 볼의 이름을 딴 식당인 루시스 파이 키친에 들러 서울에서 먹을 수 있는 유일한 진짜 미국식 파이, 그러니까 높이 세운 크러스트에 사과, 프랑스산 초콜릿, 그래스호퍼 칵테일로 두툼하게 속을 채운 파이를 한 조각 먹는 게 버릇이었다.

그 대단한 지역에 있는 학원(*hagwon*)에서 내 수업을 들은 학생들은 전부 원어민 수준, 또는 그에 준하는 말하기 능력을 지니고 있었다. 그 아이들은 영어로 수업을 받고 일년에 미화 약 이만 달러를 청구하는 사립학교에 다녔다. 한국인의 평균 연소득을 웃도는 등록금과는 별도로 그 학교에 들어가는 데 필요한 입장권이 있었다. 외국인 여권이었다. 자기소개를 하는 날, 나는 그 학원의 6학년 학생 거의 전부가 얼굴은 한국인이지만 미국에서 태어났고 따라서 미국 시민이며, 한국에서 가장 힘있는 사업가, 즉 컴퓨터 기업이나 연예사업체의 최고경영자를 아빠로 두었으며, 거의 모든 학생이 하버드대나 예일대에 갈 계획이라는 걸 알게 되었다. 그 아이들은 벌써 아이비리그 대학들의 로고가 박힌 연필과 티셔츠를 쓰고 입었다. 내가 미국에서 학교를 다녔다고 하자 아이들이 헉 소리를 냈다. 선생님 진짜 부자인가봐요, 선생님 부모님은 정말 힘있는 사람들인가봐요. 국가를 넘고 문화를 넘어 이식당한 나는 세 다리만 건너면 다 아는 사이인 인구 사천팔백만의 뒷말 많은 작은 시골 마을인 한국이라는 땅에서 여섯 다리는 건너야 하는 영예롭고도 널찍한 미국으로 갔다. 나는 분리되었다. 도망쳤다. 나는 행운의 존재였다. 학생들이 처음 얼핏 본 나는 그들이 되고 싶은 사람이었다.

너희 부모가 너희를 위해 미국 시민권을 선택한 건 그럴 돈이 있어서이고 그건 너희는 태어나기도 전에 이주를 통해 안전한 미래를 얻었다는 뜻이지만, 내 엄마는 순전히 좌절한 나머지 나의 이주를 선택했고 도움의 손길이 하나라도 있었다면 나를 데리고 있는 편을 선택했을 것이고 우리가 이십삼년이나 떨어져 있으리라고는 꿈에도 생각하지 못했다고, 국제입양은 무슨 단기 유학 프로그램 같은 게 아니라고는 이야기하지 않았다. 한국 경제는 내 등 위에, 내 엄마의 등 위에 세워진 것이라고, 난 한국의 소모품이라고, 하버드대나 MIT 출신 한국계 미국인 강사를 주로 고용하는 학교에서 엘리트로 통할 수 있는 인간이라서 그렇다고, 한국이 나의 엄마한테 준 것은 끝없이 고통을 참는 능력뿐이었다고 이야기하지 않았다. 나의 유창한 영어는 모든 걸 줄 수 있고, 나의 서툰 한국어는 아무것도 주지 않는다. 내가 제공해도 좋은 것은 오직 영어뿐, 내 직업뿐이다. 학생들이 나한테 한국어로 말해달라고 했을 때 나는 긴급 회피책을 발동했다. "난 영어로 말하기로 하고 돈을 받는 걸 어떡하니?"

학기 중간쯤 되자 학생들은 숙제를 안해왔을 때 저런 식의 구태한 변명의 다른 버전을 알려주었다. "일하는 아줌마가 버렸어요."

마녀처럼, 악마처럼 사람을 매혹하는 백인성의 유혹. 난 기네스 팰트로와 대니얼 헤니가 동맹을 맺었다고 한국 사람들이 그렇게 많은 물건을 살 줄은 몰랐다. 그 둘이 선전하는 것은 초국가적인 사람이 되고 싶다는 소망이다. 일상적으로 와인을 마시고 치즈를 먹고 침대에서 자고 영어로 말하는 사람. 백인에 미국인에 부유한 사람 말이다. 황인도 아니고 외국인도 아니고 술집이나 편의점 주인, 채소 행상이 아니며, 아내가 네일숍에서 진짜 미국인의 손톱을 다듬는 일을 할 만큼 급이 떨어지지 않은 사람, 아이 때문에 자신의 삶과 지위를 내던지지 않은 사람, 부모가 하루 열여섯시간 일하는 동안 혼자 자라지 않은 사람, 일이 계획한 대로 잘 풀려서 의사나 변호사가 된 사람이 아닌 사람이 되고 싶다는 소망. 아이가 미국 이주를 통해 전도유망한 영어 사용자가 되는 데 그치지 않고 서양인이 되기까지 한다면, 그 아이는 일류가 아닌 대학에 가고, 부모가 영어로 유창하게 이야기하지 못하는데도 한국어로 유창하게 이야기하지 못하는 아이러니를 빚으며, 결국 한국에 되돌아와서도 미혼 상태로 영어 강사 일을 할 것이고 아마도 길거리에서 입양인들과 주먹다짐을 하는 인간이 될 것이다.

리디쿨로사멘테

Ridiculosamente, 우스꽝스럽게

사람들은 이렇게 부른다.

Korea

한국

hanguk

韓國

아침 해가 아름답게 빛나는 나라

U.S.A

미국

miguk

美國

아름다운 나라

England

영국

yeongguk

英國

뛰어난 나라

English

영어

yeongeoh

英語

뛰어난 언어

콘 비바치타

Con Vivacità, 생기 있게

한번도 본 적 없는 사촌이 한국의 최고 엘리트 대학이라는 서울대를 과 수석으로 졸업했다. 처음 이야기를 나눌 때 그가 말했다. "안녕하세요. 난 미국에 가고 싶어요. 도와주세요."

나는 입양인과 다른 한국 이민자의 차이점과, 나에겐 플러싱이나 텍사스, LA, 애틀랜타에 그 아이를 받아주고 도와줄 만한 한국 이민자 인맥이 없는 이유를 설명했다. 심지어 난 교회도 안 다닌 사람이다. 어쨌든 그때 그애가 내 말을 이해하지 못했다고 생각하는 건 몇달 후 그의 남동생이 이렇게 물었기 때문이다. "미국 언제 가요?"

"몇년 있다가 갈지도. 난 여기 사는 게 좋아."

"미국 언제 가요?"

내 구문이 너무 복잡했나 싶어서 아주 간단하게 다시 말해주었다. "안 가."

"왜요?"

"나 거기서 삼십삼년이나 살다왔잖아."

(일시 정지.)

"미국 언제 가요? 난 미국 가고 싶어요. 미국에서 공부하고 싶어요. 토플 시험 망쳤어요. 누나아아아아." 그는 계속해서 날 미국인으로 보며 콧소리를 낸다. "영어 가르쳐줘요오오!"

그 아이는 나중에 또 전화를 걸어와 자기가 그 어려운 '외국어로서의 영어 능력 시험'을 통과했으며 미국에 가서는 학부과정부터 다시 시작해서 좋은 점수를 받을 생각이라고 이야기한다. 뉴욕, 캘리포니아, 텍사스, 미네소타에 가서 학교들을 둘러보고 싶단다. 나는 곧 쌘프란시스코에 잠깐 다녀올 예정이라고 알려준다.

"어디요?"

"쌘프란시스코."

"어디요?"

"쌘프란시스코"

"어디요?"

"쌔앤프으라안시이스으코."

아아……!

사람들은 나에게 한국은 경쟁이 너무 심하다고, 그래서 외국으로 나가야 한다고들 말했다. 한국에는 똑똑한 사람이 너무 많은데 대학은 너무 적다고, 즉 세 손가락에 드는 일류대학이 세군데뿐이라고 한다. 아닌 게 아니라, 맥도널드에서 일하는 사람들까지도 대충 2개국어를 할 정도다. 맥도널드야 외국인들이 너무 많으니까 한국인도 영어를 써야 한다 쳐도, 실제로 영어를 쓸 일이 전혀 없는 일자리를 두고도 한국인은 영어 면접을 치러야 한다.

"언니(*unni*)처럼 영어 잘하려면 어떻게 해야 해요?" 좋은 직장에 들어가는 데 정신이 팔린 나머지 내가 정확히 어떤 연유로 올릴 때 올리고 내릴 때 내리는 정확한 억양으로 그처럼 멋진 발음의 영어를 구사하게 되었는지 깜빡 잊어버린 한국인 친구가 (심지어 나를 '언니'라고 부르는 아이가) 물었다. 대부분의 한국인은 미국 각 지역의 어투 차이는 고사하고 뉴질랜드인이나 노르웨이인의 어투와 미국인의 어투를 구별하지도 못하면서 반드시 미국인 어투로 말해야 한다고 생각한다.

한국인은 '다문화주의'라는 이름으로 입양인을 외국인 신부, 이주노동자와 뭉뚱그리는데, 한국에서 다문화주의란 최대한 모두가 겉으로는 한국인이 되도록 권장하는 것을 의미하는 듯하다. (한국 음식을 먹고 한국 음식을 만들고 한국인과 결혼하고 그로 인해 생길 다인종 아이들에 대해 걱정하고 한국인 조상을 위해 한국식 의례를 하는 것 등.) 내가 보기에 이런 건 다문화주의의 정반대라고밖에 할 수 없다. 하지만 나처럼 원어민 영어 구사자로 고용된 사람들은 '그나마 다행'이라는 생각도 떨칠 수가 없다. 이는 우리가 많이들 가지고 다니는 관광객용 안내서 『론리 플래닛』과 『이주노동자를 위한 한국어』 같은 책에 들어 있는 '유용한 표현'이 확연히 다르다는 사실에서 잘 알 수 있다.

밀린 임금은 언제 주실 겁니까?

Millin imgeum-eun eonje jusilgeomnikka?

When will you pay my back wages?

더이상 기다릴 수 없습니다.

Deo isang gidaril su eopsseumnida.

I cannot wait any longer.

가족에게 돈을 부쳐야 합니다.

Gajok-ege doneul buchyeoya hamnida.

I have to send money to my family.

사장님도 힘드시겠지만 저도 일을 하고 돈을 받아야 살 수가 있습니다.

Sajangnimdo himdeusigetjjiman jeodo ireul hago doneul badaya sal suga isseumnida.

I can survive only if I get paid for my work, although I understand you are having difficulties.

폭력을 당해서 이 회사를 떠나고 싶습니다.

Pongyeogeul danghaeseo ihoesareul tteonago sipsseumnida.

I want to leave this company because I was beaten.

피를 많이 흘렸어요.

Pireul mani heullyeosseoyo.

I've lost a lot of blood.

제 여권을 돌려주세요?

Je yeokkwoneul dollyeo-juseyo?

Could I please have my passport back?

이와 같은 유용한 표현은 미군을 위한 유용한 표현과 확연히 구별된다.

공산군 봤어요?

Kongsangoon bwasoyo?

Have you seen communists?

약도 그려주세요.

Yakdo guryojooseyo.

Draw a sketch map.

여기서 숨을 수 있어요?

Yogiseo soomulsooeeseoyo?

Can we hide here?

탐색에 응해!

Tamsaeke unghae!

Submit to search!

반항하지 마!

Banhanghajeema!

Do not resist!

라캣 발사기 어디 있어요?

Rakaet balsagee odee eesoyo?

Where are the rocket launchers?

도와주러 왔어요.

Dowa jooreo waseoyo.

We came to help.

나에게는 슈퍼히어로처럼 투명인간이 되는 능력이 있다. 내 눈에는 백인이 보이지만 그들은 날 보지 못한다. 시장에서 내가 그들의 공간을 마구 침범하고 옆에 바짝 서도 그들은 마치 내가 거기 없는 것처럼 계속해서 영어로 떠벌린다. 내가 어떤 파티에 가서 치즈, 크래커, 말린 생선을 담은 접시를 들고 있으면 난 갑자기 눈에 띄게 되고 그러면 나는 흠 잡을 데 없는 억양으로 이렇게 물으며 그들을 놀랠 수 있는 것이다. **"오르되브르 어떠세요?"**

나는 주는 자이자 파괴하는 자다. 지하철에서 백인 미국인들이 노약자, 임산부, 장애인 전용석에 앉아 미국인 특유의 시끄러운 목소리로 떠들고 있으면 난 슈퍼히어로의 복수용 망또를 두른다. **"아가씨들, 미안한데 여기는 노약자, 임산부, 장애인을 위한 자리인 거 알고 있어요?"**

그들은 내가 영어를 못하는 사람임을 배려해서 누그러진 영어로 대꾸한다. "알아요. 옮겨요. 노인 오면."

때로 나는 슈퍼히어로 망또 대신 앵벌이 하는 거지로밖에 보이지 않는 의상을 입는다. 내가 태어난 곳 근처이고 지금은 대사관저와 외국인 아파트촌이 있는 잘사는 동네인 한남동에 외국인 슈퍼마켓이 있어서 그곳을 찾아간 일이 있다. 지하철은 제대로 내렸으나 그다음 한시간 반 동안 길을 헤매다가 결국 포기하고 다시 역으로 걸어가고 있었다. 그런데 플랫폼에서 열차를 기다리다가 이쪽으로 오는 백인 여자를 발견했다! 저 사람이라면 그 슈퍼마켓 가는 길을 알 게 분명했다! 저기요, 엄마같이 생긴 여자분! 저 좀 도와주세요!

난 계단을 올라오는 그녀에게 다가갔다. "저기요—"

그녀는 턱을 가슴까지 떨어뜨리고 두 눈은 땅에 고정하고 손을 흔들어 나를 떨쳐내고는 있는 힘껏 빠르게 걸어가버렸다. 하지만 비닐로 포장한 미국식 슬라이스 치즈를 흉내 낸 한국식 느끼한 치즈 말고 고르곤졸라 같은 진짜 치즈가 너무도 먹고 싶었던 나는 그녀를 플랫폼 끝까지 따라가 물었다. "저기, 거기 혹시 아세요—"

당연하게도 그녀를 따라가는 나의 행동은 사태를 악화시켰을 뿐이고 내가 치즈 사기를 포기할 때쯤 그녀는 거의 뛰어가고 있었다.

이 한남동 슈퍼마켓 이야기는 너무 웃겨서 다른 사람에게 전할 만했다. 내가 이 이야기를 여동생에게 해줬더니 그애는 오빠와 언니에게 그 이야기를 들려줬다. 나는 언니에게 언니가 그런 상황이라면 어떻게 했겠느냐고 물었고, 말이 떨어지기 무섭게 언니는 두 가지 명백한 이유에서 애초에 그런 상황에 처할 리가 없음을 깨달았다. 첫째, 언니는 냄새 나는 치즈를 싫어한다. 둘째, 언니는 절대로 외국인과 이야기하지 않는다. (하필 미국에 입양된 여동생 둘은 예외였지만 말이다.) 그녀는 자기가 하는 가전제품 상점에 들어와 냉장고 같은 커다란 물건을 당장 사갈 것처럼 보이는 외국인에게도 말을 걸지 않는다. 내가 언니네 가게에 갈 때마다 늘 두세명의 미국 군인을 보는데 그들은 가게를 둘러보다가 어쩔 수 없이 그냥 나간다. 요즘 들어서 그 수가 더 늘어난 것은 미군이 용산구에서 철수하고 (내가 태어난 곳이자 문제의 슈퍼마켓이 있는 곳이자 우리 가족이 오랫동안 살았던 동네인 그 용산구) 언니가 사는 도시에 더 큰 기지를 세우는 중이기 때문이다. 언니 말로는 미군이 예전에 우리가 살던 동네에서 그쪽으로 대규모 이사를 준비하느라 매일 기지 공사하는 소리가 들린단다. 그녀는 군부대 옆에 살고 싶지 않단다. 우리는 그동안 계속 그 언저리에서 살았다. 그런데 지금 언니의 아이들이 다니는 학교와 언니가 하는 가게가 있는 그 도시에 또 군부대가 들어서는 것이다. 한국인끼리는 여전히 '우리나라'라고 칭하는 이 나라에서 언니가 군부대와 나란히 살지 않는 수 있는 방법이 있을까?

아니, 잠깐, 초국가주의라는 게 이런 식은 아닐 텐데.

이 '기러기 아빠'—한국에서 버는 돈으로 서양에 살고 있는 아내와 아이를 부양하고 일년에 한두번 바다 건너 그들을 만나러 가는 아버지들—의 시대에 초국가주의는 특권으로 보이게 마련이다. 서양에서 자라 2개국어를 하고 두 문화를 익힌 아이들은 같은 대학에 들어가고 싶어하고 같은 일자리를 두고 경쟁하는 수백만명의 한국인들보다 유리하게 자기를 차별화할 수 있다. '펭귄 아빠'—외국에 있는 가족을 만나러 갈 여력이 없는 아버지들—를 둔 중산층 가족에게까지도 초국가주의는 한국의 무너진 공교육 제도에서 벗어나는 방법이 된다. 아이와 함께 해외에 사는 아내는 며느리로서의 의무, 본인이 평생을 복종하며 살다가 이제 느긋하게 앉아서 모든 일을 또다른 여자의 노동에 맡기는 까탈스러운 시어머니에게 복종하는 그런 삶에서 벗어날 수 있다. 초국가주의는 마치 선택처럼 보이게 되었고, 경계를 넘나드는 것처럼 보이게 되었고, 자유처럼 보이게 되었다.

억지로 사이가 갈라진 후 관계를 재건하고자 애쓰는 자매들이, 서로 대화를 하려고 무진 애를 쓰는 가족이, 외국군 주둔에 진저리치는 가게 주인들이, 같은 언어를 쓴다고 해서 엘리트와 최하위계층이 하나로 묶이는 이곳 서울 한복판에서 백인에게 길을 묻는 한국계 미국인이, 초국가주의일 순 없는 것이다.

'미국인'이 '백인'과 동의어인 나라에서 백인이 될 능력도 없으면서 한국어를 유창하게 하지 못하는 나의 무능함은 일종의 기형이다. 난 일종의 괴물이다. 사람 얼굴을 한 물고기나 멍멍 짖는 닭처럼, 친근한 요소와 끔찍하리만치 낯선 요소가 섞인 괴물.

"발음이 이상하네."

"아, 한국인 아니구나. 얼굴은 한국인 같구먼."

"어느 나라에서 왔어요?"

"일본? 중국?"

"미국? 원래 어디 사람이에요?"

"사요나라!"

내가 한국어로 말하려고 애쓸 때마다 벌어지는 이 모든 일들.

한편, 한국인들이 한국어로 말하려고 애쓰는 백인에게 퍼붓는 칭찬 때문에 나의 우물거리던 말소리는 끼익 소리를 내며 정지한다. 똑같이 더듬거리는 처지이건만, 백인에게는 대단한 실력인 반면 입양인에게는 모자람을 보여주는 증거가 늘었을 뿐이다. 한국으로 온 신혼여행 내내 남편이 그 끔찍한 발음으로 "안녕하세요?" 하고 말하면 모두가 좋아했던 게 기억난다. "한국말 잘하네요!"라고들 했고 "영화배우처럼 생겼어요!"라고도 했다. 남편은 영화배우처럼 생기지 않았다. 백인일 뿐이었다.

하지만 가장 면목 없는 상황은 식당에서 입양인 친구들과 영어로 편히 이야기하고 있는데 갑자기 완벽한 한국어를 하는 백인 남자가 들어와 우리 옆에 앉을 때다. 우리는 뭐라고 말하지 않아도 조용히 한마음이 되어 그날 저녁밥을 다 먹도록 한마디도 더는 하지 않는다.

한국에서 보낸 삼년 동안, 한국에 사는 백인의 존재는 나에게 친근한 감정과 거북한 감정을 불러일으키곤 했고, 한국인이라는 존재는 편안함과 두려움이 뒤섞인 감정을 불러일으켰다.

아사이 모데라토

Assai Moderato, 딱 보통 빠르기로

내가 왜 그 모든 대답을 음악에서 찾을 수 있다고 생각하는지는 나도 모르겠다. 음악에는 선행 악절과 후속 악절이라는 것이 있어서 자기가 대답할 수 있는 질문만 묻는다. 마치 이길 수 있는 싸움에만 나서는 격이다. 음악은 시간을 구부린다. 그게 좋은 것인지는 잘 모르겠다. 마땅한 이유가 있어서 이미 잊어버린 것들을 떠올리게 하는 효과는 확실히 있다.

그렇다면 숫자로 쪼개보는 거다.

악마는 완벽에서 반걸음 떨어져 있다. 3온음이라고 부르는 악마의 음정은 한 옥타브의 정확히 가운데에 존재한다. 양옆으로 똑같이 여섯 음씩 나뉜다. 서양인 귀에는 악마와도 같이 매혹적이었던 탓에 교회에서 금지당한 불협화음이다. 교회가 음악 전체를 지배하던 시기가 끝나고 몇백년 후 쁘로꼬피예프는 본인만의 긴장과 완화, 불협화음과 화음의 문제, 이를테면 3온음과 완전음정 같은 문제들을 해결했다.

21세기 사람들의 귀에도 쁘로꼬피예프의 음악은 초현대적으로 다가오기도 한다. 결국 우리가 바라는 건 종지다. 우리가 원하는 건 질서정연한 씨퀀스다. 지금 우리가 있는 곳이 어디인지, 이제까지 우리가 어디에 있었는지, 그리고 저 모퉁이를 돌면 무엇이 나타날지 알려주는 명확한 차례다. 하지만 작곡가가 쉽지 않은 결말을 쓴다 해도 우리는 그가 정한 음들을 연주해야 하는 법이다. 해결책이 없어 보일 때도 해결해야 하고, 그 곡에 숨은 논리를 찾아내야 하는 법이다. 그 패턴을 찾아내는 데 완급조절이나 몸동작, 정서를 이용해도 좋다. 자기 자신의 논리나 이야기를 창조해야 할 수도 있다. 하지만 어쨌든 간에, 음악을 연주하고 싶다면 이러한 극단들, 그 안에서 의미를 찾아내는 법을 배우는 편이 좋으리라.

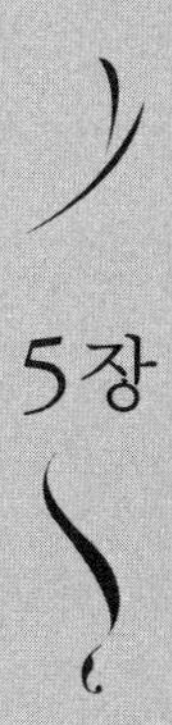

5장

알레그레토

페로체

인퀴에토

한국: 세계 13위 경제대국

한국: 16,7000~200,000명의 아이들을 서양에 공급하는 나라. 수치는 집계자에 따라 다름.

"560만 해외 한국인, 우리가 함께합니다!"

"Korea.net. 언제나 당신 곁에."

이종격투기에서는 타이밍을 지배하는 자가 경기를 가져온다. 싸움은 선 상태에서 시작된다. 내 친구 재달은 일단 상대 선수와 함께 리듬에 맞춰 손과 다리를 움직이다가 어느 순간 리듬을 깨고 상대의 팔 밑에 팔을 넣고 몸무게를 한쪽으로 실어 상대의 균형을 무너뜨린다. 재달은 몸통으로 상대의 몸통을 압박해 매트에 붙인다. 아래에 깔린 사람은 다리를 이용해 몸을 일으키려고 한다. 두 다리가 뒤틀린다. 근력을 써서 느릿느릿 상대를 눌러 부수는 싸움.

아버지의 한 손은 아기 얼굴에 담요를 덮을 만큼 크고, 다른 손은 몸통과 두 팔을 억누를 수 있을 만큼 크다. 하지만 내 두 다리만은 계속 버둥거렸으리라. 난 유년기의 이 장면을 상상하지만 코와 입이 담요에 덮여 있었으니 음향은 당연히 없다.

재달이 말했다. 녀석의 팔꿈치가 관절에서 빠지면서 힘줄이 찢어지는 게 느껴졌어. 그가 소리를 질러대길래 놔준 건데, 그 소리 들었어? 아니, 들리지 않았어. 우리는 저 멀리서 경기를 보고 있었으니까 들릴 리가 없지. 심판이 시합을 중단시켰어야 했어! 심판이 경기를 멈췄으면 했다고. 난 규칙을 잘 모르니까 설명해줘야지. 한쪽이 너무 심하게 다치기 전에 시합을 멈췄어야 해. 그런데 그 녀석이 일어나서 다시 싸우기 시작한 거야. 나도 엄청 맞았지만 그 자식은 두 팔이 다 부러졌다고. 멍청한 놈. 심판이 시합을 중단시켰어야 했어. 재달, 난 이 경기의 규칙을 몰라. 그래도 심판이 경기를 너무 길게 끌었다는 건 알겠다. 남자 둘의 몸뚱이가 너무 오래 뒤엉켜 있었어.

서울에서 나누는 사랑, 몸과 몸의 느릿한 싸움, 내 애인이 자기 이야기는 쓰지 말라고 하니까 이 그림에서 그를 빼고, 그럼 이 공간에 내 몸 하나만 남아 천천히 움직인다. 뒤틀린 두 다리, 섬세한 타이밍, 에로틱한 생각 다루기.

서울에서 나누는 사랑, 그 장소는 이태원이다. 후커 힐이 있고 영어책 서점이 있고 아프리카계 미국인 이발소가 있고 아프리카인 시장, 무슬림 시장이 있는 동네. 착한 한국 여자들은 밤에 가지 않는 곳, 외국인들이 물담배를 피우는 곳, 짙은 화장 아래 피곤한 얼굴을 한 한국 아가씨들이 낮고 좁은 문간에 서 있으면 미군들이 고르러 오는 곳이다. 가게 쇼윈도우에는 스팽글이나 깃털, 끈, 술 장식이 달려 있고 아무리 한국이라 해도 지나치게 화려한 색깔의 옷이 진열되어 있는데 그런 옷을 입고 일하는 여자들을 위한 것이다. 가게 안에서는 착한 한국 여자라면 부끄러워서 못 입을 속옷을 판다. 이태원에서는 내가 여자라는 기분이 든다. 여기서는 나도 겁을 먹고, 내 뒤에 걸어오는 남자가 앞으로 가도록 걸음을 멈추는 사소한 범죄 예방책도 실천하기 때문이다. 영어책 서점에서는 나를 보는 백인 남자들의 눈길을 느끼고, 그들의 대화를 듣고, 문득 남자들이 목소리를 낮추는 바람에 이야기가 잘 들리지 않지만 내 쪽으로 들려오는 한마디 때문에 공포를 느낀다. “매춘 맞을걸.” 마치 이 동네에서 그런 게 문제가 되기라도 하는 것처럼. 문틀에 막을 걸어두고 푸르스름한 조명을 켠 술집에는 영어 강사들, 라이스 퀸들,* 레즈비언들, 크로스드레서들, 매춘부들, 군인들, 불법체류 노동자들, 그러니까 이방인이거나 하자가 있는 사람들이 있고, 이곳 이태원의 아파트에는 나의 보이지 않는 애인과 내가 있다.

몇 줌의 말과

몇 줌의 슬픔이

걷잡을 수 없이 휘젓고, 더럽히고

미국 엄마 아빠의 섹스, 그건 눈치챌 수 없을 정도로, 어쩌면 아예 존재하지 않는 듯이 조용했다. 여자의 다리 사이에는 너무도 많은 에너지가 있고 반드시 통제되어야만 한다. 쾌락 에너지를 그대로 엄마 에너지로 바꾸어라. 결혼하고 순교자가 되고 케이크를 굽고 폭력에 눈감는 여자가 되어라……

* 아시아 남자를 선호하는 게이를 가리키는 은어.

애인이 말한다. 난 그냥 같이 자고 싶어서 수많은 여자랑 잤어. 남자는 그럴 수 있어. 그는 모르는 걸까. 여자도 그럴 수 있다는 것을, 여자의 외로움도 남자의 외로움 못지않게 날카롭다는 것을, 여자도 이 남자 저 남자로 쉽게 자기를 채우고 다음 날 아침 공허함을 느끼며 일어나기도 한다는 걸, 너무도 쉽게 그럴 수 있다는 걸……

섹스를 이용해 자기가 원하는 것을 가지려드는 여자. 섹스를 이용하기도 하고 숨기기도 하는 여자. 긴 니트 치마와 차분한 색으로 차분하게 차려입었지만 안에는 허벅지까지 오는 스타킹을 신고서 외교관들을 만나러 칵테일파티에 나와 얼음 조각 옆에서 미소를 짓고 인사하는 여자.

—벨기에의 상징이 그 오줌 누는 소년인 거 알고 있었어요?

—아뇨, 몰랐어요. 어머나. 여기 음식 맛있네요? 뭘 축하하는 파티죠?

……두 사람이 문화와 정치 이야기를 하는 동안 여자의 애인은 그녀의 팬티에 정액을 흘려넣는다. 기숙사 세탁기에 들어 있는 착한 한국 여자들의 팬티와는 거리가 먼 팬티.

재달의 이종격투기 시합을 앞두고 친구들은 나에게 돈을 내고 남자들이 싸우는 걸 구경하는 게 도덕적으로 꺼림칙하지 않느냐고 묻는다. 사정이 달랐다면 그랬을지도 모르지. 하지만 재달은 내 친구이고 난 그가 왜 싸움에 나서는지 안다. 내 친구는 미군과 한국 여자 사이에 태어난 아들이다. 그는 내가 모르는 한국어를 가르쳐준다. 기지촌(*kijichon*). 그는 그곳에서 어떤 사람들이 일하는지, 그들이 어떤 일을 하는지 가르쳐준다. 그들이 낳은 혼혈아가 어른이 되면 어떤 일을 하게 되는지도 가르쳐준다.

거리에서 재달은 외국인, 그것도 애매한 외국인으로 읽힌다. 사람들은 그를 중동 사람이나 흑인 혼혈, 가끔 백인으로도 보지만 절대 한국인으로 보지 않는다. 그와 함께 길을 걷는데 어떤 할머니가 우리를 세워놓고 둘이 부부냐고 묻는다. "또 저런다. 경찰도 아니고 내 성 정체성은 왜 조사해." 밤에 공원에서 진짜 경찰을 발견하면 그는 운동복 후드로 얼굴을 가린다. 식당에 가면 사람들이 그에게 매운 한국 음식을 먹을 줄 아느냐고 묻는다. 우리가 주차장을 가로질러가려고 하자 주차장 관리인이 우리에게 막말을 퍼붓는다. 이러한 승인의 장면에서 그는 얼굴을 숨기고 나는 입을 열지 않는다. 이 방법으로 우리는 통과한다.

재달, 넌 백인 남자의 아들이고 난 백인 남자의 딸. 우리는 한국에 사는 미국인. 네 아빠는 미국 군인, 내 엄마의 첫 남편은 한국 군인. 우리가 겪지도 않았는데 우리를 흔적으로 남긴 전쟁, 우리가 기억할 수도 없고 잊을 수도 없는 그 전쟁. 우리는 한국인이 될 기회를 제 어미들에게 부정당한 한국인. 네가 싸운 그날 밤, 난 네가 무서웠어. 피 흘리는 네 얼굴이나 상대의 덜렁거리는 팔 때문이 아니라, 링 위의 네가 나와 너무도 닮아서. 너와 나 모두 너무도 절실한, 사랑으로 가득한 감정을 품고 있고 그게 채워지지 못한 불만을 오직 폭력으로만 표출할 수 있는 거야. 우리의 나라에서 넌 말은 거의 완벽하지만 얼굴은 통하지 않아. 우리의 나라에서 난 말은 형편없지만 얼굴은 한국인으로 통하지. 우리의 나라, 우리의 대칭. 재달과 경아.

알레그레토

Allegretto, 조금 빠르게

고아에겐 채울 길 없는 허기가 있다. 신부가 아내로 변했다. 아내는 호랑이로 변할 것이다. 여자는 고아와 아내와 호랑이를 집어삼켰다. 배 속에 고아, 아내, 호랑이가 든 여자가 배를 탄다. 다 함께 종이로 된 바다를 건넌다. 돼지피로 만든 쏘시지와 소금 뿌린 간을 먹으러 머나먼 나라로 간다. 비닐 텐트의 갓 없는 전구 아래에서 달걀과 국물에 담긴 어묵을 먹어치우고 검붉은 피 쏘시지와 얇게 썬 회색 간을 굵은 소금에 찍어 허겁지겁 입에 넣는다. 나라 전체에 경고하는 소리가 퍼진다. 피로 만든 쏘시지를 먹으면 눈이 먼다. 중국산 쓰레기로 만두를 만든다. 양배추에 구더기 알이 우글거린다. 장어에 독이 잔뜩 들어 있다. 새우깡 봉지에 쥐 머리가 들어 있다. 무슨 상관이람. 여자와 고아와 아내와 호랑이는 계속 먹는다. 먹고 또 먹는다. 먹을 수 있는 모든 것을 먹는다. 글자가 빼곡한 종이도 먹고 바다와 배도 먹고 하늘의 누런 먼지도 먹고 땅의 붉은 진흙도 먹는다. 그러나 그 무엇도 그들의 채울 길 없는 맹렬한 허기를 달래지 못한다.

페로체

Feroce, 거칠게

나의 애인은 한국에서 산 지 십년이 됐지만 아직도 프랑스어 억양이 있는 한국어를 한다. 여전히 아무렇지 않게 긴 머리를 하고 다니고, 여전히 회사원이 되어 안정적으로 월급을 받거나 공무원이 되어 철밥통을 찰 생각이 없다. 나의 애인은 고국에 와서 한국인 엄마 가까이에서 십년을 살았건만 아직도 모든 일상생활에서, 즉 시장이나 극장에 가서 일상적인 거래를 할 때마다 외국인 취급을 받는다. 나의 애인은 한국에서 약간 이름이 알려진 사람이다. 그 이름은 원래 이름도 아니고 입양 후 이름도 아니다. 법적으로는 전혀 통하지 않는, 순전히 지어낸 이름이지만 그가 자신을 칭하는 이름이기에 진짜인 이름이다.

친구들은 그가 머리를 짧게 자르면 외국인으로 오해받지 않을 거라고 한다. 그가 예술가 행세를 그만두고 회사원이 되었다면 예전 한국인 여자 친구와 계속 사귈 수 있었을 것이다. 그가 그렇게까지 튀지 않는다면, 심한 프랑스어 억양을 없앤다면, 그처럼 자기답기를 포기한다면, 사람들은 그의 정체를 물어대지 않을 것이다.

친구들은 내가 좀더 한국 여자처럼 입고 다니면 외국인으로 오해받지 않을 거라고 한다. 머리를 기르면 시골에 갔을 때 남자로 오해받지 않을 거라고 한다. 한국계 미국인 남자들은 내가 좀더 한국인답게 행동한다면 나에게 더 쉽게 연애감정을 품을 수 있을 것 같다고 말한다. 그러니까 내가 손을 쓰는 방식, 사람들을 똑바로 쳐다보는 것, 말을 돌려서 하지 않는 것, 의견이 다르면 연장자나 상사에게도 이의를 제기하는 것을 두고 행동이 너무도 한국인답지 않다고 하는 것이다. 내가 미국에서 어떤 훌륭한 인격을 구축했는지는 상관없다. 나에게 없는 것만이 문제가 된다. 한국계 미국인 남자들이 한국 여자를 만나려고 하는 흔한 이유는 한국어 실력을 쌓고 싶어서이다. 그러니 나에겐 볼일이 없다. 난 때때로 나를 '한국계 미국인'이라고 말한다. 재미교포(*jaemi gyopo*)를 모르는 한국인은 없지만 해외입양인에 대해서는 모르는 사람들이 있기 때문이다. 하지만 나와 '재미교포' 사이에는 근본적인 차이가 있다. 한국계 미국인은 한국인 친척 어른을 적어도 한 사람은 만나면서 성장한다. 이건 대단한 차이일 거라고 생각한다. 이제 나는 한국 여자를 꽤 많이 관찰했으므로 마음만 먹으면 그들의 행동을 모방할 수도 있다. 하지만 여기에서도 내가 클래식 피아니스트로서 겪은 것과 똑같은 문제가 나타난다. 딱 한 걸음 나 자신을 벗어나서 음악이 흐르는 도관만이 되어야 하는데 그러지 못하는 것이다. 피아니스트는 작곡가가 아니라 해석가다. 최고의 해석가는 다른 사람의 음악에 자기 자신을 끼워넣고, 작품을 구석구석 탐험하고 그 안에 든 모든 가능성을 찾아내고, 종국에는 그 곡을 거의 전적으로 자기 것으로 만들 줄 아는 사람이다. 그러나 나는 결코 훌륭한 해석가가 되지 못했고 결코 여유로운 연주가가 되지 못했다. 다른 사람의 음악, 다른 사람의 말, 다른 사람의 행동을 그럴듯하게 연주하고 연기할 수 있을 만큼 오랜 시간 나 자신을 잊을 수가 없었다. 나는 다른 사람이 될 수가 없었다……

의료 한국에 대해. 진위 논란이 있긴 하지만 개를 비롯해 몇몇 동물의 유전자를 복제한 것으로 이름난 나라, 평범한 한국인 외모의 여자도 어딘가 '서구적인', 그러므로 더 아름다운 얼굴을 돈으로 살 수 있을 만큼 성형수술 기술이 발달한 나라. 사람의 운명과 인격이 그 사람 얼굴에 쓰여 있다고 믿는 나라에서는 문제를 바로잡아주는 수술에 돈을 쓰는 게 낭비일 리 없다. 이 나라에서는 아름다움을 손에 넣기 위해서라면 거의 무엇이든 고친다. 눈은 더 크게, 코는 더 날렵하게, 턱 선은 더 좁게, 장딴지는 더 가늘게, 가슴은 초대형으로. 어린이들까지 수술을 한다. 고등학교 졸업 선물로 쌍꺼풀 수술은 어때? 영어를 더 잘할 수 있도록 혀의 연결조직을 자르는 수술도 초등학생 때 일찌감치 해두면 어때? 의료 한국에는 어려운 수술도, 필요없는 수술도 없다! 물론, 미국인들이 한국에는 치료할 기술이 없나보다 하고 생각하는, 언청이나 내반족 같은 소아질환 수술에 대해서는 이야기가 달라진다. 선천적인 질병과 가난한 가족이라는 이중의 불행을 가진 아이들은 입양되고 나서야 치료를 받을 수 있다.

남한은 의료관광산업을 구축하고자 하고, 언젠가 그 소망을 실현시킬 적합한 자원을 가지고 있다. 미국의 보건비용과 비교하면 한국은 병원비가 저렴하고 한국 의사는 다들 서양식 의학용어를 쓰므로 영어도 웬만큼 한다. 아직 한국어를 쓰지 않는 관광객을 지원할 정도로 제반시설이 탄탄하진 않지만, 의사와 이야기를 나눌 수만 있다면 필요한 건 무엇이든 가질 수 있다.

하지만 그러려면 일단 접수처 직원과 이야기를 해야 한다. 바로 오늘 오후, 난 그들과 함께 '외국인은 해달라는 대로 해주면 알아서 꺼진다'라는 게임을 하게 되리라고 기대하고 있었다. 그러나 기대와 달리 '외국인에게는 앉아서 기다리라고 하고 의사를 불러주지 않으면 기다리는 데 지친다'라는 게임이 펼쳐지려나보다. 난 다른 곳을 찾아가 이 게임을 처음부터 다시 시작할 기운이 없다. 그냥 앉아 있기로 한다.

오늘 난 축농증 약만 받으면 되지만 여느 한국 병원처럼 이곳에도 별일 없는 사람들과 별일을 겪은 사람들이 한데 섞여 있다. 팔이 부러진 사람 몇과 다리가 부러져 휠체어를 탄 사람들, 환자복 차림에 링거 주사를 꽂은 사람들이 대기실을 서성이고 있다. 손에 붕대를 잔뜩 감은 남자 하나는 뭔가 끔찍한 기계 사고를 당한 지 한시간도 안 지난 모양이다. 그는 제대로 찾아왔다. 병원 대기실 벽에 붙어 있는 수술 전과 수술 후 비교 사진을 보건대 이 병원은 사람을 꿰매는 데 전문인 것 같다.

수술 전 사례 1: 손 옆에 절단된 손가락들이 놓여 있다. 겉은 푸르스름한 흰색이고, 안은 붉은색이다.

수술 후 사례 1: 손가락을 다시 손에 꿰매 붙였다. 기적처럼 분홍색을 띤다.

수술 전 사례 2: 남자의 몸통 측면과 팔 사진이다. 피부가 벗겨졌고 팔이 완전히 짓이겨졌다. 산업재해 같다. 쇠고기구이 같다.

수술 후 사례 2: 거의 모든 게 멀쩡해졌다. 붓기가 좀 있긴 하지만 마치 헝겊 인형의 속을 다시 채워 꿰맨 것처럼 팔의 모든 부분이 제자리에 기워져 있다.

수술 전! 수술 후!

입양인들은 나쁜 도미니끄에게 그가 기한 전에 적당한 외국인 비자를 받기만 했어도 출입국관리소가 그를 한달이나 외국인 구치소에 처박아놓진 않았을 거라고 했다. 그는 자기가 외국인이 아니고 그러므로 외국인 비자가 필요없다고 생각한다. 어느 쪽 논리가 틀렸는지 모르겠다. 나쁜 도미니끄인지 다른 모든 사람인지. 그가 플라스틱 수갑을 찬 채로 프랑스로 돌아가서 앞으로 이년간 한국에 돌아오지 않겠다고 약속했다면 프랑스 정부가 와서 그를 꺼내주었을 텐데, 그는 그런 약속을 할 생각이 없었다. 그는 구치소에 사람이 너무 많았고 중국인들은 그가 왜 거기 들어왔는지 이해하지 못했다고 했다. 어떤 친절한 여자가 한국어와 영어로 된 성경을 가져다주길래 베개로 썼단다. 어차피 그는 읽지 못하니까. 요즘 들어 입양인들은 그에게 한국어를 배우라고 줄기차게 충고하지만, 그는 공책에 손으로, 물론 프랑스어로 일기를 쓰고, 그걸 상자에 담아 친구 집에 맡겨둔다. 그는 자기가 쓰는 언어가 곧 자신의 정체성이라고 말한다. '공동체'에서 서로 도움을 주고받는 데 열심이고 '한국사회'에 '적응'하는 문제에 있어 다들 전문가인 입양인들은 그에게 이젠 집을 구하라고, 아니면 최소한 하숙이라도 하라고 충고하지만, 그는 자긴 결국 집이 없는 사람이라고 대꾸한다. “사람은 배가 고파져야 뭘 먹을지 생각하잖아. 나도 피곤해져야 어디에서 잘까 생각하는 거야. 서울에 호텔이 얼마나 많은데. 날이 따뜻하면 밖에서 자고.” 그는 싸우나에서, 친구 방에서, 술집에서 잔다. 몸에 안 맞는 옷에도, 눈꺼풀과 목의 만성습진에도 신경 쓰지 않는다. 나는 12월 중순에 맥도널드에서 공책을 든 그를 보았다. 영하 10도의 날씨였고 그는 휴대전화를 잃어버린 상태였다. 여권도 분실했다. 스카프도 어디 가고 없었다. 그다음 주에 그에게 내 스카프를 줬더니 그는 그걸 이틀 만에 어느 지하 술집에서 잃어버렸다. 그뒤에 새 전화기가 생겼을 때는 그걸 다른 프랑스 입양인에게 줘버렸다. 겨울 코트를 다른 입양인의 얇은 줄무늬 셔츠와 바꾸기도 했다. “춥긴 해도 왠지 강해진 기분이 들거든.” 그는 이렇게 말했다.

내가 좀더 대담한 사람이었다면 그와 비슷했을 게 분명하다. 받아들여지려고 애쓰지 않았을 것이다. 그냥 살았을 것이다.

난 그 나라 말을 이상한 억양 없이 자유자재로 구사했고 백인 가족을 비롯해 갖추어야 할 모든 문화적 차림을 갖추었음에도 미네소타 시골에 받아들여질 수 없었다. 하물며 여기라고 내가 받아들여지겠는가? 한국어가 아무리 늘어도 억양이 걸리고, 특히 저놈의 전화라고 하는 공포스러운 도구에는 늘 긴장한다. “**뭐라고요? 뭐요? 외국인한테는 세 안 놔요.**” 재달의 경우에는 얼굴이 늘 걸린다. 그의 얼굴 문제는 아프리카계 미국인 군인과 결혼한 엄마를 둔 준

승의 얼굴 문제와 같으면서도 다르다. 준승이 사람들에게 (한국어로) 자기가 한국인이라고 하면 사람들은 딱 잘라 “아닌데”라고 말한다. 이와 좀 다르게 재달에게는 사람들이 (한국어로) 엄마가 한국인이 맞느냐고 묻는다. 또 이와 좀 다르게 나와 (한국어로) 한참을 얘기하던 상인이 나에게 “왜 한국어를 못해요?”라고 묻는다. 우린 집세를 내려고 영어를 가르치거든요.

영어 관용구: ‘양쪽의 가장 좋은 것들.’

그런데도 우리는 아직도 여기에 있다. 일년, 삼년, 오년, 십년, 십삼년이 되도록 하루하루 우리는 참는다. 한국어에는 두 종류의 ‘인듀어’(eudure)가 있다. 하나는 단기간 ‘참는’ 것이고 하나는 장기간 ‘견디는’ 것이다. 우리의 상황은 장기적이므로 ‘견디다’이다. 견디다: *kyeondida*: to endure; bear; stand; put up with; tolerate.

서울의 작은 가게들에서는 내 얼굴과 말에 얽힌 수수께끼를 설명하지 않으면 거래가 끝나지 않을 때가 많다. 평소 난 그들의 호기심을 채워주는 편이지만 ‘재수 없는 한국의 날’에는 계산대에 물건을 그대로 놓고 가게를 나온 적도 있다. 다른 사람 재미있으라고, 혹은 그 사람의 분류 범주에 (한국에서 태어나고 한국에서 자란 한국인, 한국에서 태어나고 어느정도 한국에서 자랐지만 장기간 해외에 살다가 돌아온 한국인, 다른 나라에서 태어났지만 한국에서 자란 한국인, 미국인인 한국인, 일본인인 한국인, 무슨 나라 한국인, 1세대, 1.5세대, 2세대 등등의 한국인, 중국인, 일본인, 몽골인,

학생, 서강대 학생, 연세대 학생, 입양인, 해외입양인, 국내입양인, 엄마를 다시 만났느냐, 못 만났느냐, 남자 친구가 있느냐, 남자 친구가 없느냐, 한국 남자 좋아하느냐, 한국 남자 안 좋아하느냐 등) 나를 넣게 해주려고 내 존재를 설명할 기분이 아닐 때도 있기 때문이다. 이런 이유에서 난 신촌 그랜드마트의 단골이다. 그곳에서는 점원과 이야기할 일이 거의 없고, 모든 상품에 그 누구도 차별하지 않는 똑같은 저렴한 가격이 바코드로 붙어 있다. 그랜드마트의 주전자는 누구에게나 사천원이다. 하지만 서울에서 물건값이 가장 싸다고 하는 남대문 시장에 가면 똑같은 주전자가 외국인에게는 두 배 가격이다.

"이 주전자 얼마예요?"

"일본인이에요?"

"아뇨, 한국인이에요."

"그래? 팔천원."

또다른 논리 퍼즐. 한국 가게 주인들은 날 일본인으로 보고 내가 못 알아들을 거라고 생각하면서 한국어로 일본 사람 욕을 한 다음, 오분 후 나에게 (한국어로) 말을 걸면서 내가 그 말을 알아듣고 그들과 대화하기를 기대한다. 왜 그러는 걸까?

중국에 주말여행을 갔을 때 베이징 거리에서는 내가 대번에 한국인으로 통한다는 걸 발견했지만, 한국에서는 내가 한국인이라고 주장해봐야 소용없음을 익히 알고 있다. 내가 아무리 지우려고 애써도 내가 하는 한국어에는 아직도 미네소타 시골 억양이 들어 있다. 나는 다음과 같은 세가지 표현을 익혔다.

"나는 해외입양인입니다."

"나는 미국을 왔다 갔다 했습니다."

"나는 동포입니다!"

다음과 같은 표현도 익혔다.

"아, 짜증나."

"왜 그래요? 하지 마세요."

"무슨 상관이에요?"

"예의가 없네요?"

내가 아직 못 익힌 말이 있다. "한국 사람은 원래 이렇게 생겼고 원래 이렇게 말해요. 한국 사람 처음 봐요?"

한국어를 배우려는 나의 노력은 갈수록 늘어지는 헛수고, 이미 져버린 내기처럼 느껴지기 시작한다. 특히 시간 인식과 관련된 문법은 전부 포기. 날 가르치던 한국어 강사는 한국인은 약속시간에 늦는 것을 반드시 과거시제로 표현한다고 했다. 심지어 한시간 전에 전화를 걸어 늦겠다고 말할 때도 과거시제를 쓰는데, 그건 전화를 건 그 시점에 이미 약속시간에 늦은 것이기 때문이라고 설명했다. 미래에 이루어질 약속이지만 이미 합의가 이루어진 약속에 대해서도, 아직 일어나지 않은 일이지만 과거시제를 쓴다. 또, 영어를 배우는 한국인 학생들은 누구나 영어 동사에 열두가지 시제가 있다는 걸 아는 것 같은 반면, 한국어 동사에 시제가 몇가지나 있는지 아는 한국인은 아직 한 사람도 못 봤다. 그래도 그 강사는 한국어에는 시제가 딱 세가지, 과거, 현재, 미래밖에 없으며 나머지는 전부 영어를 흉내 내서 만든 것이라고 설명한 적이 있다. 바로 그 때문에 한국어에서는 “너는 뭘 하고 있어?”가 아니라 “뭐 해?”가 옳은가보다. 또다른 문제는 한국어가 문맥이 강한 직관적인 성격의 언어라는 것, 즉 문장에서 주어를 빼도 전혀 문제가 없다는 것으로, 이는 달리 말해 어떤 행동을 누가 하게 되는지 아무 문제 없이 파악할 수 있다는 뜻이지만, 나로서는 그게 누군지 도무지 알 수가 없다. 그 밖에 단순한 어휘 문제들이 있다. 내가 아는 거의 모든 입양인이 가족(*kajok*)이란 단어를 익히는 데 한달이나 걸리는 이유는 대체 뭘까? 가족이라는 말은 따라 하긴 쉬워도 외우기는 어렵다. 반면, 대학에 들어가기 위해서, 또는 언젠가 한국에서 일자리를 구하고 싶어서 공부하는 중국인, 일본인은 수업에서 우리보다 훨씬 잘한다.

한국의 오빠와 이모 삼촌 들과 언니는 내가 더 빨리 한국어를 배우지 못한다고 실망한다. 난 언니에게 애써 설명한다. 내가 공부할 의욕을 잃어가고 있는 건 매일매일 한국 사람들과 나눠야 하는 이야기 때문이라고. 그 모든 질문들, 내가 왜 존재하는지 끊임없이 설명을 요구하는 귀찮은 상황 때문이라고. 난 상상의 동물인 유니콘이 된 기분이다. 영화와 텔레비전, 팝송과 책에 등장하는 주인공이지만 신화적이므로 가상인 존재, 진짜가 아닌 그런 존재 같다. 유니콘과 마주쳤다고 상상해보라! 참, 무슨 질문을 던질지도 생각해두고! 물론 언니는 평생 한국에서 살았으니 한국 사람을 이해하지, 나 같은 미국인을 이해하진 못한다. 언니는 머리로나마 내가 겪는 불편함을 이해하려고 애쓰고, 서양의 프라이버시 개념과 한국의 프라이버시 개념(없음)이 어떻게 다른지 나에게 설명하고 한국 사람들은 그런 질문으로 애정을 표현하는 거라고 덧붙인다. 나는 '문화적 차이' '실수' '마음이 상하다' 같은 한국어를 배운다.

그런 날이 있다. 한국에서 산다는 게 마치 문을 나서기도 전에 서울의 심각한 공해를 압력 뚜껑을 덮은 듯이 산과 땅 사이에 가둬두기에 딱 알맞은 날씨와 기압이구나 하고 감지하는 아침처럼 느껴지는 날. 하루 종일, 또 밤새 숨을 쉴 수가 없고 부비강이 붓고 미네소타의 호숫가 시골로 돌아갔으면 싶은 날.

그렇지만 이런 날도 많다. 한국에서 또 하루를 보내는 게 행복한 날. 아무리 빠듯하다 해도 살아 있다는 것만으로 행복한 날. 독감이 유행하는 한겨울에도 한국 사람들에 둘러싸여 지하철을 타는 게 행복하고, 도시 한복판에서 산을 볼 수 있어 행복하다. 한국 음식을 먹을 수 있다는 것만으로도 행복하다. 내가 좋아하는 음식은 아이들이 즐겨 먹는 거리의 손수레 요리다. 흑설탕 잼을 넣은 둥글고 뜨거운 호떡, 팥 잼을 넣은 빵 반죽을 붕어 모양으로 구운 붕어빵, 버터를 두른 뜨거운 철판에 구운 빵 두 쪽에 달콤한 쏘스를 바르고 햄, 달걀, 네모난 가짜 치즈, 양배추, 당근, 양파를 끼우고 반으로 접어서 종이컵이나 네모난 마분지에 담아 냅킨과 함께 주는 '토스트' 같은 것들이다. 소 내장이나 생선 머리, 족발 같은 어른의 별미는 사양한다.

시간이 한참 지나 생존에 필요한 한국어 실력을 좀 갖추고 나자 (하지만 성차별과 외국인 혐오증에 걸려들지 않는 더 중요한 생존 전략은 아직 갖추지 못했을 때) 한국은 정말 살기 편한 곳이라는 생각이 들곤 했다. "귀찮아서 미국에 다시 못 가겠다." 나는 친구들에게 이렇게 말하면서 사천팔백만이 넘는 인구가 미네소타 주의 절반 크기 땅에 모여 사는 곳의 이점으로 각종 편의를 예로 든다. 여행에 나선 지 삼년이 넘고 지금까지 했던 일 중 가장 보수가 좋고 즐거웠던 언론사 일을 시작한 지 일년이 되어갈 즈음, 나는 짜증나는 상황은 거의 다 피할 줄 알게 되었고 서울에는 편의점, 커피숍, 시간당으로 요금을 내는 피시방, 구둣방, 영양가 있는 한국 음식을 파는 패스트푸드점이 어디에나 있다는 점을 마음껏 즐겼다. 서울에는 세계에서 가장 효율적인 대중교통 씨스템이 있고, 그게 내키지 않을 땐 몇분 안에 택시를 잡을 수 있다. 우체국도 어딜 가나 꼭 있고 그곳 직원들은 친절하고 잘 도와주고 테이프나 막대풀, 매직펜도 공짜로 쓰게 해준다. 한국에서는 굳이 숙박을 예약할 필요가 없다. 전국에 값싼 숙박시설이 즐비하다. 무엇보다도, 한국인의 몸을 가진 나에게 잘 맞는 옷이 널려 있고 머리도 늘 어울리게 잘 잘라준다.

하지만 내가 서울을 사랑하긴 해도 한국에서 가장 행복한 장소는 저 남쪽 끝 지방에 있는 오빠의 시골집이다. 그 마을 주민은 거의 다 오빠네 문중이다. 그들의 시조는 서기 960년 고려조 때 인물이다. 그 가문의 가장 유명한 조상은 목숨보다 진실이 중요하다며 왕에게 진실을 고했다가 처형당한 것으로 이름을 남긴 인물이다. 논밭과 가문 매장지가 있는 산이 집안 소유이고, 그 산으로 들어가는 길 입구에는 화강암 비석에 그 가문의 족보가 새겨져 있다. 가문의 23대손 장남인 오빠는 문중을 하나로 묶는 각종 유교 의식을 주관한다.

당시 막 '절반'이라는 한국어를 익힌 나는 이 새로운 어휘를 활용해서 오빠에게 우리는 아버지가 다른데 엄밀히 따져 가족이 맞느냐고 물었다. "엄마가 같잖아." 오빠는 담담하게 대꾸했다. 난 물러서지 않고 오빠를 정확히 뭐라고 불러야 하느냐, '절반 오빠' 같은 거냐고 물었지만, 그는 한국어에 그런 말은 없다고 했다. 그는 그냥 오빠다.

오빠가 나를 가족으로 대하는 이유는 날 사랑하기 때문이고 날 사랑할 수 있기 때문이다. 자매들과 달리 오빠는 누군가의 며느리, 즉 자기 가족 안에서도 이방인인 사람이 아니다. 그는 한국의 추수철 명절인 추석(*Chuseok*)에 나를 자기 집으로 초대한다. 추석이면 나는 오빠네 조상들의 봉긋한 무덤 사이에서 조카와 함께 나무에서 떨어진 밤을 줍고 신발로 가시 돋친 파란 밤 껍질을 깐다. 오빠네 땅에는 깨와 고구마, 사과와 배, 호박과 재피(*jaepi*)가 무성하게 잘도 자란다. 이 논밭과 산이 오래전 엄마가 며느리로 일하던 바로 그 논밭과 산이다. 저 옛날, 엄마는 오빠가 지금 사는 그 집에 살았고 그 집에서 오빠를 낳았고 바로 그 집에서 오빠가 아직 엄마 자궁에 들어 있을 때 남편을 여의었다. 바로 그 집에서 오빠의 삼촌들이 어린 시절을 보냈고 엄마가 그들을 키웠다. 내가 엄마와 함께 한 시간이 일년도 채 안되고 그마저도 거의 갓난아기 때라 기억나지도 않지만, 난 온통 엄마의 흔적에 둘러싸여 살아간다.

그곳에 가는 방법. 2호선을 타고 신촌역에 내린다. 3번이나 4번

출구로 나와서 맥도널드를 지난다. 넥타이 가게에서 오른쪽으로 돌면 모자 파는 곳이 있다. 언덕을 올라가서 GS25 편의점에서 좌회전. 러브호텔 몇개를 지나 큰 교회에서 또 좌회전. 건물 꼭대기에 '미래 i-biz 원룸텔'이라는 간판이 달린 흰색 건물을 찾는다.

여기 우리가 있다. 우리 입양인들은 하나같이 인근 대학에서 한국어를 공부한답시고 시설 분위기가 나는 '원룸' 건물들에 제 발로 들어가 산다! 원룸이나 그와 비슷한 하숙집이 고아원은 아니니까 이젠 다 함께 바닥에서 자지는 않고 (정말 그러고 싶으면 그래도 되겠지만) 다들 복도를 따라 번호를 달고 늘어선 개인 방에 들어가 개인 침대에서 잔다. 그렇지만 현관에는 신발 스무켤레가 함께 놓여 있는 것이다. 우리는 욕실과 주방을 함께 쓰고 쌀밥, 국, 김치도 같이 먹는 것이다. 언제 누가 훌쩍 이 나라를 뜰지 아무도 모르는 것이다. 말도 안돼, 우리가 정말 같은 고아원 출신이야?! 근데 넌 덴마크로 보내졌다고? 어쩌면 우리 같은 아기침대를 썼을지도 모르겠다! 동문 티셔츠라도 만들어 돌려야겠네. 71년도 반이었어? 그럼 네가 내 선배(*seonbae*)네. 난 72년도 반. 내가 후배(*hubae*)야. 그러니까 네가 밥 사라. 누가 복지부에 전화 좀 걸어봐. 졸업생 단체복이라도 만들게.

넌 어디로 보내졌다고?
여기 얼마나 있었어?
이딸리아에는 몇명이나 있는데?
미네소타에서 온 입양인이 왜 이렇게 많아?
미네소타 여자들은 좀 비뚤어진 것 같아.

넌 유럽 놈팽이들 좋아하잖아.

왜, 넌 미국인 좋아하잖아.

미국인은 일대일로 만나면 괜찮은데 떼로 있을 땐 정말……

보고 싶어?

아니. 뭐가 보고 싶어?

난 저녁을 못 먹어서. 보고파.

나도 배고파. 밥 먹자.

너랑 영어로 이야기하니까 지친다.

난 노르웨이어밖에 못했거든. 영어는 한국 와서 배운 거야.

난 네덜란드 애들 정말 이해가 안돼. 네 룸메이트만 빼고.

난 영어가 안돼. 네 영어만 알아듣겠어.

난 입양인들하곤 안 맞아.

지금 있는 입양인 친구들만 빼고?

그렇지.

재미없지?

아니, 재밌어.

난 가끔 날 먹어.

뭐?

날 먹는다고.

아, 널 미워한다고?

난 내가 쓰는 언어가 좋아.

난 내 사투리가 자랑스러워. 난 코펜하겐에서도 사투리를 써.

그 사람 말하는 게 촌스러워.

아니야. 치즈 넣은 대니시 패스트리는 미국인들만 먹어.

프렌치 바닐라가 무슨 뜻이야?

스칸디나비아인하고 미국인은 박테리아를 너무 걱정해.

넌 참 잘 느끼는구나.

예민하다는 말이지?

또 배고파?

응, 보고파. 얼음 먹고 싶지 않니?

그거 좋지.

좋아. 배스킨라빈스 가자.

노르웨이인은 '사랑해'라는 말을 안해.

미네소타의 문제가 그거라구. 노르웨이 잘못이야. 엄마에게 말씀드려.

섹스를 굶는 건 진짜 아니지 않니?

변태야(*Pyuntae-ya*).

너 영어로 '사랑해'라고 해?

바보야(*Pabo-ya*).

응? 뭐라고?

천만에.

주 뗌(Je t'aime).

아이 러브 유(I love you).

사랑해(*Saranghae*).

낯선 사람들—

카탈로그에서 '입양 가능아'를 보았을 때 그 사람을 사로잡는 무언가의 속성—

그게 그 사람을 너의 양엄마로 만들고—

두 사람을 엮어주는 무언가의 속성, 잘려나간 팔다리에서 느끼는 고통과도 같은—

그게 그 사람을 너의 애인으로 만들고—

열린 창문으로 어떤 여자를 보았을 때 그 사람을 사로잡는 그 여자의 속성—

그게 그 사람을 너의 스토커로 만들고—

어느날 혼자인 너를 알아보는 누군가의 속성—

사랑으로 통하는 무언가의 속성—

어떤 아름다운 동화가 손에서 바스러지고 나면 무엇이 남을까?

지구 반대편에 와서 살다보면, 정교한 가면무도의 안무처럼 정확하게 따라가던 너의 걸음들을 떠올리게 돼. 넌 마땅히 해야 할 모든 것을 해냈고, 충분함이라는 라이트모티프가 네 삶을 지배했어. 충분한 음식, 충분한 헌신, 충분한 사랑. 충분히 훌륭하고, 충분히 사랑스럽고, 충분히 유순한 너는 네가 아끼는 사람들, 널 존중해주었으면 하는 사람들이 무엇을 바라는지 직관적으로 알아차렸지. 가족과 친구 들의 그 많은 바람과 낯선 이들의 바람을. 과연 한번이라도 충분할 수 있었던가—

내 애인은 나의 삶이 담긴 이 책에 자기 이름이 나오지 않았으면 좋겠다고 한다. 나는 새삼스럽게 왜 그러느냐고 묻는다. 너의 그 소거 가능한 한국 엄마도 그렇고, 식당 주인에게 네가 그녀 아들이라고 알려주면 네 엄마가 창피해하는 일도 그렇고, 뭐가 새삼스럽다고. 우리 얼굴과 말의 끔찍한 조합이나, 우리가 한국인들에게 그 어떤 존재로도 확인받지 못하는 거나, 우리가 우리 자신과 우리 가족을 설명할 때 쓰는 한국어 어휘를 두고 한국인들이 그런 말이 정말 있긴 하냐며 따지는 게 뭐 새삼스러워. 생모(*saengmo*), 해외입양인(*haewei ibyangin*)이라구요, 해외입양'아'가 아니구요. 우리 이름이 다른 사람들에게 불러일으키는 상(像)—그들이 우리를 어떤 사람들이라고 생각하고, 또, 우리가 진정 어떤 사람들인지, 그 사이의 간극이 뭐가 새삼스러워. 집도 없이, 국적도 없다시피, 희미하게 남은 가족의 흔적만 가지고 떠도는 게 뭐가 새삼스러워. 우리의 가공된 역사가 뭐, 우리 둘만 해도 인생 중반에 이른 지금 일곱개의 이름과 여섯개의 생일, 다섯명의 엄마, 다섯명의 아빠를 가지게 됐고, 그게 새삼 뭐 어때서. 거의 알아볼 수조차 없게 되어버린 우리는 시계에서 건전지를 빼고 달력을 찢고 시간을 재는 수치들을 무시하고, 이번만큼은 순전히 우리에게 속하는 시간을 선택하기로 마음먹는다.

우리가 마음 가는 대로 무모하게 행동하는 바보이고, 입양 때문에 어딘가 불구가 됐고, 고아원에서 보낸 시기에나 고아원들을 전전하던 와중에 혹은 이동 중에, 마치 우리가 존재하지 않았던 것만 같은 그 시간 속에서 미쳐버린 바보들이라면? 몸과 생명이 생판 남에게, 돈 때문에 넘겨지는 폭력적인 행위로 인해 훼손된 사람들이라면? 그렇다면 우린 그나마 남은 그 소중한 인간다움을 지켜내려고 애쓰지 않겠는가? 자기 마음에 남은 게 결국 그것뿐이고 그나마 그러모을 수 있는 어떤 용기가 있다는 걸 아는 사람이라면, 실망할 대로 실망했을지라도, 자기에게 다른 인간을 진심으로 사랑할 능력이 있긴 한 건지 의심스럽더라도, 본인의 판단력마저 확신하지 못하더라도, 그 사람은 남은 모든 것을 탈탈 털어 행복해질 수 있는 한번의 기회에 걸지 않겠는가? 자기 자신의 인간다움을 되찾을 기회가 돌아왔다면 잡지 않겠는가? 비록 그 기회가 이상하고 갑작스럽게 찾아왔다 하더라도 말이다.

그래서 넌 알게 된 지 일주일도 안된 애인이 함께 살자고 하면 그러자고 하는 것이지. 넌 마분지 상자와 옷 가방을 들고 그의 집으로 가서 새 보금자리를 튼다. 넌 애인이었던 그 남자가 애인 아닌 다른 사람이—애인도 아니고 남편도 아니고 그렇다고 남자 친구도 아닌 사람이—된 순간이 언제였을까 궁금해한다. 그건 평생이라든가 영원한 사랑에 대한 계약이나 맹세 따윈 없고, 오직 현재뿐이고 이번만큼은 행복해지고 싶다는 바람 하나만을 가진 존재였다.

밥 먹었어요(*Pabmeogeosseo*)? 이제는 부유하지만 가난했던 옛날의 굶주림에 고착되어 있는 나라의 통상적인 인사말이다. 이 인사를 너무 자주 하다 보면 자기가 정말 굶주려 있었음을 깨닫고, 바로 그 때문에 허기의 논리에 이끌리게 된다. 한국 남자의 몸이 이렇게 네 몸과 비슷한 줄 누가 알았겠어? 그걸 알면 상황이 전혀 달라진다는 걸 누가 알았겠어? 넌 그에게서 어떤 냄새가 나는지 알고 싶어서 그에게 그 프랑스 향수 좀 그만 뿌리라고 하고, 어떤 맛이 나는지 알고 싶어서 입에 사정하라고 한다. 몇시간이고 그를 만지고 주무르고 그의 몸을 살핀다. 네가 그 모든 것을 알아보는 건 모든 것이 새롭고 모든 것이 그 자체보다 더 큰 무언가를 상징하기 때문이다. 그의 오른쪽 아래턱에 생긴 점들은 별자리처럼 목 뒤로 이어진다. 그의 윗입술 곡선은 이상하게 매력적이다. 넌 그의 척추가 휜 부분과 모든 흉터와 비대칭을 찾아낸다. 밤에 그의 손톱 상태를 보고 그가 어떤 하루를 보냈는지 읽어내는 법을 알게 된다. 기분 좋게 느껴지는 친밀감. 한국 여자 대 백인 남자가 아니라, 한국계 딸 대 백인 엄마도 아니라, 한국인의 몸에 대해 한국인의 몸이 갖는 원초적이고 본능적인 애정이니까. 몸만큼은 우리가 확실히 알 수 있는 것이니까. 하지만 잠잘 때, 네 머리카락보다 훨씬 길고 훨씬 까만 그의 머리카락이 두 사람이 서로에 대해 알지 못하는 부분인 듯이 베개 위에 흐트러지면, 넌 궁금해진다. 이 사람은 무슨 꿈을 꿀까, 혹시 그가 꾸는 꿈과 네가 꾸는 꿈의 내용이 겹치진 않을까, 그의 경우와 방식은 약간 달랐지만 결국 널 버린 양부모, 과거의 애인들, 결코 다시 보고 싶진 않지만 그리운 건 어쩔 수 없는 장소들이 그의 꿈에도 나올까? 그가 결코 다시 만질 수 없을 어린 시절의 그 모든 장난감과 만화책, 레코드판이 꿈에 나올까? 엄마 모르게 그를 고아원에 맡긴 친할머니가 꿈에 나올까? 자기를 단 하루도 잊지 못했던 한국 엄마가 꿈에 나올까? 어딘가로 돌아가는 꿈을 꿀까? 넌 그가 어떤 언어로 꿈을 꾸는지 궁금해한다. 프랑스어일까, 한국어일까, 아니면 영어일까?

여기 너희가 있다. 별다른 규칙 없이, 남을 설득할 필요 없이 순전히 자기들만의 권위에 따라 살아가는, 거의 익명에 가까운 두 사람. 넌 그 사람 몸의 기하학을 외워서 네 심장의 호(弧)에 걸쳐두었지. 삶을 단순화하는 게 이렇게 쉽다니! 요리하고 먹고 자고 씻고. 바닥이 너무 뜨거워지면 둘이 함께 잠에서 깨어 이른 아침, 동틀 무렵, 새벽(*saebyeok*)의 연푸른빛 속에서 사랑을 나누는 게 이렇게 자연스럽다니.

넌 어쩌면 엄마가 한때는 아버지를 사랑했으며 지금과 똑같은 방식으로 너를 가졌을 수도 있다고 생각한다. 이 아름답고 끔찍한 도시 어디에선가 두 한국인의 몸이 한데 엉켜 오르락내리락, 긴장하고 이완하면서 너를 가졌을 거라고.

발음: *pareum*: pronunciation
바람: *param*: a desire; wish; hope
바람: *param*: a motive; a consequence
바람: *param*: a wind; a breeze
바람났어: "*Param nasseo.*": 변하기 쉬운 마음이나 음탕함을 암시하는 관용적 표현. 이 표현을 쓰기에 알맞은 상황은 방에서 공부만 하고 멋도 내지 않던 평범한 여자가 갑자기 남자 친구를 '만들고' 멋을 내고 집에 잘 들어오지 않을 때.

시간이 좀 지나자 너는 잔류물을 알아본다. 넌 거리에서도 원래

담배였던 것, 원래 침이였던 것을 구분하고 무엇이 쏟아진 자국인지 알아본다. 저 냄새는 은행나무 열매의 악취구나. 얼마 안 있으면 노란 나뭇잎이 지나가는 사람들 발밑에서 먼지로 변하겠지. 너는 현재진행형인 점령의 살아 있는 잔류물을 식별해낸다. 영어 강사와 군인 들. 영어 강사와 군인은 다른 제복을 입지만, 제복을 입지 않았어도 둘 다 알아볼 수 있다. 매일 3시, 사복을 입은 늘 같은 미군 남자가 이태원 1동과 2동 사이의 교차로로 나와 영어 그래피티가 있는 복사꽃로 지하도에 나타났다가 미군 기지 옆에 있는 녹사평역 2번 출구로 걸어간다. 그곳 지하철 계단에는 한국 경찰들이 삼엄하게 경비를 서고 있다. 어떤 때는 일반 경찰이고 어떤 때는 전투경찰이다. 매일 늘 같은 가시철조망이 따갑게 하늘에 걸쳐 있고, 제복을 입고 소총을 든 채 기지 입구를 지키는 늘 같은 군인들 뒤로 늘 같은 교회 첨탑의 빨간 네온 십자가가 늘 같은 종류의 상황을 전해주고, 거기 기지 입구에서 넌 오른쪽으로 돌아 집으로 간다. 넌 극장에 갈 때면 용산역 뒤쪽 지름길을 택한다. 그곳에선 빨간 네온을 켠 상자 안에 진열된 매춘부들이 손님을 기다리는 동안에도 화장을 하고 있다. 도시 다른 곳에서는 정육점 진열창과 십자가마다 쓰이는 바로 그 빨간색 네온 조명. 넌 왜 이 도시에서는 조명에 하나같이 그 빨간색을 쓰는지가 궁금하다. 섹스의 빨간색, 고기의 빨간색, 콩글리시가 쓰인 빨간색, 예수님은 당신의 죄로 인해 돌아가셨다는 빨간색, 한국의 밤을 수놓는 빨간색, 모두 같은 빨간색.

네가 태어난 지역에 가본 넌 아버지의 분노를 이해하기 시작한다. 언니가 먼저였어. 너와 함께 멀리 보내진 그 언니 말이야. 한국인치고는 피부색이 옅었고 이런 외국 군인 천지인 동네에서는 미국인 혼혈로 보이던 언니. 그리고 네가 태어났어. 너 역시 피부색이 옅었지. 아버지는 그 무렵 이미 '아내의 순결을 의심'하고 있었어. 넌 아버지에 대해 생각한다. 그 역시 남자였고, 매일 고기를 먹고 소총을 들고 다니는 미군들을 마주치던 아버지에 대해. 너의 아버지는 아저씨(*ajeossi*)였다.

너의 어머니는 아줌마(*ajumma*)였다. 아줌마는 등산, 소풍, 자식들, 역시 같은 아줌마인 친구들 때문에 산다. 시장에서 아줌마는 반드시 흥정을 해서 값을 깎는다. 아줌마는 분홍색 보자기로 친친 싼 짐을 머리통에 이고 가면서 사람을 막 밀친다. 아줌마는 네 사람분 음식이 든 쟁반을 머리로 이고 갈 수 있다. 아줌마가 음식을 먹을 때는 보기 좋은 입 모양 따위엔 신경 쓰지 않는다. 아줌마는 항아리에서 꺼낸 김치를 자르지도 않고 그냥 먹는다. 머리를 뒤로 젖히고 젓가락으로 김치를 입에 집어넣는다. 아줌마가 소주를 마실 때는 남자만큼 많이 마시고, 한 잔 비운 다음에는 목 저 안에서부터 소리를 낸다. 아줌마는 도시가 잠에서 깨기 전에 시장에 가서 과일과 채소를 산 다음 거리에 나와 되판다. 아줌마는 집에서 떡, 김밥, 쌘드위치를 만들어 추운 날에도 하루 종일 앉아서 자기가 만든 걸 사가라고 외친다. 아줌마는 하루 종일, 때로는 밤까지 새며 천막 안에서 음식을 하고, 그곳 포장마차(*pojangmatcha*) 안이나 과일 좌판 뒤에서 잠을 잔다.

넌 아직도 어머니의 얼굴을 찾아다닌다. 그래서 길을 걸을 때 네가 쳐다보는 사람은 완벽한 머리와 화장과 매니큐어와 명품 정장을 입은 부유한 아줌마가 아니다. 넌 영하의 추위에 길에 앉아 말린 콩과 채소를 파는, 사납도록 당당한 아줌마만을 본다. 또 넌 아직도 아버지의 얼굴을 찾아다닌다. 강박적으로 현재의 시간을 돌려 과거를 응시한다. 숲 속의 둥근 빈터, 죽은 아버지의 얼굴, 살면서 한번도 보지 못한 얼굴을 들여다본다. 그래서 오빠나 형부처럼 열심히 일하고 자상하고 상냥한 한국 남자들이 있는데도 너의 두 눈은 그렇지 않은 사람에게로 끌린다. 네가 태어날 때의 한국, 혼란에 빠져 분투하던 나라를 몸으로 구현한 남자를 찾는다. 가족을 저버린 남자, 친구들에게는 돈을 써도 아내에겐 쓰지 않는 남자, 정신이 병든 남자, 꼭 아버지 같은 남자. 이런 아저씨는 집에 돌아와 먹을 게 없다고 하고, 그럼 그 집 아줌마가 찬장을 뒤져 그에게 먹일 만한 국거리를 찾아낸다. 이 아줌마는 남편이 술에 취해 뻗기 전에 남편의 정력을 빨아들일 줄 알고 그것으로 남편이 원하지 않는 아이를 만들 수 있다. 밤늦게 남편 애인들의 전화를 받아도 그녀는 참는다. 그가 동료들과 룸살롱에서 술을 마시고 남자들을 '즐겁게' 해주는 젊은 여자들에게 돈을 뿌려도 그녀는 참는다. 남편이 아예 집에 돌아오지 않아도 그녀는 참는다. 술에 취한 아저씨는 지하철 안에 토하거나 지하철 계단에 쓰러져 얼굴을 박고 엎드려 있기도 한다. 어디에 쓰러지든 거기서 잠을 잔다. 길에서 소변을 보고 침을 뱉는다. 실직한 아저씨는 정장 차림에 땀 냄새 술 냄새를 풍기며 정처 없이 버스를 타기도 한다. 직장에서 쫓겨난 아저씨는 지하철 입구에 엎드려서 무릎을 꿇고 이마가 땅에 닿을 정도로 절을 하면서 손바닥을 들고 있다. 어떤 때는 절을 하는 대신 골판지에 머리를 조아리고 무릎을 꿇고 두 손바닥을 위로 내뻗고 구걸을 하기도 한다. 절하는 자세가 아닐 때도 있는데 종이박스 뒤에 앉아서 사람들이 동전푼이나 넣어주길 기다리다가 상자 속 동전을 전부 주머니에 집어넣고 다시 구걸하기 시작한다. 다쳤거나 장애가 있는 사람도 있지만 사지가 너무도 멀쩡한 경우가 더 많은 것 같다. 한 동네에 정착한 거지도 있고 돌아다니는 거지도 있지만 어쨌든 대부분 남성이다. 한국에 오고 첫 두해에 내가 본 여자 거지는 딱 넷이었다. 하나는 눈이 멀었고, 하나는 다리가 없었고, 하나는 미친 노인이었고, 하나는 아이를 데리고 있었다.

대개의 경우, 한국 여자들은 구걸하지 않는다.

인퀴에토

Inquieto, 불안하게

넌 생각했지. 네 삶의 오스티나토는 파멸에 가까운 살아 있음이라고.

넌 생각했지. 때론 어떤 선율이 떠오르지만, 삶을 한데 묶는 화음은 언제나 거칠기만 한 질감의 소리를 내고 있다고.

너는 생각했어. 네 주변에는 네가 영원한 것으로 만들려고 애쓰던 것들의 잔류물들이 흩어져 있다고. 결혼, 가족, 국적, 정상성 같은 것들의 흔적. 네 삶에는 깨진 약속들과 빗나간 선의의 잔해들이 남았지. 언제 무언가가 영원해진 적이 있었나? 지금이라고 상황이 달라질 이유가 있나? 그래서 넌 다른 사람의 이야기 속에서 살아가기를, 다른 사람의 음을 연주하기를, 진짜 네가 아닌 다른 사람인 척하려고 자기를 일그러뜨리기를 그만두었지. 넌 생각했어. 규칙은 나에게 어울리지 않아. 넌 권위도, 권위의 잘못된 권한도 단념했지. 규칙이 담긴 책, 기대들, 악보들, 그 모든 걸 태워버리고 이 삶을 악보 없이 연주하리라 생각했어.

하지만 어느 때인가 네 마음의 시간이 달라졌어. 넌 이번만큼은 제대로 해내고 싶었기 때문에 현재에서 빠져나와 미래로 들어갔어. 너는 영속성을 원했어. 그리고 애착도 생겼지. 그가 네 미래의 그림 속에 들어갔어. 그의 그림에 네가 들어갔고. 넌 그의 한국 엄마를 만나고, 한국은 본거지로 하고 둘이서 어느 나라에 가서 살면 좋을지 이야기하고, 한국식으로 그의 한국 엄마를 모시고 살고 싶은지, 따로 살고 싶은지, 서울이 좋을지, 시골이 좋을지도 의논했지. 둘이 함께 집에 이름을 붙이기로 했어. '영원'이라는 이름은 그 사람 아이디어였지. 넌 너무 굶주렸기에 그걸 받아들이고, 먹고, 믿었어.

그러나 이번에도 또다시, 생각과 행동의 패턴들이 네 삶의 기저에 마치 열차 선로처럼 깔렸다. 그게 네 탓인지, 그의 탓인지 몰라도, 트라우마나 입양인의 심리적 문제로 인해 신경이 손상된 탓에 그런 패턴이 생긴 거라고 할 수도 있겠지. 선제공격, 가버리라는 위협, 사랑을 느끼지 못하는 무능함, 사랑을 주지 못하는 무능함, 지리적 도주, 심리적 떠돌이 상태, 친밀함을 갈망하면서도 친밀함에 대해 공포를 느끼고, '사랑'을 허겁지겁 먹어치우면서도 한입 한입

마다 목이 멘다. 넌 네가 하는 행동, 네가 느끼는 허기, 외로움, 붉디붉은 도시 서울에서 네가 갈망하는 바를 스스로에게 해명하려고 애쓴다. 이 도시에서는 입양인의 기이한 모습이 강제로 부각된다고, 넌 가게마다 택시마다 하루도 빠지지 않고 너 자신, 네 존재에 대해서 설명해야만 한다고 말이야. "아뇨, 일본인이 아니에요. 입양된 한국인이에요." 그러면 예상 가능한 반응들이 이어진다. 한국인에게는 그 옛날 네가 어쩌다 입양된 나라가 네가 태어나고 지금 네가 살아가기 위해 싸우는 이 나라보다도 훨씬 더 근사하게 느껴진다.

하지만 넌 하루하루 거짓말쟁이가 되어간다는 걸 깨닫는다. 네가 어쩌다 지금의 네가 되었는지 설명하는 게 지겹고, 그래서 가끔은 일본인이라고 하고 어떤 날은 중국인, 어떤 날은 한국계 미국인이라고 한다. 그 남자 또한 거짓말을 하고 있음을 알아챈다. 한국인이 미국에 가서 살게 되는 이유야 다들 알지만 유럽의 작은 나라라면 설명이 길어지니까. 거짓말을 하면 일상의 거래가 쉽고 짧아지거든. 출입국관리소에서 '방문 기간'과 '한국 방문 목적'을 묻는 텅 빈 밑줄을 마주할 때는 미래에 대해 너무 깊게 생각할 것도, 존재론적인 설명을 늘어놓을 것도 없어. 쉬운 방법이 있거든. 네 인생을 통째로 지어내면 일이 훨씬 쉬워진다는 게 놀라울 정도일걸. 그냥 거짓말을 하면 된다고! '2년'이라고 쓰는 거야. '공부'라고 쓰는 거야. 널 입양 보낸 공문서부터가 다 거짓말인데 거기에 거짓말 하나 보태는 게 뭐 어때서? 피아노 없는 피아노 선생이라고 자기를 소개하면 이상하겠지. 하지만 한국인은 학생이 뭔지 다들 알고, 그리고 학생(*haksaeng*)이란 말은 외우기도 쉽잖아. 그래서 어떤 날엔 서강대 학생, 어떤 날은 연세대 학생, 또 어떤 날은 이화여대 학생이 되는 거야. 한국 가족에게 잘 지낸다고 거짓말하는 것도 중요해. 여긴 살기 괜찮네. 내 걱정은 하지 마. 파티에서도 거짓말을 해야지. 무슨 수를 써서라도 '정상'처럼—그게 뭔지 기억이나 하려나—행동해야 해. 사람들이 널 바쁘고 건실한 사람으로 봐야지, 외롭거나 가난하거나 불쌍한 사람으로 보면 안되거든. 왜냐하면 그 누구도, 같은 입양인조차도 외롭고 가난하고 불쌍한 사람과는 사귀려고 하지 않으니까. 넌 거짓말이 늘수록 일이 쉬워진다는 걸 알게 돼. 자기 언어가 아닌 언어로는 거짓말이 그냥 나와. 하루 종일 한국어로 거짓말을 할 수 있고, 그러고도 찔리는 마음조차 들지 않으며, 듣고 싶지 않은 대목이나 대답하기 싫은 대목은 못 들은 척하면 그만이거든. 그러다 보면 어느새 영어로도 거짓말을 잘하게 되지. 너는 네 애인 역시 자기 나름으로 거짓말하는 법을 터득했다는 걸 알고 있어. 자기를 이해할 수 있는 같은 입양인이라서 네가 자기에겐 너무 소중하다고 거짓말을 해도 넌 진실을 알게 돼. 사실 그는 ("뭔가 매력적인 데가 있잖아"라며) '진짜 한국 여자'를 더 좋아하고, 네가 다른 모든 사람에겐 네 정체에 대해 거짓말을 해도 그는 네가 학생이 아니고 일본인이 아니고 중국인이 아니고 무엇보다 한국인은 아님을 알아. 넌 그를 더 한국인답게 만들어줄 수가 없고 그가 이 사회에 살아가는 데 도움이 되지 못한다는 걸 알아. 그가 '진짜 한국 여자'의 도움 없이는 앞으로도 계속 읽지도 못하는 계약서에 서명을 할 테고 돈벌이는 쭉 성공적이지 못할 거고, 그가 너를 보는 시간이 길어질수록 너는 점점 못난 미국인이 되어가겠지. 넌 여성스러움이라고는 찾아볼 수 없지, 고집을 꺾는 법도 없지, 몸에 밴 습관하며, 그 끔찍한 어투까지…… 어쨌든 누구나 취향을 가질 권리는 있다며 네 감정을 다치지 않게 하려고 애쓰지. 여자가 되기엔 뭔가 부족하다고 느끼지 않으려고 애를 써. 그리고 그가 '진짜 한국여자'를 좋아하는 건 '진짜 언어장벽'을 원해서가 아닐까 생각해.

너는 다시 한번, 난 지금의 진짜 나보다 더 훌륭하고 더 성숙한 사람이 되려고 노력하는 거잖아, 하고 되새기지. 그러고는 결국 또다시, 영원하길 바라지만 영원하지 않은 것들을, 일시적이고 기약없고 덧없는 사랑을 떠올리고 마는 거야.

내 애인아, 내가 확실하지 않은 것과 영원하지 않은 것도 받아들일 수 있다고 말했다면, 내가 미처 말하지 못했던 건 내가 나 자신에게도 거짓말을 했고 그걸 믿었다는 거야. 그건 난 내가 될 수 있는 존재보다도 더 훌륭해지고 싶었기 때문이야. 솔직히 말하면 난 여전히, 네가 날 언제 사랑해야 하고, 얼마나 오래 사랑해야 하고, 어떤 종류의 사랑이어야 하는지를 규칙으로 정해두고 싶어. 그것에 대해 내가 할 수 있는 말이라곤 내 심장 한가운데 있는 내 유일한 욕망은 다정하게 사랑받는 것, 누군가 날 온전한 사람으로, 어쩔 수 없이 이렇게 된 지금의 나를 사랑해주는 거야. **이렇게 된 지금의 나를**. 하지만 난 나의 바람을 너에게, 또는 사랑 그 자체에, 또는 우리를 만들어낸 사람들에게, 또는 때로 우리를 더이상 알아볼 수 없는 존재로 만들어버리곤 하는 지금 우리가 사는 이 나라에 강제할 수가 없어.

끝나지 않은 전쟁, 땅덩이 한가운데에 새겨진 인위적인 국경이라는 집단기억과 결코 끝나지 않을 절망이라는 집단적 각인으로 고동치는 이 나라에서 난 아직도 나 자신과 전쟁 중이다. 사람이 자기 자신과 분리된 상태에서 어떻게 살아가나? 분리는 국가적 망상으로 변모한다. 전쟁은 테마파크가 되고, 입양인은 절절한 음악을 배경으로 보는 이의 눈물을 자아내는 상투적인 등장인물이 된다. 가족 간 유대의 파괴를 다룬 신파조의 영화들도 나온다. 국가 정체성 위기는 일본에 가까이 있는 한 작은 섬과 한국문화의 흔적이 있는 중국 동북부 지역에 대한 국가적인 열렬한 관심으로 변모한다. 또, 미국에서 공부하고 싶어하는 모든 학생의 욕망과 반미주의가 짝을 이룬다. 집단 히스테리처럼 영어를 공부한다. 집단 히스테리처럼 외국인과 사귄다. 더 많은 시간, 더 좋은 24시간 개인지도를 받고 싶어서다. 미국은 꺼져버려. 하지만 맥도널드와 스타벅스는 갖겠다. 일본, 우린 지금도 너희가 싫어. 이 제국주의 개새끼들아. 하지만 하라주꾸라고 쓰인 가방은 너무 좋아. 항문 질환을 유발하는 굶주림에서 발생한 문화적 트라우마는 절에 불을 지르고 부활을 믿는 열띤 기독교 신앙으로 나타난다. 추석에 좋은 선물은 비싼 스팸 선물세트다. 미네소타 사람에게는 음식 같지도 않은 음식이 피점령국 사람들에게 고급 요리로 둔갑하는 꼴을 보라. 미라클휩 쏘스를 구하고 싶은데 미군 기지에 들어갈 권한이 없는 사람은 신촌 그랜드마트 근처 룸살롱 앞에 있는 회색시장 골목에 가면 되고, 거기 말고도 비슷한 골목은 많으니까 가까운 곳을 찾으면 된다. 군인 친구가 있는 사람은 추수감사절용 미국산 칠면조나 햄도

살 수 있고, 종이접시며 뭐며 전부 집으로 곧장 배달시킬 수도 있다. 달러로 계산해도 된다. 안타깝게도 정향담배는 한국 어디에서도 살 수 없다. 정향담배야말로 이 나라에 필요한 물건 같건만, 정말 안됐다. 이 담배는 햄 맛이 나지만 한국에서는 스팸 맛이어야 잘 팔리지 싶다. 아니, 담배 이야기는 취소. 이곳 사람들에게 가장 필요한 게 뭔지 난 모르겠다. 담배인지 다른 건지. 하지만 여긴 술이 정말 싸다. 정말 그렇다. 25센트만 있으면 편의점에서 취할 정도로 마실 수 있고, 그런 편의점이 널려 있다. 술잔으로 쓸 작은 종이컵까지 그냥 얻을 수 있다. 50센트면 함께 취할 수 있다. 어쨌든 상대가 한국인이면 함께 술을 마셔줄 거다.

나는 미국이 테러와의 전쟁 중일 때 그곳에서 도망쳤다. 그때까지는 아직 아프가니스탄이나 이라크의 아이들이 입양으로 들어오지 않았다. 하지만 시도는 하고 있었다. 모든 전쟁은 가족을 해체하고 고아를 생산하기 때문이다. 난 내 나라에서 점점 더 외국인이 되어가고 있었다. 비애국자가 되어가고 있었다. 난 아웃사이더를 향한 공포와 상상된 공포가 동네에, 학교에, 신문에, 도서관에, 내 친구들 사이에, 그들의 아이들 사이에 파문을 일으키는 것을 목격했다. 패턴이라는 게 늘 그렇듯, 하나, 또 하나, 또 하나 가차 없이 전개되는 점령과 폭력의 패턴을 목격했다. 내가 원한 것은 단 하나, 내 생각을 가질 수 있고 사랑하는 사람과 그 생각을 공유할 수 있는 안전한 장소였다. 그때 한국이 있었다. 난 그렇게 해서 한국을 발견했다.

그래서 난 내 애인의 집 안에 안전한 장소를 만들어냈다. 그곳은 적대적인 세상에서 도망친 나의 은신처였다.

이윽고 그가 말했다. "넌 생각이 너무 많아."

그리고 이윽고 "난 미국 여자랑 같이 사는 방법을 모르나봐."

이윽고 "너와 있으면 내가 남자답다는 느낌이 들지 않아."

"요즘 나 일 안하는 거 알잖아."

"난 지난 십년간 하루하루 오늘이 마지막 날이라는 생각으로 살았어. 돈도 다 써버리고 미래에 대해 아무것도 생각하지 않았다고."

"우리 겨우 몇주 같이 산 사이라는 거 잊었어? 우린 부부가 아니야."

그가 말했다. "널 의무적으로 사랑하고 싶진 않아."

삼십육일이 지났다. 삼십칠일째에 그는 나에게 나가달라고 했다. 난 매달리지 않았다. 혼자 잔 그날 밤, 나는 미국 꿈을 꾸었다. 꿈에서 난 어떤 병원에 있었고 거기 있는 사람들은 날 때부터 문제가 있었거나 태어난 다음에 문제가 생긴 이들이었고 때는 크리스마스였다. 꿈에 엘리베이터와 계단, 텅 빈 코트용 옷걸이들, 한때 날 아껴주던 미국 양부모가 나왔다. 이윽고 꿈에서 난 떠났다. 이게 내가 처음으로 꾼 한국 꿈이다. 이태원 끄트머리에 있는 화려한 벽화가 그려진 커다란 시멘트 다리가 나왔고, 집에서 나와 택시를 타려고 했다. 슬픔은 날 떠나지 않았다. 그날 이후 난 불이 나는 꿈을 꾸었다. 밤새, 내 마음속에서 일부러 낸 불, 그냥 난 불이 이글거리며 사람들과 집들을 태웠다. 성자들이 기도용 깔개 위에서 조용히 제 몸에 불을 붙이는 동안 난 그 옆에 앉아 있었다. 그들의 얼굴을 관찰했다. 난 거의 질식한 상태에서 잠에서 깨어났다. 이윽고 다른 꿈도 꾸었다. 정원이 내다보이는 현관이 있는 어떤 큰 집 안에서 오지 않는 손님을 기다리는 꿈. 그 집에는 쓰지 않는 아이 방과 치지 않는 오래된 피아노와 옛날식 흔들목마가 있었다. 난 방의 음향으로 그 방이 얼마나 큰지 알았다. 가구라곤 하나도 없는 커다란 방의 대리석 바닥에 내 구두가 내는 또각또각 소리로. 내 발목과 허리는 가늘고 내 자궁은 텅 비어 있었다.

난 우리 집 현관문에 우리 집 이름을 적은 나무표지판이 걸려 있는 모습을 상상했었다. 그러나 우린 종잇조각을 한장 걸었을 뿐이다. 주차금지(*jucha geumji*). 나는 버스를 타고 지하철역으로 가서 새로 살 곳을 찾았다. 월요일이었다. 원룸. 창문도 하나. 책상도 하나. 비좁은 침대도 하나. 난 햇빛이 여러 각도에서 창틀을 비추며 달라지는 모습을 관찰했다. 하루 종일 해가 움직이는 모습을 바라보았다. 그후 며칠 동안 난 해가 만드는 패턴을 알게 되었다. 아침에 내 방 벽에 나타난 밝은 직사각형이 오후 내내 형태를 바꾸며 천천히 움직였다. 오후에는 해가 창틀 위의 먼지와 크림색 커튼과 외벽의 기름때 낀 붉은색 벽돌을 비추었고, 그것들의 테두리가 그림자 위에 또 같은 그림자를 드리웠다. 하나 또 하나, 벽 그림자 돌, 또 벽 그림자 돌, 나와 한 침대를 썼던 남자, 또 남자, 이렇게 쌓이는 빈자리, 이 떠남의 패턴들.

내 인생을 지구 양끝을 오가는 데 썼고 그 사이에서 모든 걸 놓쳤구나, 난 문득 생각했다. 혼자 여행을 가는 것도 좋겠다고 생각했다. 많은 여자들이 혼자서 여행하니까. 난 한국을 떠나 어디로든 갈 수 있었다. 베이징과 토오꾜오는 비행기로 겨우 두시간 거리다. 아니면 부산에서 여객선을 타고 일본 남해의 섬에 갈 수도 있었다. 배 위에서 엽서를 보낼 수도 있었다. 상하이는 외국인에게 개방적이고 다른 식으로 행동해도 괜찮은 곳이라고 했다. 쿠알라룸푸르와 싱가포르는 영어를 쓰는데다 다른 사람에게 어느 나라에서 왔느냐고 묻지도 않는 곳이라고 했다. 생태역학적 농업을 공부하러, 또는 그냥 관광하러 유럽에 갈 수도 있었다. 지원서를 낼 만한 작가 대상 워크숍도 얼마든지 있었다. 프로빈스타운은 아직 가본 적 없는 곳이기도 하고. 다시 학교에 들어가서 석사나 박사를 딸 수도 있었다. 아예 미네아폴리스로 돌아가서 친구들과 레이크 가를 돌아다니다가 리틀 티후아나나 다들 좋아하는 베트남 국수집에 가서 밥을 먹을 수도 있었다. 절에 살면서 두부를 먹고 명상을 할 수도 있었다. 난 어디든 갈 수 있고 무엇이든 할 수 있었다. 그런다고 내가 가책을 느껴야 할 사람도 없었고, 내가 고려해야 할 사정이나 감정을 가진 사람도 없었고, 내가 생각해야 할 사람도 없었다. 날 붙잡는 건 아무것도 없었다.

애인이 없는 나는 그토록 정교하고 잔인한 자유를 누린다.

6장

돌렌테

돌렌테

Dolente, 구슬프게

그랜드피아노에서 금속 프레임, 나무, 철사를 한데 지탱하는 장력은 대략 21톤이다. 그래서 모든 피아노에는 꼭 약점이 있다. 내 피아노는 가운데 C 음에서 10도 위 E 음이 약점이었다. 언제나 바로 그 음부터 틀어졌다. 그 음이 틀어져서 현 세개가 서로 부대끼다가 다른 E 음들까지 틀어지고 결국 피아노 전체가 틀어졌다. 이 곡을 칠 때 내 피아노는 꼭 우는 것 같은 소리를 냈다. 해머가 내 악기의 가장 약한 부분을 치고 또 쳤다.

외: 外: *wei*: 밖의, 다른 나라의.

외가: 外家: *wei ga*: 어머니의 집.

외손: 外孫: *wei son*: 딸이 낳은 자식.

외족: 外族: *wei jok*: 어머니 쪽 친척.

외탁하다: 外–: *wei takhada*: 외가 쪽을 닮다.

외도하다: 外道: *wei do hada*: 바른 길에서 벗어나다.

외국인: 外國人: *wei guk in*: 다른 나라 사람.

외국어: 外國語: *wei guk eo*: 다른 나라의 말.

외구: 外寇: *wei gu*: 외국에서 쳐들어온 적.

해외입양: 海外入養: *hae wei ibyang*: 바다 바깥 들어감 길러짐, i.e., 해외입양인

외계: 外界: *weigyeo*: 바깥 세계.

외각: 外殼: *wei gag*: 겉껍데기.

사람들은 내 글의 어디까지가 진실이며 그것이 중요한지, 어떤 종류의 진실인지, 나의 봄과 마음이 누구의 것인지, 이 정도로 큰 단절을 겪은 내가 과연 뭔가를 알 수나 있는지에 대해 의문을 제기한다.

내가 아는 진실은 다음과 같다.

빌 쏜턴은 푸주한이 되었다. 채드 패턴은 경찰이다. 하지만 삼십년 전에 두 사람은 나의 유치원 동급생이었고, 한번은 유치원 건물에서 한참 떨어진 나무 밑에, 아무도 내 비명을 들을 수 없는 그곳에 날 꼼짝 못하게 묶어놓았다. 내가 그애들이 내 몸에 올라타는 걸 싫어하고 나에게 입 맞추는 걸 싫어하기 때문이었다.

초등학교 체육 교사였던 베커 선생님은 어떻게 됐는지 궁금하다. 아직도 레슬링을 가르치고 있을지, 지금도 반의 어린 여자애들을 불러다 보일러실에서 특별 테스트를 하는지 궁금하다.

클라이드 버지스는 죽었다. 내가 그 소식을 듣고 안심한 것은 내가 다행이어서가 아니라 다른 어린 여자애들이 다행이어서였다. 그가 죽지 않았다면 학교에서 매주 진행하는 수양 조부모 프로그랩 때 휠체어를 탄 그의 무릎에 앉아 그 늙은이의 손길을 느꼈어야 했을 여자아이들에게 다행스러운 일이었다.

내 양할아버지 에반 월시도 죽었다. 장례식 때 엄마와 이모들은 아버지가 어머니를 어떻게 대했느냐며 비난했지만, 자기들을 아버지로부터 보호해주지 않은 어머니를 비난하지는 못했다. 엄마가 고등학교를 졸업하기도 전에 할머니네로 도망친 데는 분명히 무슨 이유가 있었을 것이다.

일년 전쯤, 고등학교 때 단짝 숀 존슨이 연락해왔다. 그가 말하길, 난 늘 너를 사랑했지만 말하진 않았지. 우리 함께 숲 속을 거닐던 것 기억해? 그때 너에게 입 맞추고 싶었는데—우리 동네 로이드 생각나? 한 십년 동안 엄마가 날 맡긴 사람—난 너를 만질 수가 없었어. 그놈이 했던 것처럼 널 아프게 하고 싶진 않았거든.

나의 스토커는 1991년부터 지금까지 감옥에 있다. 이제 십팔년째이고 앞으로도 더 있어야 한다. 이 또한 좋은 소식인 게 난 그가 무섭고 그가 또다시 나를 따라다니는 건 싫기 때문이다. 그의 계획에서 나를 가장 괴롭게 하는 대목은 강간하고 죽이고 비디오로 녹화할 셈이었다는 게 아니라 경찰이 그의 차에서 『진주만』이라는 책을 발견했다는 사실이다.

만약 내가 한국 아버지의 다섯째 딸이 아니라 첫째 아들로 태어났더라면, 그가 담요로 갓난아기였던 나의 숨통을 끊으려 들진 않았으리라 생각한다. 난 아마 한국에서 성장해 아버지의 대를 이었으리라.

빌 쏜턴과 채드 패턴, 난 그날 오후 하늘에 드리워져 있던 나뭇가지의 윤곽을 기억하고 있어. 내 머리통 옆의 나무줄기가 어떻게 생겼는지도, 얼굴에 묻은 흙의 느낌도 생각나. 베커 선생님, 난 눈앞이 캄캄해질 만큼 밝은 천장의 불빛들, 닫힌 회색 철문, 미네소타의 겨울에 학교를 통째로 덥히던 아궁이의 이글대는 소리도 기억해요. 아무도 없는 그 보일러실에서 나에게 무슨 짓을 한 거죠? 그건 잘 기억나지 않거든요. 어른이 되고 나서 들은 이야기인데 언니 친구 한 사람은 나를 매일 스쿨버스에서 토하던 여자애로 기억했다. 엄마는 매일 아침 나를 버스에 태우기 전에 속을 가라앉히라고 박하사탕을 주었지만 내 배가 왜 아픈지는 한번도 묻지 않았다. 클라이드 버지스, 나의 수양 할아버지, 당신 셔츠에 내 입에서 나온 초콜릿이 묻었던 게 기억나요. 내가 얼마나 발버둥을 쳤던가요. 부모님에게 그토록 애원했는데도 나는 당신을 보러 가야 했죠. 학교 프로그램이었으니까. 난 당신에게 억지로 선물을 줘야 했죠. 할아버지, 난 당신이 언니를 건드린 후에 엄마와 이모가 씽크대 앞에서서 뭘 어떡해야 할지 몰라하다가 결국 가만있기로 했던 일을 기억해요. 숀, 난 네가 날 사랑하길 바라던 그때의 기분을 기억하고 있어.

아무도 믿어주지 않는 아이, 부모마저 믿어주지 않는 아이를 누가 지켜주나? 그 누가 부모에 맞서 아이를 지켜주겠는가? 유년기는 어느 곳에서나 위험하다. 한국에서 여자로 태어난 아이의 유년기는 더욱 위험하다. 미국에 사는 아시아계 여자아이의 유년기는 더더욱 위험하다.

맞서싸우거나 도망치기. 주먹질을 하기엔 너무 왜소한 나는 매번 도망치는 편을 선택할 수밖에 없었다. 나처럼 백인 양부모를 둔 입양아와 마주치는 걸 도저히 견딜 수 없었던 나는 미국에서 도망쳤다. 주차장에서의 마주침, 식당 화장실에서의 마주침, 도서관 아동실에서의 마주침 끝에 난 모국으로 내쫓겼다. 하지만 모국이라는 이름의 장소라고 해서 나를 보호해주거나 쉬게 해주리라고 믿을 이유가 어디 있겠는가? 한국은 오직 거기 사는 사람, 엄마 같은 사람의 모습으로 존재할 뿐이다. 여기는 아버지가 이로 엄마의 코를 물어뜯은 나라다. 여기는 아버지가 가족에게 폭력을 휘둘렀다가 감옥에 간 나라다. 난 당장이라도 전철을 타고 한남동에 가서 내가 태어난 골목이나 아버지가 나를 죽이려 한 집이 있던 곳에 가볼 수 있다. 아버지(*aboji*), 아마도 전쟁이 당신을 그렇게 만들었겠죠. 당신이 폭력에 눈뜬 것도 전쟁에서였겠죠. 하지만 이제 당신은 죽었고, 난 비록 혀는 상하고 두 눈은 멀어버렸을망정 이렇게 살아있어요.

"맥도널드 앞에서 만나"라든가 "피자헛에서 좌회전해"라는 말이 진짜 의미하는 바는 '서양'이 눈에 더 잘 들어온다는 것이다. (하지만 입양인만은 그렇지 않다.) 배스킨라빈스, 크리스피 크림, 미군 부대, 영어 같은 것들. 페티시스트들이 여기 오면 훨씬 더 눈에 띄고 훨씬 행복해하는 이유는 누구나 사랑받고 싶어하기 때문이다. 물론 그러려면 백인이라는 특권을 이용해야 하지만 말이다. 누구나 사랑받고 싶어하기에, 여름이면 백인 양부모들이 아이를 모국에서 떼어놓기 전에 관광지를 놀러다니며 버거킹에 줄을 서 있는 모습이 자주 눈에 띄는 것이다.

어떤 한국 여자가 나에게 이렇게 말한 적이 있다. "인생은 싸움이야. 나가서 싸워. 그리고 잠시 쉬어. 그러고는 또 싸우러 나가는 거야. 날마다 싸우는 거야." 한국인으로 산다는 건 싸워야 한다는 뜻일까?

난 한국에서 일년 동안 신분증을 들고 다니지 않았다. 명함도 없었다. 내가 누구인지 증명하고자 싸우는 일이 없도록 아예 아무도 아닌 사람이 되려고 했다. 하지만 한국에선 다들 '이름표'를 가지고 다닌다. **관계를 맺는 도구지요**, 어느 한국 사람이 말했다. 사람들은 처음 만나는 자리에서나 파티에서 반드시 명함을 교환한다. 건넬 게 없으면 이상하고 무례한 사람이 되는 것 같다.

네온사인 불빛 아래 신촌 일대의 거리는 '딸기' 같은 이름의 콜걸을 선전하는 명함으로 뒤덮인다. 평범한 택배원처럼 생긴 조직원들이 모텔 입구에 서서 속옷 차림으로 포즈를 취한 여자 사진을 나눠준다. 집어들기 쉽게 명함을 반으로 구부린 다음 일렬로 늘어놓는다. 한국의 러브호텔에는 영어 이름이 붙는다. 세븐 모텔, 알프스 모텔, 모텔 굿타임, 사이판 모텔, 모텔 피아노. 스위스 모텔은 스위스와 아무 상관이 없고, 그 앞에 돌고 있는 불 켜진 이발소 기둥 한 쌍은 이발과 아무 상관이 없고, 일년 내내 매달려 있는 크리스마스 장식은 크리스마스와 상관이 없다. 사랑과는 상관이 없는 '러브'호텔에서는 자동차와 운전자의 신원을 보호하는 번호판 가리개를 제공한다. 러브호텔이 들어찬 언덕에는 버스 매연과 하수구 냄새가 나고 대학생과 거지와 매춘부와 입양인과 평범한 사람 들의 외로움과 희망이 느껴진다.

이 축축하고 불 꺼진 거리에서 남자 입양인들이 싸우고 있다. 백인 남자와 싸우고 한국 남자와 싸우고 자기 자신과 싸운다. 그들은 때리고 맞고 해야 한다. 고통에 기분이 좋아지는 것이다.

—쳐봐, 또 쳐봐. 사람 제대로 만난 거야.

—또 치기만 해. 죽여버릴 테니까.

—어이, 형씨, 또 쳐보시지.

여자 입양인들은 서울의 창문 없는 지하실에서 팔에 표식을 새겨넣고 아직 대낮인 지구 저편에 전화를 걸며 밤을 샌다. 노래방(*noraebang*)과 술집(*sulchip*)에 들어가 싱거운 한국 맥주 피처와 녹색 소주병과 값싼 담배로 제 몸에 느릿한 폭력을 가한다. 시간당으로 요금을 내는 모텔 방과 DVD방에 들어가 몇시간, 혹은 하룻밤 우리에게 사랑받는 기분을 느끼게 해주는 사람 아무하고나 섹스를 한다. 언제까지 애쓸지는 각자의 선택. 하루하루도 아니고, 한시간 한시간도 아니고, 일분 또 일분, 이렇게 오직 현재만을 살면서 욕망과 충동을 채우면 또 그다음 욕망과 충동을 채우며 추락하는 사람이 하는 약속들을 언제까지 믿을지, 그것도 각자의 선택.

나쁜 도미니끄는 갓난아기 때 부모님과 신촌에서 살았다가 삼십년 뒤에 입양인으로서 다시 신촌에서 살게 된 독특한 내력이 있다. 시간이 지나면서 난 그의 아름다운 갈색 피부와 그 맑고 검은 눈동자가 어느덧 매일 술을 마셔야만 하는 남자의 얼굴로, 퉁퉁 부은 불쾌한 면상과 지독한 냄새, 헝클어진 머리칼과 해어진 옷으로 변해가는 모습을 보았다. 난 미국에서보다도 더 경찰과 가까워졌다. 어느날 버거킹에서 웬 한국인이 그의 머리통을 쳐서 두피가 찢어지고 피가 솟구쳤을 때, 나는 그의 머리에 이미 그와 똑같은 종류의 흉터들이 있고 거기에 또 하나가 더해졌을 뿐임을 알게 되었다. 오랜 세월이 지나 다시 만난 자리에서 그의 생모는 다짜고짜 그 흉터부터 확인했다. 그의 인생은 늘 같은 싸움, 늘 같은 고통으로 이루어졌던 것이다.

난 토사물과 쓰레기를 조심조심 피해 걷는다. 상처 입은 길고양이들을 못 본 척한다. 방 안에 바퀴벌레가 보이지 않았으면 좋겠다. 방에 들어가면 문을 잠그고 몇시간 글을 쓴다. 마치 대열을 이룬 병사들처럼 종이에 말이 쌓여간다. 빌, 채드, 클라이드, 내 스토커, 베커 선생님, 할아버지, 엄마, 아빠, 아버지 — 내가 이 이름들로 부르는 건 당신들이 아닙니다. 너무도 커서 권투 링에 다 들어가지도 않는 그것, 나의 괴물 같은 면만을 강조하는 이 나라에서, 나를 돈으로 사들인 자들의 언어로, 나의 이 점령당한 마음으로 쓰러뜨리고자 하는 그것입니다.

싸움을 그만하고 싶다면, 싸움을 그만둘 줄 알아야만 한다. 달리기를 멈추고 싶다면, 달리기를 멈출 줄 알아야만 한다. 사랑하고 싶고 살고 싶고 더는 외롭지 않고 싶다면, 우리가 그저 함께 있으려고 이토록 멀리까지 온 것이라면, 사랑할 줄 알고 살아갈 줄 알고 외롭지 않을 줄 알고 서로 함께 있을 줄 알아야만 한다. 숀, 재달, 나쁜 도미니끄, 이름 없는 내 애인, 캐럴 언니, 엄마— 내가 이 이름들로 부르는 것은 바로 당신들입니다. 내가 이 이름으로 부르는 것은 내가 살고 싶은 이유입니다. 내가 이 이름들로 부르는 것은 이번만큼은 떠나지 않고 맞서싸우려는 이유입니다.

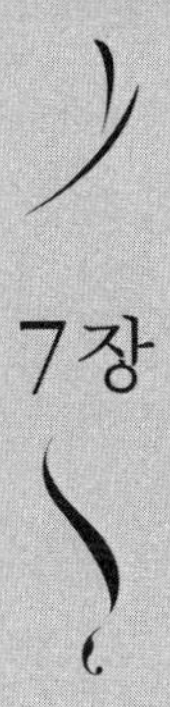

7장

포에티코

콘 우나 돌체 렌테차

포에티코

Poetico, 시적으로

절망은 허무와 그리 다르지 않고, 지구를 모험하는 일로 나타나기도 한다. 내가 머나먼 나라로 가고 싶다는 채울 길 없는 욕망을 처음 느낀 건 열살 때였다. 난 늘 이번 학기가 며칠 남았고 이번 학년은 며칠이나 남았는지 셌고, 그러다 마침내 내가 자란 동네를 떠날 수 있었다. 열여덟살 때 아빠의 작은 트럭 뒤에 내가 가진 모든 물건을 싣고 떠나왔고, 그때부터 지금까지 어디어디에서 살았는지, 다른 사람 집의 작은 셋방들, 축축한 하수구에서 늘 같은 냄새가 나는, 땅 높이의 방 하나짜리 집들을 다 헤아릴 수가 없다. 이젠 안다. 케이크 장식 같은 하얀 테두리와 조개 무늬로 꾸민 생강쿠키 색 이층집과 중산층 남편이라면 사들여야 하는 온갖 가구를 가질 때, 난 그 행복의 인위적인 필수품들에 질식하고 만다는 것을. **뭘 더 바라지? 왜 난 이래도 행복하지 않지?** 관계가 적을수록, 의무가 적을수록, 물건이 적을수록, 가구가 없을수록 기분이 더 좋다. 대체 난 무슨 생각으로 뒤뜰의 잔디를 전부 걷어내고 채소와 허브와 꽃을 심어 정원을 가꾸었던 걸까? 여름이 오자 난 접시꽃이며 루드베키아, 로즈메리, 딸기 덩굴 같은 온갖 다년생 식물을 친구들에게 나누어주었다. 이 아스파라거스가 다 자라려면 십년은 걸리겠다고 중얼거렸으면서도, 그것도 뿌리째 캐서 다른 것들과 함께 종이상자에 나눠 담아 보냈다.

난 이사를 하도 여러번 해서 짐을 싸고 옮기는 나만의 기술이 있다. 또, 두시간이면 내가 가진 모든 걸 싸서 어디로든 가서 아무 데서나 살 수 있다. 물건이 적으면 기억할 것도 적고, 어떤 면에선 그것도 나쁘지 않다고 혼잣말을 한다. 집을 집답게 만드는 건 그 사람의 물건이라고들 한다. 그래서 난 그다지 마음에 들지 않는 물건을 산다. 그러면 나중에 버리기 쉽다. 나의 외면적인 떠돌이 상태가 나의 내면적인 떠돌이 상태를 드러내는 편이 더 마음 편하다고 나는 나에게 말해준다.

나의 미국 엄마는 쓸데없는 물건 모으기 선수다. 도매가로 사들인 캔 제품을 잔뜩 쟁여두고, 자투리 천과 남은 실을 버리는 법이 없으며, 크리스마스, 생일, 기념일에 받은 모든 카드를 신발상자에 보관하고, 자기 할머니가 쓰던 살림살이를 그대로 쓰며, 벼룩시장과 경매에서 다른 사람이 쓰던 물건들을 긁어모은다. 대공황 때 유행한 뚜껑 달린 유리접시, 주전자, 찻잔, 구식 다리미, 각종 명절용 식기와 컵 세트, 옷장, 식탁 세트, 흔들의자 등등 언젠가 표면을 손보거나 천을 갈 요량으로 사들였다가 그런 날이 올 때까지 그냥 처박아둔 온갖 것들로 지하실이 천장까지 가득 찼고, 그 사이를 지나다니려고 만든 통로 세개만 비어 있다. 통로 하나는 이쪽 냉동고로, 하나는 저쪽 냉동고로, 또 하나는 냉장고로 이어져 있다. 엄마는 그 물건 더미를 너무도 부끄러워해서 손님에게는 절대로 지하실을 보여주지 않았지만, 부끄러움은 부끄러움이고 지하의 어지러운 상황은 달라지지 않았다.

그 모든 물건에도 불구하고, 아니 오히려 그것들 때문인지도 모르지만, 내가 가장 오랜 시간 집으로 여긴 장소는 역시 미국 부모님 집이었다. 침실 셋, 욕실과 화장실, 차고를 구비한, 완벽한 상태의 호숫가 주택. 부모님은 정원을 가꾸고, 잔디를 손질하고, 외벽은 무채색으로 페인트칠하고 실내는 노란빛 도는 흰색 페인트를 새로 칠하며, 십년에 한번은 JC 페니*의 최신 스타일로 집을 단장한다. 바닥에는 삐걱거리는 곳이 전혀 없다. 움푹 들어간 데도 없고 먼지도 없고 긁힌 자국도 없다. 처음부터 그 집에 있었던 주방 장식장은 오물이나 기름 튄 흔적 하나 없이 그대로다. 손으로 그 위를 쓸어보면 매끄럽기 짝이 없을 것이다. 더 들어가서 냉장고 뒤를 살펴봐도 좋다. 그 뒤쪽 역시 깨끗할 거라고 장담한다. 이 완벽한 집은, 내가 내세우던 무신론과 나의 엉터리 시들, 어김없이 찾아오던 밤 공포증, 내가 그린 엉터리 그림들, 일곱살 때까지 사진 찍을 때 웃지 않던 내 고집, 또 몇번의 정신과 입원치료, 그리고 더는 달리지 못하고 차고에 처박혀 있던 76년식 쉐보레 안에서 벌어진 나의 뜨뜻미지근한 자살 시도, 이런 것들보다 더 오래 살아남아 있다. 그런데도 모든 실내장식이 제대로다. 주방에는 가스레인지가 반짝이고 창문에는 티끌 하나 없다. 그들의 집은 물건이 얼마나 좋은 상태로 유지될 수 있는지 보여주는 표본이다. 여기가 바로 미국 문물의 심장부다.

엄마 아빠가 곧 이사한다고 언니가 소식을 전해왔다. 무릎도 아

* 미국의 대형 유통체인 브랜드.

프고 하니 노년을 편히 보낼 수 있는 단층집으로 옮기려고 소유지 한편에 집을 짓고 있다고 했다. 예전 집은 팔려고 내놓았다. 내놓은 지 여섯달이 넘었다. 사겠다는 사람은 아무도 없다.

엄마가 머뭇거리며 언니에게 털어놓기를 지난 몇년간 이상한 일들이 있었다고 한다. 엄마 아빠가 꼼꼼하게 문단속을 하고 외출했다가 돌아와 보면 문이 열려 있다고 한다. 엄마가 방금 정리한 이불 밑에 옷이 잔뜩 쌓여 있는 걸 아빠가 발견하기도 하고. 밤에 계단을 밟는 발소리가 들린다고도 한다.

"알츠하이머병인가?" 난 언니에게 넌지시 물었다.

"아니야. 정신이 이상해진 게 아니야. 엄마 아빠 두분 다 보고 들은 거니까. 그리고 두분이 문단속을 어떻게 하는지 너도 알잖아."

"그런 일이 얼마나 자주 있어?"

"글쎄. 엄마는 알 텐데. 공책에 다 적고 계셔."

엄마는 자기 나름의 기록벽이 있다. 출생, 사망, 기념일 등 행사들을 목록으로 보관한다. 나중에 전화요금 고지서와 대조할 수 있게 장거리 통화 내역도 목록으로 기록해둔다. 완수해야 할 일 목록도 있다. 엄마는 핼러윈 때 사탕을 달라고 찾아온 아이들이 정확히 몇명이었는지 안다. 호숫가 시골 마을에서는 제법 큰 명절인 독립기념일에 정확히 몇대의 차가 우리 집 앞을 지나갔는지 안다. 적어놔라. 거의 모든 일에 대해 그렇게 대답하는 엄마의 목소리가 아직도 귀에 선하다. 엄마의 목록이 역효과를 낸 적도 몇번 있었다. 구입한 선물 목록을 주방 조리대 위에 놔뒀다가 크리스마스 깜짝 선물을 망친 적이 최소한 한번은 있었다. 하지만 엄마의 목록 작성

습관이 아주 긴요할 때도 있었다. 내가 스토킹을 당했을 때, 엄마는 내 스토커와 마주칠 때마다 기록을 해뒀는데 나중에 이게 보안관에게 매우 중요한 자료가 되었다. 이제 엄마는 시끄러운 유령들과 마주칠 때마다 기록을 한다.

난 그 유령들이 언제부터 나타났느냐고 물었다. 언니에게 날짜를 듣고 보니 대략 우리 가족이 마침내 뿔뿔이 흩어지고 난 무렵인 듯했다. 흩어지기 시작한 지는 꽤 오래됐지만, 완전히 흩어져버린 건 나의 한국 엄마가 돌아가신 때일 것이다. 그때 난 스물여덟살, 아기를 갖고 싶어하던 엄마의 욕망을 내가 채워준 그때의 엄마와 같은 나이였다. 언니는 이 가족 안에서의 자기 위치에 대해 어떠한 환상도 품은 적이 없었던지라, 우리의 엄마가 간절히 원했던 건 아기지 학교 갈 나이가 다 된 어린애가 아니라는 걸 잘 알고 있었다. 우리가 미국 양부모에게 넘겨질 당시 언니는 네살 반이었다. 자기는 하나를 사면 하나를 덤으로 더 얹어주는 물건에서 그 덤인 셈이라고, 언니는 말한다.

절망은 허무와 그리 다르지 않고, 범죄로 나타나기도 한다. 절망은 한국인 여자를 스토킹하고 정신병원에 들어간 아메리카 원주민 남자의 모습 같다. 절망은 자기가 한국인이라고 주장했다는 죄목으로 수감된 입양인의 모습 같다. 절망은 자동차를 훔친 죄로 감옥에 들어가 이제 다시는 볼 수 없는 입양인의 모습 같고, 소년원이나 정신과 병동에 살면서 나무공예품 따위나 만드는 입양인들의 모습 같고, 그 쓸모없는 요법에 대해 우리가 나중에야 궁리해낸 웃음기 없는 농담 같다. 나한테 그 많은 약을 먹인 다음에 내 손에 띠톱을 쥐어주더라니까? 절망은, 삶 전체를 세상에 지배당한 탓에 집에서는 그 어떤 지배도 용납하지 못하고 제발 집에 좀 들어와요라는 말조차 참지 못하는 남자들의 모습 같고, 자기에게 주어진 고통만이 아니라 남편의 고통까지 견뎌야 하는 여자들의 모습 같다.

⚜

인제대에서 우리를 가르치던 한 교수는 한국이 '예의의 나라'라고 설명했다. 연장자나 처음 만난 사람을 대하는 어법과 어휘가 정해져 있다는 의미였을 것이다. 하지만 서양의 '예의' 관념에 비추어보면 한국인은, 뭐랄까, 직선적인 사람들이라고밖에 할 수 없다. 사람 면전에서 할 말 다 한다는 뜻이다.

—와, 예쁘네요(*Wah! Yeppeunaeyo*)!

—진짜 말랐네요. 사진이 더 낫네.

—바보야(*Pabo-ya*)!

—어디서 왔어요? 미국? 그런데 한국인처럼 생겼네. 진짜 어디 출신이에요?

—한국엔 왜 왔어요? **한국인이라서** 왔다고요? 푸하하!!

—애기 같네. 아는 게 하나도 없어!

—남자는 다 나빠…… 경아야, 너도 결혼해야지.

—많이 좀 먹어! 그렇게 물만 마시지 말고!

—한국 남자들은 이기적이야…… 결혼은 한국 남자랑 해야지!

—한국 남자 좋아해요? 며느리 삼으면 좋겠네. 좋은 사람 있는데, 전화번호 좀 줘봐요.

—경아야, 얼굴이 홀쭉해졌다.

—경아야, 얼굴이 퉁퉁해졌다.

—기미가 너무 많아. 어서 피부과 가봐.

—경아야, 너도 나이를 먹고 있잖니. 어서 애를 낳아야지.

—경아야, 미국에 돌아가서 결혼해라.

나의 양엄마는 한번도 임신하지 않고 엄마가 되었다. 나의 이중의 딸 노릇은 엄마 노릇의 부재가 되었고, 상쇄되었다.

열여덟살에 결혼한 시골 아가씨였던 엄마는 아이를 원하기 전까지 피임약을 먹었고, 아이를 원하게 됐을 때에야 자기가 괜한 돈을 썼음을 알았다. 불임이었던 아빠는 엄마의 처음이자 마지막 애인이었다. 내 미네소타 친구들은 대부분 결혼해서 아이가 있고 더는 애인이 몇명 있었나 세지 않지만, 여기 서울에서 우리는 자기를 닮은 모습이면 닥치는 대로 사랑하는 어른을 만나고 또 만나게 된다.

피임약은 싸고 콘돔은 공짜다. 툭 불거진 내 엉덩이의 날은 이년 사이에 입양인 남자 셋을 잡았으니, 한국 언니가 나더러 '바람났다'고 할 만했다. 난 마치 내 안에 사랑을 들일 수 있을 것처럼 그들을 내 안에 들였지만, 과연 이 날에서 무엇이 나올 수 있긴 한지 모르겠다. 아뇨, 임신한 적 없어요. 나는 미국에서 의사에게 그렇게 말했었다. 네, 결혼은 했지만 임신한 적 없고 유산도 낙태도 전혀 안했어요. 전혀요. 임신한 적 없다니까요. 그러자 의사는 아이를 낳지 못하는 나와 당시 남편에게 유전병 상담을 받아보라고 권했다. 이혼한 지 삼 년 된 서른여섯살의 나에게서 과연 무엇이 나올 수 있을까. 한국인도 아니고 입양인도 아니고 유럽인도 아니고 미국인도 아니고 그 무엇도 아닌 아이가 나올까. 허리가 남자 손만 한 나는 결코 양엄마처럼 부드럽고 하얀 밀가루 반죽 같은 몸이 되지 못할 것이다. 그 어머니다운 몸매, 좋은 엄마, 젖가슴, 엉덩이, 머리카락, 독일인의 냄새, **어쩜 이렇게 사랑스러운지** 소리가 절로 나올 법하지, 아침엔 쟁반에 담은 설탕쿠키와 시나몬 롤빵, 따뜻한 쇠고기구이 쌘드위치와 집에서 만든 껍질콩 절임. **그녀는 너에게 더 나은 삶을 선사했어.**

그러나 내가 받은 적 없는 것들은 어떻게 해도 메울 수가 없다. 애인의 품과 약속들이 아이를 젖먹이는 엄마의 젖가슴이나 엄마가 지키지 못한 약속이 될 순 없다. 한국에서 애인들이 한 사람 또 한 사람 떠날 때마다 내가 그리워하는 것은 엄마다. 매일 밤 나는 엄마와 손을 잡고 있다고 상상하고, 이제 상상이 제멋대로 펼쳐지기 시작해 엄마와 나누고 싶은 이야기를 나누고, 엄마와 하고 싶은 말다툼을 하고, 엄마와 같이 하고 싶은 일들을 한다. 한국 여기저기에 있는 섬으로 함께 여행을 가고, 텔레비전으로 동물이 나오는 프로그램을 보거나 도토리묵, 막걸리, 김치를 만들어 먹으며 오후를 보내는 것, 어머니들이 주는 이런 물리적인 사랑.

엄마가 만일 지금 여기에 있다 한들 이미 다르게 만들어져버린 걸 되돌릴 수 있을까? 오랜 입양 기간 동안 난 한국 여자도 물리적인 자양분을 줄 수 있다는 걸, 오직 백인 여자만 그걸 주는 게 아니라는 걸 잊고 말았다. 서울 거리에서 중년 백인 여자를 보면—언제나 놀라운 일이지만 그중 누구도 나의 백인성을 알아보지 못한 다—강낭콩을 곁들인 햄버거 캐서롤, 흰 빵과 포도젤리, 집에서 담근 비트와 콩 절임이 생각난다. 내가 백인과 연관시키는 종류의 물리적 자양분에 향수를 느끼는 것이다. 한국 생활 이년째에 난 입맛을 잃고 매일 맛보는 고추와 마늘, 소금, 간장, 참깨에 점점 질리다가 결국 한국 음식을 먹으면 게워냈다. 노력하고 또 노력해서 겨우 해물, 두부, 김치, 소주를 즐기게 되었건만 그런 것도 어쩔 수 없었다. 이제 이 나라 음식, 이 나라 술은 한 입도, 한 방울도 더 먹을 수 없을 것 같았다. 이민자들이 결코 버리지 못하는 것이 음식과 언어라고들 한다. 영어로 꽉 채워진 내 입에는 한국어가 들어갈 자리가 없었다. 귀에는 한국어가 들리기 시작했지만 내 혀는 영어 원어민의 그 어쩔 수 없는 이중모음들로 내 정체를 누설하곤 했으니, 마치 악보 없이는 연주하지 못하는 피아니스트와 같았다. 한국 전통음악의 음향을 즐길 수 있게 되는 데는 여름 한 철이 아니라 십일년이 걸렸고, 그제야 한국 전통음악에서 여자 가수가 내는 그 흉내 낼 수 없는 소리를 제대로 느낄 수 있었다. "어떻게 저런 목소리를 내지?" 나는 재달에게 물었다.

"혀를 먹는대."

"소 혀?"

"사람 혀."

질투의 대상. 백작 부인은 어린 처녀의 피를 마신다. 마녀는 아이들을 살찌운 다음 솥에 넣고 요리한다. 그는 얼음이 가득한 욕조에서 신장 한쪽이 없어진 상태로 발견되었습니다라는 이야기. 자궁에서 아기를 빼내고 여자는 그대로 죽게 내버려두었습니다라는 이야기. 또는, 아이를 유괴하고 엄마 행세를 했고 아무도 그 사실을 눈치채지 못했답니다. 또는 장성들의 아기를 임신해서 불임인 그 부인들에게 선물했답니다. 민담, 동화, 도시괴담—우유를 미시고, 다른 동물의 일을 먹고, 다른 사람의 아이를 돈으로 사는 이야기들—우리는 무엇을 번식시켜왔던가—비행기의 그 하얗고 매끈한 강철 알껍데기, 우리의 모성.

⚜

한국 날짜로 오늘은 크리스마스, 한국에서는 연인들이 데이트하는 날이다. 연인들은 팔짱을 끼고 걷고, 아웃백 스테이크하우스나 토니 로마스 립스에서 저녁식사를 하고, 미리 크리스피 크림에 들르지 않았다면 길에서 파는 케이크 상자를 사 들고 집에 간다. 사람들이 각각 '뛰어난 나라' '아름다운 나라'라고 부르는 영국과 미국에선 오늘이 크리스마스이브이고, 나는 부모님이 내 생각을 하진 않을까, 엄마는 크리스마스마다 듣는 피아노 음악 CD를 듣다가 날 떠올리진 않을까 궁금하다. 언니 말로는 엄마 아빠가 집에 친척들을 초대해 크리스마스를 보내고 있다는데, 그렇다면 엄마는 식탁에 새 장식품을 놓았을 것이고 저온 냄비에는 하루 종일 미니 비엔나 쏘시지가 데워지고 있을 것이며 과일 펀치와 치즈를 넣은 으깬 감자와 크랜베리 쏘스가 준비돼 있을 것이다. 사촌 부부가 갓난아기와 함께 나타날 테고 다들 아기가 누굴 닮았다고 한마디씩 할 것이며 삼촌들은 맥주를 마셔댈 것이고 혹시 아직도 종이 접시를 쓸지 말지 결정하지 못했다면 이모들은 언제나처럼 종일 주방에 서 있을 것이다. 부모님이 가져보지도 못한 아들이었던 사촌 섀드가 세상을 떠난 지 삼년이 지났다. 사람들은 그에 관한 이야기를 주고받겠지. 섀드가 예의 그 사슴을 쏘아 죽이던 시절, 아니면 그가 자동차 대리점이나 무어헤드의 백화점에서 일하던 시절을 이야기하겠지. 오늘 미네소타는 크리스마스이브이고 모든 것이 눈에 덮여 고요하다. 감옥 등 주립 시설과 주립 보호병원이라고 다르지 않다. 갓난아기든 성범죄자든 우리 모두 같은 시간 속에 있고 오늘은 누구에게나 크리스마스다. 내 스토커의 엄마는 아들을 만나러 가는지, 명절을 혼자 보내는지, 아니면 다른 자녀들과 함께 보내는지, 그녀에게 다른 자녀가 있는지 궁금하다. 그녀가 밥은 잘 먹고 있을지 궁금하다. 혹시 내 스토커가 그 가족들의 대화에 오르는지, 아니면 어느 크리스마스에 한번 얘기가 나왔다가 모든 식구가 다시는 그 사람 이야기를 하지 않기로 암묵적으로 동의했는지 궁금하다. 누군가 **존은 잘 지내?**라고 물으면, 그의 엄마는 뭐라고 대답할까? 섀드의 엄마가 **제인은 잘 지내?**라고 물으면 엄마는 뭐라고 대답할까? 내가 그 자리에 없는 걸 아는 사람이 있긴 할까? 엄마마저도 모르는 건 아닐까? 붉은 네온사인 켜진 서울도 오늘은 크리스마스다. 그 누구를 봐도, 그 무엇을 봐도 크리스마스 같진 않지만, 전통이나 가족과는 전혀 상관없는 분위기지만, 크리스마스는 크리스마스다. 입양인인 우리가 혹시 한국 가족을 만났으며 혹시 그 가족 모임에 초대받았으며 혹시 그들이 크리스마스를 기념하는 부류라고 해도 그건 보나 마나 한국식 크리스마스일 테고, 그런 크리스마스는 진짜 크리스마스 같지가 않다. 우리는 차라리 우리끼리 크리스마스를 보낸다. 모임 장소는 입양인 게스트하우스의 지하실이고, 프랑스 입양인 요리사가 진짜 크리스마스 저녁을 차린다. 우리는 누가 소포를 보냈고 소포를 받았는지, 누구는 안 보내고 못 받았는지 알아본다. 집에서 보낸 물건을 받은 사람이 있으면 우리는 열어봤어? 하고 묻는다.

우리는 시간을 잃어버렸고 써버렸고 너무도 많이 내버렸으면서도, 그래도 시간이 모든 것을 치유할 수 있다고 믿고 싶어한다. 그렇지만 트라우마를 남긴 기억은 시간 속에 갇혀 늘 현재 시제로만, 대상, 대상, 대상의 구문으로만 떠오른다. 자동차, 전화, 총. 시멘트 바닥, 머리 위 형광등 불빛, 보일러실. 휠체어, 막대사탕, 초콜릿 얼룩. 바닥, 불빛, 의자, 사탕, 얼룩. 대상, 대상, 대상.

우리 삶의 대상들에 의미가 담겨 있다면, 그 모든 것을 이해하기란 상상력과 정신적으로 버텨내기를 요하는 행위일 것이다. 더욱이 다른 사람의 삶을 이루는 가공물들—신문기사 스크랩, 경찰기록과 법원 판결문, 교회에서 만든 책자와 지원서, 지하실 천장까지 쌓인 물건들, 나를 사랑해서 하는 일이라는 믿음으로 나를 지우고 다시 만들어내기 위해 정부를 시켜 만든 가짜 출생증명서와 가짜 신분서류—을 이해하는 데도 우리의 상상력을 쓴다면, 그 수집 행위는 연민에 의한 행위일 것이다.

……그녀는 아들이 11일 전에 트윈시티스의 집을 나가면서 마치 돌아오지 않을 사람처럼 모두에게 작별인사를 했다고 수사관에게 진술했다……

……에버렛 씨는 동부행 첫 열차로 출발했고, 돌아오기까지는 시간이 좀 걸릴 것이다.

"……언제 미국에 돌아올 거예요(*Eonje miguke dolaolkoyeyo*)?"

내 스토커는 경찰 신문에서 나를 가리켜 이렇게 말했다. "자기가 뭐라도 되는 줄 알아. 나보다 잘난 것도 없는 게."

나는 그의 강박이었고, 이윽고 그가 내 강박이 되었다. 난 그가 저지른 범죄의 실체를 뒤로하고, 내가 그에 대해 아는 것들을 마닐라 봉투에 두툼하게 담아 한국에 들고 왔다. 그를 개인적으로 만난 건 평생 세번뿐이라 내가 그에 대해 아는 것이라곤 범죄 관련 서류—경찰 보고서, 신문기사 스크랩, 법심리학 보고서 등—에 들어 있는 게 전부다. 그의 아버지는 그가 두살이었을 때 죽었다. 그의 어머니는 남편이 죽은 후 일년간 우울증으로 정신병원에 입원했다. 그 시기에 그는 조부모와 함께 살았다. 이후 기록에 따르면, 여섯살 때까지 양아버지를 세 사람 거쳤고, 첫 양아버지가 결혼생활 중에 어머니에게 폭력을 가하는 것을 목격했으며, 마지막 양아버지에게 언어폭력을 당했으며, 부계 쪽에 알코올 남용 내력이 있었다. 차이라면, 이십대 초반에 그는 화이트어스 인디언 보호구역에 다녀왔고, 나는 한국에 다녀왔다는 것이다.

그의 인격 변화와 범죄는 아마도 내 우울증과 똑같은 뿌리에서 시작되었을 것이고, 결국 결과는 똑같았다. 그는 폭력 때문에, 나는 슬픔 때문에 감옥에 갇혔다.

몇해 전 크리스마스 때 나는 존의 또다른 스토킹 피해자인 여자 교도관에게 내 사진을 보냈다. 그녀가 충격에 휩싸여 전하기를 나와 그녀가 스토킹당하던 시기의 모습이 정말 비슷하다고 했다. 그 당시 우리 둘 다 자그마한 몸에 검고 긴 머리였다.

내가 한국으로 옮겨오기 전까지 카운티의 피해자·증인 관리국은 내 스토커의 석방 심리가 있을 때마다 나에게 그의 폴라로이드 사진을 보내왔다. 한국에 와서 안전해진 요즘 난 그의 얼굴과 짙은 갈색 머리카락, 짙은 갈색 눈, 까만 피부를 들여다보고 그의 어머니는 어떻게 생겼을지 궁금해한다. 남편이 죽었을 때는 어땠을지, 입원할 땐 어떤 모습이었을지, 그리고 후에 나의 스토커가 될, 그리고 날 죽일 뻔하게 될, 두살 난 아들이 일년간 조부모에게 넘겨졌을 땐 어떤 모습이었을지 궁금하다. 나는 그가 혹시 고아가 된 기분을 느끼지 않았을지 궁금하다. 혹시 그때 그의 어머니도 자그마한 몸에 검고 긴 머리가 아니었는지 궁금하다.

> 내가 쁘로꼬피에프라는 사람과 특별히 가까운 건 결코 아니었습니다…… 난 그를 그의 음악 안에서 만났지요.
>
> —피아니스트 스비아또슬라프 리히터

난 내 스토커를 그의 범죄 기록에서 만났다. 한국 아버지의 학대를 알게 된 건 나의 입양 사실을 통해서였다. 나의 양부모는 나 아닌 누구라도 입양할 수 있었을 테고, 보살핌과 사랑이 필요한 갓난아기였던 나는 그 누구라도 사랑할 수 있었을 것이다. 낯선 사람이 애인이 되고 이윽고 다시 낯선 사람이 된다. 살해 위협, 입양, 입맞춤, 음악 작품이 우리가 서로에게 남기는 표식들이다. 너의 노래가 나에게 표식으로 남는다. 나의 노래가 너에게 표식으로 남는다. 이게 우리가 남긴 증거, 우리가 함께 쓴 팰림프세스트다.

어쨌든 또다시 크리스마스가 왔고, 성 루치아여, 헤어스프레이는 적당히 뿌리소서.* 성 니콜라스여, 우리는 사정이 허락하는 한 착하게 굴었답니다. 성 프란체스코여, 애완동물들과 길 잃은 개들, 특히 한국에 있는 녀석들을 보호해주소서. 성 크리스토퍼여, 우리 여행자들을 보호해주소서. 사라진 물건, 사라진 기록은 누구 소관이더라, 기억나지 않네요. 도둑으로부터 우리를 지켜주는 성자가 누구라고요, 들은 적이 없네요. 성 마리아여, 우리가 잘못 풀이한 것들, 우리가 깨버린 것들, 우리가 보긴 보았으나 너무 늦게 본 것들에 대해 우리를 용서하소서. 우리 모두 아직도 엄마의 얼굴을 찾아다녀요. 엄마들은 아직도 우리의 얼굴을 찾아다니고요. 언젠가 우리 모두 서로를 찾게 해주소서.

* 성 루치아의 날은 12월 13일로, 이날 소녀들이 머리 위에 불 켜진 양초를 얹고 행진하는 전통이 있다.

콘 우나 돌체 렌테차

Con una Dolce Lentezza, 부드럽고 느리게

난 피아노 소리를 들으면 보지 않고도 그게 검은 건반인지 흰 건반인지 안다. 일년 동안 그랜드피아노를 보지 못했어도 내 마음의 눈에는 황동색 현에 빛이 반사되는 모습이며, 매일 쓰이고 사랑받는 페달의 둔탁한 반짝임이 각인되어 있다. 흐르는 물이나 바람이 바위를 깎을 수 있듯이 스타킹을 신은 발로도 몇년을 연주하면 금속을 깎을 수 있는 것이다. 난 부모님의 새집을 본 적도 없지만, 그들을 익히 알기에 그 안이 어떤 모습일지 안다. 엄마가 어떤 논리에 따라, 물건을 어디에 저장하고, 사진을 어디에 걸고, 사진을 어디에 숨기고, 집을 어떻게 정리하는지, 그 논리에 따르면 일이 어떻게 돌아가야만 하는지 나는 안다.

작은 집을 한채 지었단다. 벽이 전부 직각이야. 새 주방을 봐. 깨끗한 장식장도. 씽크대 위쪽에 창문이 있고 조리대 밑에는 식기세척기도 있단다. 뒤편에는 토마토를 기를 수 있는 정원이 있어. 넌 늘 이층집에서 살고 싶어했잖아? 가서 한번 둘러보지 그러니. 엘리베이터도 타보고. 지하실은 깨끗해. 아궁이가 부서질 일도 없어. 지붕도 다 새로 했으니까 걱정하지 마. 이 집에 유령 같은 건 없어. 꼭 있어야 할 사람들만 있단다.

한 범죄자의 일방적이고 인종적인 사랑의 대상이었던 나는 눈으로 본 적도 없건만, 날 겨누기로 되어 있던 총알의 매끄러운 황

동색 반짝임을 상상할 수 있다. 또, 전남편의 침대에 내 몸 대신 누워 있는 중국 여자의 몸을, 십년 전에 결혼 직전까지 갔던 남자의 침대에 내 몸 대신 누워 있는 필리핀 여자의 몸을 상상할 수 있다. 한국 시골의 가난한 베트남 여자들, 가난한 캄보디아 여자들을 상상할 수 있다. 버스정류장에는 석주면 그 여자들이 한국에 와서 상대적으로 부유한 한국 농부와 결혼할 수 있다는 광고가 걸려 있다. 한국 여자들이 한국 농부와 결혼하지 않는 이유는 상대적으로 훨씬 부유한 서양인 영어 강사와 결혼해서 미국이나 캐나다, 오스트레일리아에 가는 기회를 잡을 수 있기 때문이다. 그게 옳다고 말하는 사람은 없지만 다들 그런 식의 서열을 알고 있다. 내가 아는 어떤 중국 여자는 중국에서 영어를 가르치는 것으로 온 식구를 먹여 살리지만 영어권 나라에 가본 적이 없는 탓에 약간 이상한 영어를 구사한다. 그녀는 미국인의 중국 아기 입양을 지원하는 일도 한다. "아이들에게 미국인이 될 기회를 주고" 싶어서란다. 난 그녀가 무슨 상상을 하는지 상상할 수 있다.

이를 두고 사람들은 사랑의 기회라고 부른다.

난 미국 꿈을 꿀 때 미국 부모님 꿈을 꾼다. 꿈에서 우리는 미드웨스트 대평원 어딘가에 있는 거의 버려진 식당에 앉아 있다. 식당 바깥 주차장에 우리 차를 세워두었다. 우린 여행 중인 것이다. 밖에서 보면 값싼 한국식 패스트푸드 식당 같은데 안은 나무판으로 장식한 미국식 간이식당에 가깝다. 따뜻한 쇠고기구이 쌘드위치를 팔 것 같은 곳이다. 또, 밖에 있는 메뉴판에는 김밥과 찌개 같은 한국 음식 이름이 빼곡한데 안에 있는 똑같은 메뉴판에는 거의 아무것도 적혀 있지 않다. 웨이트리스는 금발이긴 한데 영어로 말해야 할지, 한국어로 해야 할지 모르겠다. 그래서 난 아예 말을 하지 않는다. 나는 부모님에게 그 모든 한국 음식을 설명해주고 싶어서 건물 밖에 있는 메뉴를 다시 확인하고 오겠다고 하지만, 두분은 그냥 도넛을 먹겠다고 한다. 부모님은 그냥 가서 영어로 주문을 한다. 꿈에서 나는 쌓여 있는 전화요금 청구서를 본다. 800달러나 된다. 아무도 전화를 받지 않았는데 어째서인지 요금이 그렇게나 쌓였다. 끔찍한 관계, 잃어버린 관계가 꿈에 나온다. 그리고 그런 관계를 현실에서 목격한다. 그렇다면 꿈은 왜 꾸는 것인지. 매년 여름, 입양인을 태운 버스들은 기관이 주최하는 각종 모국 투어의 일환으로 고아원과 미혼모 시설을 방문한다. 마치 자기들도 그런 곳의 고아가 될 수 있었다는 듯, 자기들 엄마도 그곳 여자들이 될 수 있었다는 듯, 결국 우리 모두 버림받았거나 누군가가 잃어버린 사람이라는 사실에서 위안을 찾아 마땅하다는 듯 말이다. 난 이처럼 동정과 공통의 불행으로 만들어진 장면에 가까이 가지 않지만, 호기심 많은 한국인들이 나에 관해 물어보면 간단하면서도 솔직하게 답하려고 애쓴다. "예, 한국 좋아해요." "아뇨, 결혼 안했어요." "예, 가족 찾았어요." 하지만 "아뇨, 엄마 안 만나요. 엄마는 돌아가셨어요." 이건 내가 올바른 한국어 표현으로 정확히 말할 수 있는 어구 중 하나다. '엄마가 돌아가셨다'는 문자 그대로는 '엄마가 돌아갔다'(My mother returned)라는 뜻이고, 더 문자 그대로 하면 '엄마가 돌아서 있던 데로 갔다'(My mother turned around and went back)라는 뜻이다. 죽은 자에 대해 이야기할 때는 이렇게 높임말을 가미

한다. 이렇게 자기 엄마를 공경하는 완벽한 한국어가 나오면 아줌마들은 나의 진짜 엄마가 그랬던 것처럼 내 팔을 만지면서 아픈 데는 없느냐고, 왜 이렇게 말랐느냐고 한다. 내 손목은 누가 잡아봐도 가늘다. 한국인 옆에 서면 내 피부색은 창백해 보일 수밖에 없다. 아줌마들은 김치를 주겠다고 한다. 아줌마들은 나를 동정한다. 엄마 없는 아이는 진짜 고아, 그것도 손목이 가늘고 피부도 창백한 고아가 되고 만다. 아줌마들은 자기가 엄마가 되어주겠다고 나선다. 그들은 달리 어쩔 수가 없다. "엄마라고 불러도 돼." 마치 아무나 다른 사람 아이를 그냥 뺏어도 된다는 듯, 마치 누구나 엄마가 되고 싶으면 엄마가 될 수 있다는 듯이 말한다. 그러나 난 이제 입양은 사절이다. 마음이 참 따뜻하시네요라고 말하지 않는다. 당신은 내 엄마가 아니잖아요.

지금까지 우리가 경험한 사랑들이 동정과 폭력과 돈과 멋모르는 환상과 탐욕과 편견에 물든 것임에도, 우리는 아직도 관계를 찾아헤맨다. 혹시라도 순수한 사랑이라는 게 존재한다면 그건 엄마와 아이 사이의 사랑일 수밖에 없다. 혹시 우리가 그것마저 빼앗긴 사람이라면 아마도 우리는 언제까지나 마치 굶주린 유령처럼 돌아다니고 토할 때까지 먹어대고 그러고도 결코 만족하지 못할 것이다. 나의 언니가 정신과 병원에서 지금까지 거의 십오년간 일했다니, 놀랍지 않은가? 또, 내가 병원 안에 나타나서 처절한 절망과 공허감을 내보이며 언니를 당황하게 만든 그때 한번을 빼면 십년이 넘는 세월 동안 언니가 일하는 곳에 들어가지 않고 버텼다니, 놀랍지 않은가? 서울에 사는 입양인과 형제자매인 한국 출신 입양인 중 입양된 나라에 사는 수의 절반가량이 한국에 거의 또는 전혀 관심이 없다고 말하며, 나머지 절반은 감옥이나 정신병원에 들어가 있다니, 대단하지 않은가? 덴마크에서는 정신질환 관련 시설에 수용된 인구의 40퍼센트가 유색인, 즉 데인인 이외 인종이라니, 신기하지 않은가? 상황이 그러한데도 그 사람들이 미쳤다고 하겠는가? 그 사회가 아니라?

상황이 이러한데도 우리가 아직 살아 있음에 하느님을 찬미하자. 아직 우리에게 애쓸 힘이 남아 있음에 하느님을 찬미하자. 음악 또한 그 시작된 곳, 그 기원, 그 중심으로 돌아가려 함에 하느님을 찬미하자. 우리가 한국문화에 대해 맨 처음 배우는 것 중 하나는—동, 서, 남, 북이라는 어휘를 배울 때 알았다— '중심' 또한 하나의 방향이라는 것이다. 나는 한 엄마와 한 아버지에게서 태어났고 이는 의심할 수 없는 진실이다. 그러므로 난 나의 중심에, 즉 한 한국 여자가 만들고 직접 젖을 먹인 이 몸, 내 모든 생각과 감정이 비롯되는 이 몸, 이 땅에 나의 친모가 존재했음을 세상을 향해 증명하는 이 몸, 내가 이것만큼은 진짜이며 의심의 여지 없이 내 것이라고 말할 수 있는 이 몸에, 자그마한 표식을 넣는다. 그리고 영혼들 공통의 이야기를 기록하기 시작한다.

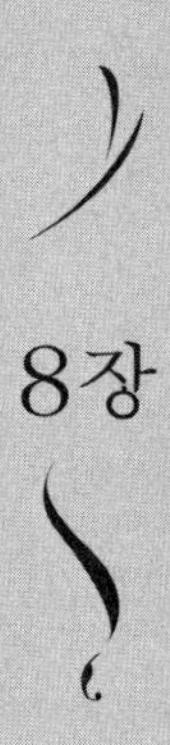

8장

프레스토 아지타티시모 에 몰토 아첸투아토

프레스토 아지타티시모 에 몰토 아첸투아토

Presto Agitatissimo e Molto Accentuato,

빠르고 격렬하게 강한 강세를 주어가며

노동과 직업활동을 통한 치료 매뉴얼

미네소타 주 쎄인트피터 주립병원

정신병원에서 환자에게 일이나 과제를 할당할 때는 반드시 '환경적 요인들'도 면밀히 고려해야 한다. 환자가 다음의 모든 조건 또는 일부 조건하에서 작업을 성공적으로 수행할 수 있는가?

1. 갑작스러운 기온 변화
2. 실외-맑은 날씨에만 작업
3. 실외-모든 날씨에 작업
4. 실내에서만 작업
5. 다른 사람과 공동 작업
6. 다른 사람과 가까이서 작업
7. 신속한 작업
8. 반복 작업
9. 경쟁적인 작업
10. 까다로운 작업
11. 잦은 중단
12. 적정한 조명
13. 적정한 환기
14. 전기 위험
15. 높은 곳
16. 고위험 기계류
17. 움직이는 물체
18. 비좁은 공간
19. 더위
20. 추위
21. 물기
22. 습기

23. 건조함
24. 먼지
25. 미끄러운 바닥
26. 유독성 환경
27. 소음

출신 국가에 재정착할 때는 반드시 〔내적, 외적〕 '환경적 요인들'까지도 면밀히 고려해야 한다. 이주자가 다음의 모든 조건 또는 일부 조건하에서 재정착에 성공할 수 있는가…… 무엇이 가능한가…… 어느 정도 쇠약한 상태인가…… 환상을 어느 정도 키웠는가…… 살면서 적어도 두번은 이주해보라…… 이주할 땐 가족을 두고 가라…… 살 수 있는 곳에서 살아라…… 혼자 사는 법을 배워라…… 훔치는 방법밖에 없다면 훔쳐라. 사랑을 훔치고, 시간을 훔치고, 지하철에 뛰어들고, 뷔페식당에 가면 나중에 먹을 걸 골라내고, 음식부터 먹고 물은 마지막에 마셔라. 대사관 파티에 가서는 반드시 코트 안에 와인 한 병을 슬쩍해라, 영화관에 몰래 들어가라. 깡패에게도 규칙은 있는 법이다. 도둑질의 윤리를 세워라. 전술한 행위를 실행하다가 방해받을 경우에 어떻게 대응할지 반드시 생각해두어야 한다. 여럿이서 한방을 쓰면 공간이 비좁겠지만 그건 공짜 잠자리의 댓가다. 욕실을 쓸 땐 보이지 않게 해라. 이런 생활방식은 위험하고 유독할 수 있으니 반드시 기억하라. 이 일이나 과제를 할당할 때는 반드시 면밀하게 고려해야 함을……

과연 우리가 어떤 우화, 어떤 교리문답을 읽었어야 그 누구도 예상하지 못한 사태를 대비할 수 있었을까?

우리가 가진 특권이란 원하기만 하면 얼마든지 예전 직장이나 학교로, 익숙한 지역으로, 익숙한 가족으로, 우리가 아는 언어를 쓰고 우리 말이 통하는 나라로 돌아갈 수 있다는 것이다. 그럼 마치 다시 열여덟살로 돌아간 듯이 모든 일을 하나하나 자세하게 배워야 할 일도 없고, 어른으로 살아가는 데 필요한 온갖 귀찮은 일들, 즉 공과금 내기, 전화 개설하기, 면허 따기, 보험 들기, 관공서에 새 주소 등록하기, 세금 내기, 병원 가기, 중요한 내용이 쓰여 있는 것 같은 우편물에서 중요한 내용 찾아내기 등, 우리가 입양된 나라보다도 우리 자신에 대해 훨씬 많은 것을 설명하라고 요구하는 나라에서 우리가 이미 잊어버린 언어로만 이루어지는 그 모든 일을 처리하느라 애쓰지 않아도 된다. 하나의 집단인 우리는 최근 들어 벌어진 한국 출신 입양인과 내국인 간의 불미스러운 일들을 집단기억으로 가지고 있다. 그러니 우리라는 집단은 당연히 사람을 쉽게 믿지 않고, 우리의 명백한 약점을 이용하지 않을 일군의 사람들에게 의존한다. 나의 언니는 입양인들보다도 먼저 나에게 이렇게 말했다. "아무도 믿지 마"라고. "우리 가족 빼고는. 나쁜 사람들 조심해. 넌 아직 나쁜 한국인과 좋은 한국인을 구별하지 못해." 그래서 우리의 세계는 작아진다. 우리는 이렇게 살 필요가 없다. 우리라고 이렇게 살라고 정해진 건 아니다. 그냥 우리가 돌아간다면 관련된 사람 모두가 편해질 텐데.

그러나 계절이 몇번 지나간다 싶더니 어느새 몇해가 지났고, 우리가 입양된 나라에서는 세금이 체납되고, 그 때문에 과연 우리가 원한다고 해서 돌아갈 수나 있을지 미심쩍고, 주 정부 신분증과 신용카드의 유효기간이 끝나고, 입양된 나라에 다녀오는 일이 점점 줄어든다. 그래서 우리 입양인들, 우연에 의해 삶의 너무 많은 부분이 결정되었고 우리가 한국에서 한국인으로 태어났다는 사실만을 유일한 집단적 진실로 가지고 있는 우리는 다른 이주자와 더불어 이주자로 살아간다. 우린 하숙집에서 신발이 사라지면 그건 누군가 빌려간 거라는 걸 배웠다. 조금 기다리면 신발이 다시 나타난다. 그런가 하면 다른 사람 신발을 빌리면 된다는 걸 배웠다. 신발은 사유재산이 아니다. 우산도 그렇다. 어떤 친구들에겐 돈과 잠자는 공간도 공동재산이다. 굶주리고 집 없는 친구가 있다면 더욱 그렇다. 전후에 쌀 대용으로 개발된 음식인 값싼 라면은 축복과도 같다. 우린 마음의 평화를 위해 정말로 큰일이 일어나기 전까지는 만사 오케이라고 여기는 법을 배웠다. 한국어를 읽을 줄 알든 모르든 계약서에는 무조건 서명을 해야 한다는 걸 배웠다. 아는 규칙은 따르고 나머지는 알아서 해야 한다. 공평함이나 질서라곤 찾아볼 수 없는 삶, 살아갈 만한 급여가 나오지 않는 삶, 약속이 지켜지지 않는 삶은 도저히 허용하지 못하는 사람은 여기서 오래가지 못한다. 현실을 제대로 판단하는 사람만이 오래간다. 세계에서 가장 큰 도시 중 하나인 서울에서 우리 집단은 너무 작아서 예전 남자 친구, 여자 친구나 보기 싫은 사람을 피할 수가 없는 것이 현실이다. 우리는 (바로 우리의 입양이 증명하는 대로) 약한 사람들에게 몰인정하고 차이를 보면 가만두는 법이 없으며 아웃사이더에게 적대적인 사회에서 살아나가는 법을 배운다.

우리의 집단적인 향수병은 모든 이주자가 그리워하는 세가지, 가족, 친구, 음식으로 인한 향수병이다. 우리는 해결책을 찾아낸다.

추수감사절 저녁식사 후 느끼던 속이 든든한 기분은 롯데리아의 불고기버거로 낼 수 있다. 친구는 아는 사람을 많이 만드는 것으로 흉내 낼 수 있다. 진짜 소속, 이건 피상적인 소속과 과식증 같은 연애로 흉내 낼 수 있다. 심리치료—이건 어차피 입양된 나라에서도 결코 효과를 본 적이 없는 항목이지만—는 가짜 친구들과 진짜 소주 한 병을 마시며 시간을 보내는 것으로 흉내 낼 수 있다.

여름에 찍은 사진들을 보다가 9월인 지금, 사진 속 그 많은 행복한 얼굴 중 서울에 남은 건 한 줌밖에 안된다는 걸 깨닫는다. 나머지는 돌아갔다. 매년 6월은 안녕 안녕 안녕, 매년 8월 말은 잘 가 잘 가 잘 가. 서울은 애정과 신뢰를 품는 게 너무 어려운 사람들이 드나드는 멈추지 않는 회전문이다. 하지만 우리가 친밀함을 느낄 수 있고 실제로 친밀해진 사람이 생기면 작별인사를 하기가 너무 어렵다. 그래서 아직 우리에게 남은 사랑하고 신뢰하는 힘을 있는 대로 발휘해 안녕 잘 가 안녕 잘 가 만나서 반갑다 잘 가라고 말하는 게 너무 마음 아파라고 말한다. 술자리에서 나쁜 도미니끄가 누가 봐도 술과 절망에 찌든 모습인데도 어느 여름 휴가객이 거듭거듭 그의 잔을 채우고 들어올리며 홍겹게 "건배(*konbae*)!"를 외칠 때, "그만해, 개 술 그만 먹여. 이미 취한 거 안 보여?" 하고 말하면 그 사람이 이상한 사람이 된다. 친구들에게 전화를 걸어 요즘 우울해하던 어떤 입양인이 요 며칠 안 보이는 것 같다고, 그 사람 본 적 없느냐고 물으면 그 사람이 사람을 쥐고 흔들려는 사람이 된다. 웬 차를 훔치려고 운전석에 앉아 있는 남자를 소리 지르며 끌어내면, 소리 지른 내가 히스테릭한 사람이 된다. "알코올중독 아니야. 대마를 못 피워서 그래." 그 프랑스인은 그렇게 주장했다.

우리는 그저 함께 있으려고 대양을 날아왔고 가진 돈을 전부 써버렸지만, 이 공존은 슬프고도 공허하다. 뭐든 괜찮고 만사 오케이고 누구나 스스로 자기 일을 결정할 수 있고 다른 누구의 문제나 잘못을 탓할 일도 없다는 건 아무것도 중요하지 않다는 거니까. 또 누가 자살 시도를 해도 아무도 놀라지 않고 정말로 웃음을 터뜨리는 사람들도 있다. 이 집단은 거의 모두가 자살을 시도한 적 있거나 주변에 그런 사람을 둔 이들이다. 거의 모두가 그 기분을 안다. 정말 죽고 싶은 건 아니지만 그만 상처받고 싶고 그만 외롭고 싶은데 어떻게 하면 좋을지 모를 때의 기분 말이다. 죽고 싶으면 가서 죽으라고 해. 몇달씩 사람들 귀찮게만 하지 말고. 입양인들이 한 말이다. 그중 하나는 이렇게 조언했다. "약을 더 많이 먹으라고 해."

왜 우울한 사람들을 한데 모아두면 도움이 된다고 하는 걸까? 한 유럽인 친구는 사람이 슬프다고 해서, 그러니까 위험할 정도로 슬프다고 해서 가두는 행위는 미국적인 거라고 말했다. 이십대 초반에 난 정신과 병원에서 퇴원 승인을 받은 직후에 집에 타고 갈 차가 올 때까지 한시간쯤 새로 온 환자와 이야기를 나누었다. 허파 색깔의 흡연실에서 난 그의 위험한 슬픔을 완벽하게 알아들었다. 근친상간 생존자에게나 과식증 환자에게나 입양인들에게나 '힘내세요!'라든가 '극복하세요!'라든가 '자기 자신을 불쌍하게 생각하는 건 그만두세요!'라는 등 쓸데없는 응원구호로 이루어진 자구책을 내놓던 정신분석 전문가들보다도 그의 말이 훨씬 더 와닿았다. 저 사람들이야말로 무슨 문제가 있는 게 아닌가 싶었다. 지금 와서도 종종 그러지만 그때 난 아프다고들 하는 사람, 즉 인생을 너무도 크게 경험하고 그게 고통의 원인이 된 사람들을 수긍했다. 실제로 난 정신과에 입원했을 때 알게 된 환자 모두에게 상당히 수긍이 갔다. 반면, 이제까지 내가 만나본 가장 친절한 한국인, 그러니까 내가 실수투성이 한국어를 구사하는데도 아무 거리낌 없이, 눈에 띄게 당황하는 법 없이 나와 이야기를 나눈 한국인은 정신적으로 장애가 있는 이들이었다. 그들이 그러한 건 정말로 이야기를 주고받으려고 애쓰기 때문이고 말은 그 작은 부분에 불과하기 때문이다.

(도움말: 혹시 당신이 심각한 우울감에 빠져 정신과에 입원하게 되었으나 거기 오래 머물며 새 친구를 사귈 마음은 없다면 의사가 "자살을 꿈꾸나요?"라고 물을 때 "아니요!"라고 대답하길. 혹시나 실수로 "네"가 나와버렸다면 "방법은 정했나요?"라고 물을 때 "무슨 소리예요!"라고 매우 낭랑한 목소리로 대답하길. 그럼 거짓말이긴 하겠지만, 거짓말쟁이 행세가 편리하고 유용할 때가 있다는 사실은 다들 터득했으리라고 본다.)

잘 있니, 친구들. 경기도라는 지역에서 안부인사 보낸다. 난 지금 사년째 한국에서 혼자 가정을 꾸리려고 노력하고 있어. 그동안 서울, 논산, 김해 같은 도시에서 살았고 이 나라 여기저기 많은 곳을 여행했어. 난 한국식 가족생활의 가장 다정한 면을 맛보았어. 관광객의 눈에는 결코 보이지 않을 것들도 보았지. 물론 나도 아직 여러모로 관광객이지만 말이야. 내 엄마네 마을에 가서 환영도 받았고, 한국의 언어와 문화도 그럭저럭 살아갈 만큼은 배웠어. 먹을 게 없어서 굶는 일은 없을 거야. 난 국경을 넘은 입양이 나에게 준, 우리에게 준 그 모든 기회 말고 우리가 받지 못한 기회 하나를 눈으로 확인하고 있어. 그건 평범한 한국인이 될 기회였지. 평범한 가게 주인, 평범한 일용 노동자, 평범한 학생이나 남편이나 아내가 될 기회 말이야. 그 때문에 난 여기에 동화되려고 애쓰지 않겠다고 의식적으로 마음먹었어. 한 인생에 두번이나 그럴 순 없으니까. 난 한국 사회의 주변부에 머물면서, 나와 마찬가지로 자기에게 이미 일어난 일을 되돌릴 수 없는 이들과 함께 살아가고 있어. 나와 마찬가지로 이미 그렇게 된 자신 말고 다른 사람으로 행세할 이유를 모르는 사람들, 그중에서도 가장 용기 있는 이들과 함께 살아가고 있어. 난 이 사람들에 대해 증언하고자 해.

그러니 다음의 이야기는 내가 사랑했던 한 입양인에 대한 증언으로 들어줘. 그의 아버지는 팔뚝의 밝은 흉터에 문신을 한 아저씨로, 자기 옷 중 가장 좋은, 황금색 단추가 달린 검은색 재킷을 입고 이십팔년 전 자기 손으로 갓난아기 아들을 넘긴 바로 그 건물을 찾아왔어. 한강이 내려다보이는 그 입양기관에서 그는 잃어버린 아들의 얼굴을 자세히 보았지만, 그가 볼 수 있었던 것, 그가 말할 수 있었던 것이라곤 아이의 어머니였던 여자뿐이었어. **제 엄마를 닮았네요. 엄마랑 얼굴이 똑같아요.** 그는 그 세월 동안, 자기의 하나뿐인 아들의 삶을 모르는 사람들에게 맡겨두었던 그 긴 세월 동안 아들이 어떤 사람이 되었는지 묻지도 않았지. 양부모는 어떤 사람인지, 입양된 가족에 형제자매가 있는지, 교육은 받았는지 전혀 묻지 않았어. 그의 머릿속에는 그가 아직도 사랑하는 여자뿐이었으니까.

지금은 가정이 있고 아내가 있고 두 딸이 있는데도. 그는 다시 한 번 그 여자와 함께 고기를 먹고 소주를 마시고 싶었어. 사랑했지만 결혼하지 못한 그녀와 한가족을 이루고 살고 싶었어. 이 소식이 그의 어머니 귀에 들어갔을 때, 아직도 그 남자를 미워하는 그녀의 언니나 엄마와 달리 그녀는 그렇게까지 아이아버지를 미워하지는 않는 것 같았어. 한때 사랑했던 사람이니까. 그녀는 화장을 하고 아들을 만나러 나왔어. 붉은색 입술은 약간 처졌고 파란색 아이섀도우 위로 눈썹이 한데 몰려 있었어. 얼굴에 어울리지 않는 짙은 화장이 마치 다른 사람이 특별한 날에 쓰는 화장품을 빌려 쓴 것 같았어. 서툰 화장 때문에 매일 아침부터 밤까지 식당에서 일하고 평소엔 화장 같은 건 할 시간도 없는 사람처럼 보였지. 그 몇달 동안 그녀는 자신의 슬픔과 혼란에 빠져서 자길 찾아 세상의 절반을 넘어온 아들, 자길 찾겠다고 낯선 나라에서 삼년을 산 아들에게 연락을 할까 생각만 하고 결국 하지 못했어. 다른 남편과 다른 아들이 있는 처지라 아들 쪽에서 그녀에게 연락을 해서는 안되었지. 입양간 아들은 자기가 다른 모든 사람에게 부끄러운 존재라는 데 신물이 났어. 그래서 그는 자기가 엄마 자궁 속에 있을 때부터 미움받았다고 확신했고, 어찌 됐든 짐승이 새끼 낳듯 자길 낳은 년은 만나고 싶지도 않았어. 아버지는 아들에게 연락할 수 있었지. 그는 아버지였고 한국의 아버지들은 하고 싶은 일은 뭐든 할 수 있으니까. 그러다 그가 한밤중에나 꼭두새벽에 전화를 걸어오자 아들은 더이상 전화를 받지 않았어. 아버지가 음주운전으로 감옥에 다녀온 후 아들은 외국어로도 아버지가 취한 상태임을 느낄 수 있었고, 전화기 너머로 들려오는 "아들(*ahdel*)!" 소리가 처음만큼 감동적이지 않았지. 이제 아버지는 아예 전화를 걸지 않았어. 결국 아들은 부모를 못 찾은 것처럼 행동했어. 자기가 술주정뱅이가 되고 망가진 것을 부모의 망가진 인생 탓으로 돌리고, 자기가 만든 두 아기를 유산시키고, 애인들을 이용해 잠자리와 섹스와 돈을 얻어냈어. 그는 결국 자기 진짜 이름을 알 수 없었어. 아버지는 현수라고 기억했고 어머니는 민수라고 기억했기 때문이지. 그래서 그는 프랑스 이름 도미니끄를 계속 썼고, 나는 그의 마음에 가닿고 싶다면 그를 그 이름으로 불러야 한다는 걸 알게 됐어. 그러나 난 결코 그의 마음에 닿지 못했어.

그렇게 해서 그는 그후 이년에 걸쳐 내 인생을 산발적으로 들락날락했다. 물론 늘 취한 채였다. 그는 밤새 전화를 했고 새벽 5시에 문을 쾅쾅 두드렸고 이웃의 항의가 쏟아졌고—"경찰 불러요?"—그는 동양 술 서양 술로 사나흘 퍼마신 다음 진심으로 뉘우치지만 그때뿐이었고 그를 상대하다가 나까지 변덕스러운 사람, 정신 나간 사람, 누가 봐도 곤란할 정도로 '상호의존적인' 사람이 되어갔다. 그냥 그 사람을 포기하지 못하는 자신을 비난하면서도 그를 포기한다면 내 인간성에 문제가 생길 것 같았다. 그리하여 거의 영원히 소망으로 남을 소망이 생겨났다. 이번엔 술을 끊겠지. 이번엔 진짜야. 불가피하게도 일주일 만에 실망하고, 또 일주일 만에 실망하고 또 하고 또 하다가 마침내 난 알코올중독자를 사랑하는 데서 비롯되는 신체적, 정신적 탈진 상태에 빠졌다. 단순히 알코올중독자를 사랑해서가 아니라 한국에서 알코올중독자를 사랑한 게 문제였다. 여긴 초음파 검사를 하는 의사가 스물여덟살밖에 안된 환자의 간이 번쩍번쩍 빛을 내는 걸 똑똑히 보고도 차마 '알코올중독'이라는 말을 입 밖으로 꺼내지 못하는 나라이기 때문이다. 서울에서 알코올중독 입양인을 사랑한 게 문제였다. 여긴 중독에 관대한 환경이다. 한국은 사람들이 자기 집에서 즐겁게 지내는 나라가 아니고, 대단히 의례화된 음주 문화가 있는 나라이기 때문이다. 또, 그런 건 따라하기 쉬워서 입양인들은 밖에서 만나면 늘 술집에 가고 다들 술을 마신다. 그 자리엔 꼭 휴가차 한국에 온 새 얼굴, 새 술친구, 혹은 마침 유럽이나 중국에서 대마초나 아편을 가지고 돌아온 친구가 있다. 그럼에도 나는 도미니끄가 내 안에 그의 사연을 깊게 새기게 했다. 그게 나에게 필요한 상처인 것처럼. 아버지가 자기 사연을 엄마 안에, 자식들 안에 깊게 새기도록 엄마가 용인했던 것처럼. 나의 한국 엄마가 했던 실수를 반복하려던 게 아니라, 어떻게든 나의 역사를 다시 써야 했다. 난 제대로 된 결말을 위해 노력했던 것이다. 또, 아버지를 되찾으려 했던 것이다. 죽은 이들을 되찾으려 했던 것이다. 그 깨달음의 시기에 난 엄마를 조금이나마 이해하게 되었고, 고통에 비뚤어지고 자기 자신을 미워했던 아버지의 마음 또한 조금이나마 이해하게 되었다.

"뭐가 진실일까?" 엄마를 찾으려고 나와 처음으로 함께 입양기관에 다녀온 후 도미니끄가 내게 물었다. 그날 확인한 그의 유기사건 및 고아 시절에 대한 사회기록은 그 사회복지사가 해석한 대로라면 지난번 그가 기관에 가서 확인한 것과 달랐다. 같은 서류,

같은 삶이 몇년에 걸쳐 매번 다르게 해석되었다. “내가 아는 거라곤 내가 살아 있다는 거.” 도미니끄가 말했다. “그리고 너와 함께라는 것뿐이야.”

한때 자기가 쓴 글을 모아두기도 했던 그는 몇장 쓰고는 북북 찢어서 쓰레기통에 던져넣는 습관을 들였다. 그는 매일 새 일기장에 일기를 썼다. 이제 그에게 있어 진실이란 현재 그가 가진 이야기의 총합이었다. 오직 현재뿐이므로. 한때는 과거라는 게 있었고, 그가 자신의 과거를 신문기사 스크랩으로 저장한 적도 있었다. 그것은 잠깐 그를 입양인 사회의 유명인사로, 용감하고 강인한 입양인으로 만든 사건으로, 그는 자기 신념에 따라 ‘외국인’으로 분류되기를 거부하고 비자법을 위반해서 한달간 감옥에 있었다. 하지만 그러고 나서 더 최근에는 이런 일이 있었다. 이번엔 나도 그와 함께 서울 출입국관리소에 서 있었다. 그는 일을 하는 데 필요해서 결국 비자를 갱신하기로 결정한 터였다. 옆을 보니 그는 **젠장, 뭔 양식인지 읽을 수도 없잖**아라고 쓰인 혼란스러운 얼굴로 서류 한장을 들여다보고 있었다. 그가 비자의 만기를 넘겨버린 건 바로 그 양식을 채워야 했는데 영어와 한국어로만 쓰여 있어서 프랑스어를 하는 그는 읽을 수 없었기 때문이었고, 그렇다고 그런 사무를 도와주는 입양인 지원단체의 자원봉사자와 함께 오기엔 자존심이 너무 셌다. 난 자존심이 세다고 그를 탓할 순 없었다.

자존심이 센 남자들은 혼자 싸워야만 한다. 또, 바로 그런 이유로 무슨 일을 하든지 웬만큼 훌륭하게 해내지 않으면 안된다. 어떻게 보면 가장 연약한 존재들이다. 도미니끄처럼, 나의 한국 아버지처럼 자기 자신이 싫어서 술로 용기를 북돋우는 남자들. 한국 여동생에게 어릴 적에 아버지를 싫어하진 않았느냐고 물었더니 그녀는 이렇게 대답했다. "아니, 난 그냥 아버지를 무서워했어." 내 아버지의 사연을, 그 전부를 내가 알게 될 날은 오지 않으리라. 자매들을 만날 때마다 그들이 잊어버리려고 그렇게 애써온 과거를 캐물어서 매번 그들을 울리고 싶진 않다. 언니는 형부가 마련해준 그 크고 비싼 아파트의 주방 씽크대 앞에 서면 맞은편 산 높은 곳까지 구불구불 이어진 가난한 동네가 보이는데, 그래서 설거지를 할 때마다 자신의 과거를 떠올린다고 한다. 그런 사람에게 그보다도 훨씬 더 한 유년기의 기억을 떠올려달라고, 본 적도 없는 아버지에 대해 자세히 다 알려달라고 하겠는가? 딱 한번, 엄마가 아버지를 사랑하긴 했을까 하고 물은 적이 있다. 자매들은 논쟁을 벌였다. 언니는 아니라고 했다. 어느날 영어로 "난 문득문득 외로워"라고 말한 적 있는 여동생은 엄마가 아빠를 사랑했다고 주장했다.

도미니끄를 사랑한다고 생각한 적도 있지만 그건 아마 절망과 사랑받아야 하는 나의 필요에 불과했을 것이다. 어쨌거나 내가 그에게 필요한 사람이라면 그가 날 떠나진 못하리라고 생각했을 것이다. 나의 부모님이 내 사랑을 돈으로 사려고 했던 것과 똑같이 내가 그의 사랑을 살 수 있었을까? 왜 사람들은 고아들이 자기 삶이 바뀌길 바란다고 생각할까? 우리가 똑같이 불쌍한 고아인지 아닌지 모르겠지만, 왜 난 도미니끄의 삶을 바꾸는 데서 만족감을 느낄 수 있을 거라고 생각했을까? 난 줄곧 상황이 바뀌길 기대했지만 그런 일은 결코 일어나지 않았다.

도미니끄는 내게 이런 말을 하고 또 했다. "난 그냥 모든 걸 부셔버리고 싶어." 난 언젠가 도미니끄가 자기 삶을 글로 쓴 다음 그걸 내버리는 대신 모아두는 날이 오길 바라기도 했다. 그는 내 집에 공책들과 사진들을 두고 갔다. 옷은 어느 하숙방에, 어느 지하철 물품보관함에 남겨두었고 자신을 기념하는 물건들을 한국 여기저기에 뿌려놓고 갔다. 그는 내 한달 월급을 들고 달아난 뒤 나에게 이메일을 한통 보냈다. 어딘지는 알려주지 않았고 삶을 다시 시작하고 싶다고 했다. 한달 월급이 그에게 새 삶을 선사할 수 있다면 꽤 싼값이라고 생각했다. 그러나 난 그럴 리 없다는 걸 알았고 그런 일은 없었다.

난 그를 이상한 방식으로 사랑했다. 어떤 면에선 엄마였고 어떤 면에선 누이였고 어떤 면에선 연인이었고 어떤 면에선 실패한 자선가였다. 그는 나에게서 최악의 면을 끌어냈고 최선의 면도 끌어냈다. 비록 우리가 함께한 모든 것이 마지막에는 전혀 부질없어졌지만 말이다.

사랑은 헛되고 세상은 무심하고 자유에는 책임이 뒤따른다, 이 세가지를 도미니끄의 삶을 지켜보며 배웠다. 그는 우리 모두에겐 자신을 파괴할 자유가 있음을 가르쳐주었다. 하지만 살아가는 게 그의 궁극적인 목적은 아닐지라도 난 도미니끄가 자기 방식으로 살아남을 수 있길 소망한다. 그때가 되면 어떤 식으로든 자기 삶을 재해석해서 산산이 흩어져 있는 자기 존재를, 그 자신이 느끼기에 자신의 싸움에 걸맞은 모습으로 다시 하나로 끌어모으기를 바란다. 그리고 마침내 그 삶에서 무슨 의미이든 자신에게 의미를 가지는 무언가를 이끌어내길 바란다. 난 우리 모두에게 그럴 만한 힘이 있다고 믿는다.

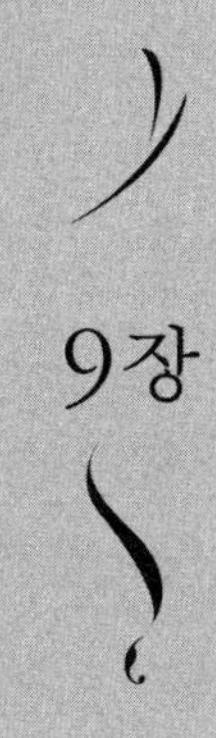

9장

코다

렌토, 이레알멘테

코다

Coda, 종결부

약: 藥: medicine

악: 樂: music

음악: 音樂: (소리+음악): music

음절: 音節: (소리+마디): syllable

자음: 子音: (아이+소리): consonant

모음: 母音: (엄마+소리): vowel

악구: 樂句: (음악+구절): a clause; a phrase; a section; a sentence

어느 하숙집의 열린 창문 사이로 피아노 소리가 들려온다. 밤거리 소리, 금속 지붕과 보도에 떨어지는 빗방울 소리와 함께 또 한 계절이 지나갔다. 비가 오고 푹푹 찌다가 비가 오고 시원해지더니 또 비가 온다. "내일 봐요(*Naeil bwayo*)!" 학생들이 외친다. 애인과 함께 하숙집 옆을 지나가는 여자의 또각또각 구두 소리. 서울 억양과 또렷한 목소리의 예쁜 아가씨들, 발에는 물집이 잡혀 있고 웃음소리는 높고 우산은 물에 젖은 표고버섯 같다. 밤새 반짝이는 데이지 모텔의 네온사인이 방의 흰 벽에 희미하게 반사된다. 아래에서 위로 무지갯빛으로 깜빡이는 불빛. 어서 오세요라고 쓰여 있다. 부아아앙, 거리를 지나가는 자동차 타이어 소리. 다른 방에서 일본어 억양의 한국말 소리와 혼자 텔레비전을 보는 한국 남자의 웃음소리가 들려온다. 밥공기와 젓가락이 씽크대에 부딪히는 소리가 난다. 아줌마가 노래를 흥얼거리며 설거지를 하고 있다. 나도 아는 선율이 들려온다. 당신은, 당신은(*dangshineun, dangshineun*) 하는 내 엄마도 알고 있었을 한국의 오래된 사랑 노래들.

난 내가 다룬 모든 피아노를 기억하고 내 손이 한번이라도 닿은 모든 애인을 기억한다. 건반들의 질감과 소리, 이 곡의 긴장과 이완, 당신은, 하고 내 두 팔로 안은 사람들. 음악에는 대칭을 이룬 슬픔이 담겨 있다. 술은 사랑했지만 자기 자신은 미워한 남자들을 사랑한 여자들의 슬픔, 범죄자 아들을 둔 엄마들과 그토록 늠름했던 사나이의 엄마들의 슬픔, 한번도 아들을 가져보지 못한 엄마들과 딸이 돌아오긴 했지만 너무 늦게 돌아온 엄마들의 슬픔이 담겨 있는 것이다. 이렇게 해머가 현을 치고 이어 소리가 곡선을 그리며 잦아드는 데는 어디까지가 진실인지, 무엇이 빠져 있는지에 대한 계산이 들어 있다. 내가 늘 마음속에 동시에 담아두어야 할 것들이 들어 있다. 협화와 불협화, 예상 안의 것과 예상 밖의 것, 불이 붙은 것과 불이 꺼진 것. 나에게 깊이 표식되길 갈망하는 그 음절들, 내 입안에 머금고 싶은 그것들.

모반(母斑):

내 잃어버린 기억의 언어

내 잃어버린 엄마의 언어

내 엄마가 꾸던 꿈의 언어

엄마가 날 가졌을 때 쓴 언어

내가 필사적으로 말하려고 하는, 아프도록 형태를 만들고 입을

쩍 벌리고 목구멍을 열고 내는 언어. 먹을 것을 가리키는 말부터 알아야지. 쌀, 고구마, 감 같은 것들. 다음으로는 사람을 가리키는 간단한 말들. 남자(*namja*), 여자(*yoja*), 너(*neo*), 나(*na*). 소리를 묶어서 말하는 거야. 소리가 묶이는 패턴, 사랑하는 패턴, 역사의 패턴, 문법의 패턴, 말하는, 생각하는, 이해하는 패턴…… 내게 음절을 주세요, 자음과 모음을 주세요, 구절과 문장을, 엄마 소리를, 아이 소리를, 둘이 결합된 소리를 줘요, 엄마, 나에게 목소리를 주세요……

렌토, 이레알멘테

Lento, Irrealmente, 아주 느리게, 꿈같이

이레알멘테. 만일 내가 소설을 썼다면 난 나를 왔던 곳으로 돌아가는 긴 여행에 나선 사람으로 썼을 것이다. 자신의 인생에 역사를 바로잡는 일을 수행하고 있고, 십삼년간 한국을 여섯번 찾아온 뒤, 한국사회에 완벽하게 융화된 사람으로 말이다. 내 뿌리로 돌아왔고 한국어를 유창하게 하고 다른 한국인들의 미묘하게 에두르는 말도 다 알아들으며 아침에도 김치를 즐겨 먹고 한국 남자를 남편으로 두고 한국인 아기들도 낳은 사람. 우린 서울에 사는 걸로 해야지. 최고의 학교와 학원 들이 있는 곳이니까. 남편은 삼성에 다니고 우리는 이웃이 천명쯤 되는 복숭아색과 베이지색의 고층아파트에 살고 난 전업주부이며 내가 사는 아파트와 똑같이 생긴 아파트

에 사는 친구들이 있다. 어느 집이나 앞쪽 베란다엔 화분과 빨래건조대를 두고 뒤쪽 베란다에서는 생선 요리를 하고, 김치냉장고, 거실엔 체리목 장식, 욕실엔 쓰지도 않는 욕조와 따뜻한 변기 씨트, 서양식 침대 등 온갖 물건을 갖추고 있다. 난 취미로 요가를 하고, 수영장에 가서 물안경과 수영모를 쓰고 수영을 하고, 빨간색 셔츠와 등산화를 갖춰 산을 오르고, 장갑과 헬멧 차림으로 자전거를 탄다. 때로는 전업주부 친구들과 함께 뜨개질이나 프랑스 요리 수업을 듣는다. 난 한국 드라마를 보면서 저녁식사 때 먹을 채소를 다듬는다. 내 아이들에게는 똑바로 앉을 나이가 되기 전에 낱말카드를 가르쳐야지. 또, 사립유치원에 보내고 그다음엔 국제학교에 보내야지. 중학생 때는 자정까지 공부시키고, 고등학교를 졸업했는데 서울대에 못 들어가면 미국으로 유학을 보내야지. 대학을 졸업하면 교사나 공무원이 되면 좋겠다. 매일 언니들에게 전화를 걸어 살림 얘기를 하고 한달에 한번 일요일에 만나 점심을 함께 먹는다. 오빠한테는 그만큼 자주 전화를 걸진 않지만 일년에 한두번 언니들과 함께 오빠네로 내려간다. 가족 휴가 때는 타이에서도 하루 한번 한국식 식사를 제공해주는 패키지 여행을 간다. 남편과 나는 나이가 들면 오스트레일리아에 가자고 한다. 거기가 사회복지가 더 잘되어 있으니까. 아니면 필리핀에서 노후를 보내도 좋겠다. 난 일요일마다 교회에 가서 성가대에서 피아노를 연주한다. 난 가족들과 아무 문제도 없다. 마치 한번도 한국을 떠나지 않은 사람처럼, 또는 유학 정도만 다녀온 사람처럼 완벽한 한국인으로 변모했으니까. 하지만 그야말로 소설이다.

진짜 이야기. 그녀는 이 원룸 건물의 옆집에 사는 이웃을 한번도 본 적이 없지만, 현관에 놓인 신발을 보고 발이 큰 남자라는 건 알았다. 이제까지 두번, 쇳소리와 징징거리는 목소리를 내는 여자가 그의 방에 와서 소리를 질러댔다. 그가 같이 소리를 지르진 않았다. 그뒤로 그 여자는 다시 오지 않았다. 대개 그는 혼자였다. 가끔 담배를 피우는데 그 연기가 환기구를 통해 바로 옆에 붙은 그녀의 욕실로 넘어왔다. 아주 가끔이지만 그가 요리를 하면 기름에 생선 튀기는 냄새가 베란다로 흘러나와 그녀의 창문으로 흘러들었다. 매일 밤 1시쯤 그는 짧게, 경제적으로 샤워를 했다. 언제나 일단 따뜻한 물이 나올 때까지 틀어놓았다. 그러면 타일 바닥에 물이 떨어지는 소리가 들렸고, 이윽고 그의 몸에 물이 부딪히는 소리가 났다. 비누칠을 하고 문지르고 헹구는 소리, 헛기침하는 소리가 들렸다. 그는 그녀의 방과 붙어 있는 벽 쪽에서 잠을 잤고, 밤에 그녀가 남자 모르게 그의 머리 옆에 자기 머리를 두면 그의 숨이 오르락내리락하는 소리가 들렸다. 한번도 본 적 없고 이름도 모르는 사람이었지만 벽을 사이에 둔 이 작은 친밀감이 그녀에겐 위로가 되었다.

여자는 대학에서 (')가 음악에서 숨을 나타내는 표시라는 걸 배웠다. 앙상블 연주에서는 탄트라 성교에서처럼 함께 숨 쉬는 것이 기본이라는 걸 배웠다. 약강 오보격은 인간의 숨 길이라는 것, 하느님이 숨으로 아담에게 생명력을 불어넣었다는 것, 혹시라도 아이를 낳게 된다면 쉼 없이 밀려오는 고통을 숨으로 조절할 수 있다는 걸 배웠다. 그녀는 아이를 낳아본 적 없는 엄마에게서 숨을 들이쉰

다음 내쉬지 않는 건 불만이 있다는 뜻, 더 심하게는 뭔가 하고 싶은 말이 있지만 딸의 대꾸는 듣고 싶지 않다는 뜻임을 배웠다. 사실 그녀의 엄마는 딸의 반응이 두려운 것이었다. 그녀가 악을 써대는 전면전도 (한국 드라마 스타일이다. 그때는 몰랐지만) 마다하지 않았고 숨을 참지 않고 소리를 질러냈기 때문이다. 딸은 엄마의 등을 쳐서 숨을 쉬게 하고 싶었다. 만약 그녀가 정말로 그렇게 했다면 엄마가 잊어버린 배고픔의 감각, 욕망의 감각, 어쩌면 진짜 분노의 감각까지 다시 맛보게 할 수 있었을지도 모른다. 그런 일은 없이 엄마는 숨을 참았고 하루에 한번 하는 식사에 앞서 써던 컴포트 맨해튼 칵테일을 한 잔 내지 석 잔씩 마셨고 위산역류, 고혈압, 갱년기 약을 복용했다. 딸은 감정 문제로 약을 복용했다.

'충분함'이 그들의 인생을 지배하는 말이었다. 곧 기근이나 국가적 비상사태가 닥칠 듯한 분위기였다. 채소 통조림을 대량으로 사들이고 조미한 볶음 쌀을 통으로 사들이고 간식용 크래커를 특대형 상자 두개 묶음으로 사들여서 옷장에, 찬장에, 지하실에 꽉꽉 채워놓아도 늘 충분하지 않았다. 어쩌면 그 원인을 엄마의 부모님에게서 찾을 수도 있겠다. 대공황 시절에 낙농업을 하던 두분은 늘 축사에서 일하느라 집에 없었고 집에 남겨진 엄마가 어린 동생들을 키워야 했다. 엄마 역시 어린애였는데 말이다. 또는 엄마의 아버지를 탓할 수도 있겠다. 딸들은 그가 죽을 때까지 그를 싫어했다.

엄마의 사라진 유년기는 독이 든 증기처럼 집의 구석구석까지 퍼졌다. 그건 배를 조여오는 채울 길 없는 허기였고, 그 대상은 음식이 아닌 다른 무엇이었다. 그리고 그 엄마의 딸은 어릴 적부터 자기 자신 역시 충분하지 않은 존재로 여겼다. 정말 원하는 걸 얻을 수 없을 때 대신 갖는 존재.

그래서 딸이 젊은 여자가 되었을 때, 그녀는 자길 가지려는 사람이면 누구든지 가졌고 그 답례로 자기를 갖게 해줬다. 그녀를 자기 혐오로부터 구해주겠다고, 또 종국에는 그녀를 버리겠다고 약속하는 사람이면 누구든 가리지 않았다. 특히 페티시스트들과 잘 맞았다. 그들은 그녀의 몸이 불완전한 아시아인 '인데도'가 아니라 아시아인 '이라서' 그녀를 좋아했고, 그녀의 인간성에는 그다지 관심이 없었다. 그녀는 자기가 관계를 맺은 남자들 중 가장 오래간 상대는 알코올중독 때문이든 이혼 때문이든 부모에게 정서적으로나 물리적으로 버림받았던 이들이라는 사실을 깨달았다. 여름이면 쫓기듯이 할머니 할아버지네로 가거나, 서로 사랑하지 않는데도 아이들 때문이라며 마지못해 같이 사는 부모님 밑에서 자란 남자들이었다. 그런 이들과 함께 있으면 그녀는 불꽃이 이는 걸 느꼈고, 그건 진짜 사랑 같았다. 세상은 어른이 된 아이들 천지라는 걸, 이런저런 식으로 버림받은 사람들 천지라는 걸 그녀는 알게 되었다. 그들은 남들처럼 성공적이고 '잘 적응한' 사람으로 보이기도 했다. 아니, 그들은 남들보다 더 잘 사는 사람으로 보였다. 사람을 매혹하고 유도하고 속이려 드는 욕망과 몸짓과 말을 읽어낼 줄 알았다. 마치 원래의 자기로는 부족한 것처럼, 그 누구도 자기를 사랑해주지 않을 것처럼 그랬다.

나의 잃어버린 가족에 대해 미국 엄마는 이렇게 말했다. "극복해야 해." 난 아버지라는 존재를 원했지만 그는 나에게 아무 말도 하지 않았다. 딱 하나, 내가 태어나기 전에 세상을 떠난 자기 아버지를 내가 보았다면 무척 좋아했을 거라고는 했다. 그래서 보통 딸들이 아버지에게 배우는 것, 즉 돈, 저축, 자동차 같은 것을 나는 직장 상사에게 배웠다. 나의 한국 아버지는 내가 태어난 때부터 날 미워했으니, 아버지가 하나도 없는 난 손위 한국 남자를 대하는 그 모든 방법을 날 동정하는 남들에게서 배웠다. 나의 한국 엄마는 한국 남자랑 결혼해, 어서라고 했다.

나의 입양은 날 세계시민, 진정한 코스모폴리탄으로 만들지 못했다. 난 풍부한 문화와 경험을 상품성 있는 기술로 축적한 인간이 아니다. 난 앞으로도 결코 한국인처럼 생각하지 못할 것이다. 아무리 열심히 공부를 하든, 어느 언어로 사고하든 간에 말이다. "그 사람들은 널 입양하면서 네 정신을 훔친 거야." 도미니끄는 마치 자긴 전부터 알고 있었다는 듯 담담하게 말했다. 내 마음의 부조리한 산술에 따르면, 한국 더하기 미국은 0—엄마 없고 언어 없고 나라 없는 무(無)이다. 그건, 내가 갈망하는 것이 나라는 사람—미네소타의 고졸 생산직 노동자들의 딸인 나, 교육을 못 받은 한국인 엄마와 한국인 공사장 노동자의 딸인 나—에 꼭 들어맞는 것이기에 그렇다. 난 출세 지향적인 인간으로 크지 않았다. 나의 간절한 바람은 언제나 똑같았다. 나는 사랑을 원한다. 난 안전하게 살고 싶다. 난 집에 가고 싶다. 어쩌다 이 단순한 바람들이 끝내 채워지지 못했던가. 미국 부모의 집에 외계인이자 딸로 들어간 그 순간부터, 평생을 낯선 사람들에게서 사랑과 안전과 집을 찾아헤매는 동안 그

바람들은 얼마나 뒤틀렸던가.

내가 꾸는 한국 꿈과 미국 꿈은 서로 겹치면서 하나의 끝나지 않는 꿈으로, 장소도 없고 현실과도 상관이 없는 꿈으로 섞이기 시작한다. 미국 엄마의 입에서 한국어가 나온다. 나는 미네아폴리스를 가로지르는 주간(州間) 고속도로를 운전하고 있는데 그 도시는 미네아폴리스가 아니라 서울이다. 나는 한국에 대한 책을 들고 내가 살았던 미네소타의 집들과 동네들을 돌아다닌다. 내 말이 통하진 않아도 내 모습은 거리의 여느 다른 여성과 마찬가지로 눈에 띄지 않고 통과되는 그곳에서 난 더이상 스토커의 악몽에 시달리지 않고, 그래서 더이상 땀 흘리고 비명 지르다 잠에서 깨지 않는다. 미로 속에서 무언가에게 쫓기는 꿈도 꾸지 않는다. 그 꿈이 나의 가장 오래된 기억 중 하나다. 내가 이제 그런 무서운 꿈들을 꾸지 않는 건 나를 쫓던 것이 한국, 즉 자기가 낳은 자식을 돌보지 못하고 대신 그들에게 팔아버린 그 짐승이었기 때문인지도 모르겠다. 내가 다시 돌아와 제 배 속으로 돌진했으니 더는 날 쫓을 수 없을 것이다. 나의 입양된 인생은 나를 나 자신이 되지 않게 해주어야 했음에도, 나는 언제나 그 짐승의 일부였고, 그럼에도 난 다시금 그 짐승의 일부가 되었다.

내가 들은 모든 것이 진짜가 아니었지만, 그건 중요하지 않았고, 진실도 아니었고, 괜찮아질 거고, 언제나 변함없는 진실은 한결같은 외로움, 마치 어릴 때 이후 한번도 자르지 않고 기른 머리카락과도 같이 나를 규정하는 이 특성이다. 나의 외로움은 엄마의 여름

정원에 핀 나팔꽃처럼 매년 긴 겨울잠에서 다시 살아나 덩굴에 살을 찌우고 그 어느 때보다도 멀리, 높이 뻗어나가 더 흐드러지게 꽃을 피웠다. 여름이 오면 난 혼자 있을 곳을 찾아다녔다. 자전거를 타고 파고를 향해 서쪽으로 달리기도 했다. 초록색과 황금색 농지로 이뤄진 격자무늬가 머릿속에 펼쳐진다. 그 예측가능한 격자무늬와 곧게 뻗어 서로 교차하는 시골길들 위로, 내 미국 부모님이 겪은 금욕적인 고통과 실망이 떠오른다. 그 모든 기억과 관찰은 순전히 내가 관찰자였기 때문에 가능했고, 이것이 나의 깊은 곳에서 빛나는 고독의 실체였다. 난 마치 영화를 보듯이 전부 미국인인 한 가족, 다름 아닌 내 가족이 함께 크리스마스 식사를 하는 장면을 관찰하고, 또 영화를 보듯이 전통적인 한국 가족, 바로 내 가족이 추석에 한자리에 모여 먹고 웃고 이야기하는 장면을 관찰한다. 서울의 클럽에 들어가서는 나보다 열살은 어린 입양인들이 함께 춤추는 모습을 관찰하는 나. 힙합 음악과 독한 술, 밤늦도록 담배 연기 속에서 고동치는 섬광에 그들의 차이점들은 전부 흐릿해진다. 입양된 언니와 내가 같이 살지 않게 된 지 정확히 이십년이 되기를 기다린 나. 언니는 스무번째 고교 동창회 즈음, 십대 시절 그렇게 인기가 많았는데도 실은 단절된 기분이었다고 인정했다. 언니가 말했다. “연기였지. 살아남으려고.”

이 익숙한 고독, 내핍해야 하는 불안, 부유하는 절망이 어떤 혈통에서 왔는지, 몸을 낳은 쪽인지, 데려간 쪽인지, 기른 쪽인지, 누가 알겠는가? 흔히 그저 강인함이나 독립적인 기질이나 빠른 회복력이라고 여겨지는 면들이 실제로 그러한 속성에서 나왔는지, 아니면 폭력에 너무 가까이 있던 사람에게 나타나는 긴 여파인지 누가 알겠는가? 나도 선택과 자유 같은 이야기를 하고 싶다. 하지만 이러한 상황에서 뭘 이야기해야 할지 모르겠다. 자기가 키우고 사랑하던 네살 반짜리 아이를 비행기에 태워 낯선 나라로 보내는 일을 나는 상상도 할 수 없는데, 나의 엄마는 그렇게 했다는 사실. 나 자신보다도 언니의 상황이 더 슬프고 더 화가 난다는 사실. 내가 그 분노를 아무리 잘 다스려도 언니는 나에게 이제 그만 털어버리라고만 한다는 사실. 나도 애쓰고 있지만 아직은 잘 안된다는 사실. 난 내게 여권을 발급한 나라에 돌아갈 집이 없다는 사실과 내가 서울의 파괴적인 에너지를 너무도 혐오한다는 사실. 그 파괴가 자정 넘어 만나는 거의 모든 입양인의 얼굴에 새겨져 있는 것. 내가 열렬하게, 그리고 마음 깊이 사랑하는 내 엄마들을 때로는 너무도 미워하는 것처럼 이 나라를 미워하곤 한다는 것과, 어쩌면 바로 그래서 우리가 한국을 모국이라고 부르는지도 모른다는 것.

우리 한국인들은—한국인이 무엇이든 간에—20세기의 참사로부터 출현한 후 덜컹덜컹 흔들리고 근근이 살아가다가 방향을 잃고 혼란에 빠진 채, 남과 가족이 어떻게 다르고 친구와 적이 어떻게 다른지도 알지 못한 채 다음 세기를 맞았다. 우리는 백년도 안되는 시간에 서양인에게 폐쇄적이고 적대적인 나라에서 그들에게 제 아이들을 제공하는 나라로 변모했다. 또, 서울을 지금의 모습으로 만든 빛나는 한강의 기적과 서울 하늘의 윤곽선을 수놓은 저 거대한 부가 가능했던 건 수많은 사람들이 참고 견뎠기 때문이었다. 여기 우리, 추방된 자들은 바로 그 일원이다. 그리고 이제 이곳에 돌아온 우리는 두 세기에 걸쳐 우리 어머니들의 마음을 부수고 우리 아버지들에게 죄를 덮어씌운 한국의 양심에 오점으로 남았다. 우리는 침묵을 맹세한 적 없고 우리의 가족들도 그렇지만, 우린 아직 거의 말하지 못한다.

그래서 난 한국이 나에게 제공하는 단순하고 조용한 삶을 기꺼이 즐긴다. 이발소 앞 건조대에서 말라가는 하얀 수건들, 수건의 보풀 같은 천이 햇빛 속에 만들어내는 그 자잘한 고리 모양 그림자들, 참치캔 기름을 넣고 끓인 김치찌개를 맛볼 때 즉각 날카롭게 당겨오는 혀 밑의 감각, 한강의 냄새와 강변의 호박밭 위를 날아다니는 참새 떼, 산길을 걷다가 듣는, 바람에 댓잎 바스락거리는 소리…… 난 산속에 혼자 있을 때면 그 무엇도 나에게 이 나라 사람이냐고 묻지 않는다고, 어머니 대자연은 내가 한국인다운지 외국인다운지 따지지 않고 날 전적으로 받아준다고 공상해보지만, 내가 그곳에서 죽는다 해도 자연은 전적으로 무심할 터이다. 어쨌든 소소한 것들이 이곳에서의 삶을 살 만하게 만들어준다. 식물들의 이름을 알아가고 봄에 절에 핀 연꽃 향기를 맡고 식사 마지막에 뜨거운 물을 부은 눌은 쌀밥을 먹는다. 공기를 마시고 물을 마신다. 들이쉬고, 내쉬고, 잘 먹고.

난 나에게 조용히 혼자 지내는 법을 가르쳐준 한국을 사랑한다. 난 무언가를 되찾기 위해 싸워본 사람만이 아는 방식으로 한국을 사랑한다. 한국이 날 사랑하지 않아도 난 한국을 사랑한다.

내가 한국을 사랑하는 때는 친구와 함께 구리 냄비에 담긴 홍합을 먹으면서 작은 유리잔으로 소주를 연거푸 들이켤 때다. 그 뚱뚱

한 아저씨네 식당에서 지글거리는 돌솥에 담긴 비빔밥을 먹을 때다. 내 작은 방 안에서 혼자 마카로니 치즈와 미국식 아침식사로 씨리얼을 먹을 때다. 난 그 많은 입양인의 몸에 밴 "하우 아 여스(How are yas)?"라는 미국식 인사와 그놈의 위대한 미국식 낙관주의와 호기심을 사랑한다. 내가 한국을 가장 사랑하는 때는 미국식으로 먼 곳까지 자동차 여행을 할 때다. 동해에서 서해까지, 북쪽에서 반도 남쪽까지, 일본 쪽을 바라보는 강원도의 돌투성이 바위투성이 산에서 중국 쪽을 바라보는 서해의 평평한 모래해안까지, 북한에 가까운 포천에서 배를 만드는 남쪽 끄트머리의 무더운 섬까지, 킬로미터 단위로 길이가 매겨진 고속도로를 달리는 게 너무 좋다. 나는 내 엄마의 한국을, 산나물을 캐는 이 척박한 생존의 나라를 사랑한다. 나의 자매들은 엄마 무덤에 가면 근처에서 산나물을 캐서 집으로 가져가 저녁 식탁에 올린다. 난 내 친구들의 한국, 냉장고 깊숙이 김치를 넣어두고 그 위에 짭짤한 맛이 나는 까만 덴마크산 사탕을 올려놓는 한국을 사랑한다. 난 프랑스 요리와 벨기에산 맥주, 캐러멜을 채운 얇은 네덜란드식 와플과 까페라떼의 냄새를 맡을 때 한국을 사랑한다. 난 불교 승려들이 당구나 탁구를 잘 치게 해달라고 산신에게 비는 한국을 사랑한다. 난 제부도라는 다리 없는 작은 섬을 사랑한다. 그곳에서 육지로 가는 길은 하루 두 번 썰물 때 마치 서해에서 솟아오르듯 나타났다가 밀물이 오면 다시 바다로 가라앉는 타르 포장로뿐이다. 나는 한국의 시골생활을 사랑한다. 내 오빠는 어느 가게에 가든, 몇푼 안되는 물건을 사고도 무조건 그 자리에 앉아 커피나 주스를 한잔 하면서 친구들과 한

담을 나누고, 그런 다음에는 또 가게 앞에 좀더 서 있다가 걷거나 트랙터를 타고 지나가는 마을 사람들과 이야기를 나눈다. 난 시골 사람들이 너무 좋다. 그들은 내가 책에서 본 한국인들처럼 다정하고 느긋하기 때문이다. 농사일과 해의 움직임을 따라 사는 그 느긋한 삶을, 처음 보는 사람까지도 내가 오빠 동생이란 걸 아는 그곳을 내가 얼마나 사랑하는지 모른다. 언젠가 나도 평범한 시골 사람이 되어 오빠네 근처, 엄마의 고향에 살게 될 날을 얼마나 바라는지 모른다. 그럴 일은 결코 없으리라는 걸 잘 알면서도 말이다.

이 나라를 오간 지 십일년이 되었고, 그동안 나도 많은 것을 배웠고, 이곳에 속하기 위해 그토록 노력했지만, 한국인들이 나에게 던지는 질문들은 변함이 없다. "대한민국(*Daehanminguk*)이라고 할 줄 알아요?" "김치 좋아해요?" "한국 남자 좋아해요?" "아리랑 부를 줄 알아요?" 아리랑을 부르는 버림받은 여자, 고개에서 애인에게 외면당한 그녀는 애인이 자기 없인 십리도 못 가서 발에 병이 날 거라고 노래한다. 한국 사람들에게 이별은 통증을, 아픔을 유발한다. 한국 사람들에게 이 노래는 한국인이라는 존재의 표현이다. 이런 것이 한(*han*)이다. 이런 것이 정(*jeong*)이다. 한국이여, 난 당신들의 노래를 당신들보다 훨씬 잘 이해한다. 어째서 당신들은 과거를 뒤에 남겨둘 수 있다고 생각하는가?

난 한국인이 말하는, 한국인이 가져야 할 특성들이 제거된 사람이지만 그래도 한국을 사랑한다. 한국에서 난 배가 덜 고프기 때문에 한국을 사랑한다. 한국에서 난 덜 위험하다고 느끼기에 한국을 사랑한다. 이곳 한국은 나의 불편한 집이기에 한국을 사랑한다. 난 계속 슬프지만 한국을 사랑한다. 내가 태어난 곳이고 나의 모든 조상들이 태어난 곳이고 그들이 죽은 곳이고 내가 죽고 싶은 곳이기에 한국을 사랑한다. 난 한국인이기에 한국을 사랑한다.

산뜻하기만 한 결말은 가짜 결말이다. 진짜 이야기는 원인과 결과의, 뿌리기와 거두기의 끝나지 않는 대차대조표다. 그러니 장면은 다시 저 붉디붉은 서울로 돌아간다. 이번엔 호텔 쏘피텔 앰버서더 인근, 입양인들이 운영하는 지원단체 '해외입양인연대'(G.O.A.L)의 연례모임이 끝난 시점이다. 이날 밤엔 아무도 소주를 마시지 않는다. 와인이 공짜니까. 호텔 바에서 오가는 대화는 여느 때와 똑같다. "어디에서 왔어?" "여기 얼마나 있었어?" "어디에서 일해?" 그리고 "언제 돌아갈 거야?" 우리는 한국인들에게 자기가 자란 곳을 두고 습관적으로 거짓말을 하는 이들을 귀로 탐지할 수 있다. 미국 입양인들은 뉴욕에서 자랐다고 주장하는 켄터키 여자에게 속지 않는다. 덴마크 입양인들은 코펜하겐에서 자랐다고 주장하는 지방 입양인들에게 속지 않고, 서울에서 웬만큼 산 입양인이라면 거의 누구나 벨기에인이 쓰는 프랑스어와 프랑스인이 쓰는 프랑스어를 구별한다.

빨간색, 노란색, 파란색의 무대 조명 아래에서 밴드가 연주를 시작한다. 엄청나게 짧은 치마에 손바닥만 한 윗옷을 입고 너무 진한 화장을 한 여가수 셋을 포함한 필리핀인 밴드다. 그들을 보고 있자니, 줄줄이 늘어선 유리창 안쪽으로 밀실을 감춘 커튼 앞에 정렬해 붉은 정육점 조명을 받고 있던 용산의 여자들이 떠오른다. 저들은 용산의 '그런 아가씨들'과는 다른 방법으로 자기를 팔고 있지만, 하는 일은 다르지 않다. 어느 쪽이나 관객 앞에서 1980년대에 유행한 미국 팝과 최신 한국 팝을 불러야 한다. 입양인들은 무대에 올라가도 한국어 노랫말을 몰라 결국 노래를 못하니까.

그래도 우리가 아는 영어 노래들은 우리를 과거로 보내준다. 내 친구의 마음은 네덜란드의 조선소에서 일하던 시절로 돌아가고, 그러다 문득 다시 차를 몰고 출근하면서 열린 창문으로 소금기 어린 시원한 바닷바람이 불어와 얼굴에 닿는 기분을 느낀다. 그는 암스테르담 운하를 따라 늘어선 까페들과 해시시를 파는 커피숍들, 잠에서 깨는 모습이 잠들 때만큼 아름다웠던, 지금은 다른 사람의 아이를 낳은 엄마인 예전 여자 친구를 그리워한다. 또, 한 친구는 어떤 노래를 들으면 다시 사랑에 빠진다. 그 노래를 처음 들었던 밤이 떠오르고, 자기를 아름다운 사람으로 느끼게 해주고 몇달간 꿈꾸게 해준 미술학교 남학생이 떠오르는 것이다. 그리고 밴드가 「써머타임」을 재니스 조플린풍으로 연주하기 시작하면 나도 과거로 돌아간다. 그 무엇에도 비할 데 없이 강렬한 조플린의 목소리에서 온 세상 사람들은 제물처럼 파괴된 삶이었음에도 실로 신성했던 그녀의 영혼을 느낄 수 있었다. 또, 우리가 비록 뜻밖에 세상에 나온 존재라 할지라도 모든 음악을 통해 시간과 공간을 넘나들며 서로에게, 또 자기 자신에게 마음을 더 활짝 열게 되듯이, 조플린의 음악은 우리로 하여금 그녀의 마음을 들여다보게 해주었다.

여기, 내가 세상에 나오게 된 사연이 있다. 엄마가 아홉살 때 할머니가 심장마비로 쓰러져 돌아가셨다. 이미 아들도 소도 다 있는 집에서 별 가치가 없는 막내딸이었던 엄마는 이웃 마을의 어느 가난한 집에 시집보내졌다. 그 첫 남편이 죽자 엄마는 돈을 벌러 서울로 가야 했다. (시어머니의 집에 성인 남자가 없어서였다.) 그때 엄마는 어린 아들을 데리고 가고 싶었다. 하지만 그 아들은 시조로부터 23대 장손이라서 엄마의 아들이라기보단 집안의 아들이었다. 그래서 엄마는 그의 죽은 아버지와 조상 전부가 있는 산 옆에 아들을 두고 집을 떠나왔고 아들은 시어머니 손에 자라게 되었다. 엄마는 가끔 통닭과 신발을 들고 집에 내려왔다.

대도시에서 일하는 여자에게는 그녀를 지켜줄 남자가 필요하지 않던가? 그리하여 내가 엄마와 엄마의 두번째 남편 사이에서, 아들이 없던 아버지의 별 가치 없는 다섯째 딸로, 길거리에서 태어났다. 시간이 지나, 아버지는 내 얼굴에 담요를 덮고 날 죽이려고 했다. 난 거부했다. 시간이 지나, 나는 고아원에서 거의 굶어 죽을 뻔했다. 난 그때 벌써 엄마가 아닌 사람이 주는 밥은 안 먹으려고 했었나보다. 그러나 그때도 난 죽음을 거부했다. 시간이 흘러 나도 모르는 사람이 날 죽일 계획을 세웠다. 그의 계획은 계획으로만 남았다.

난 내 삶도 내 죽음도 허투루 쓰지 않을 것이다. 아버지 손에 죽었거나 강간범의 총에 맞아 죽었다면, 심지어 굶어 죽었다면 아무 의미 없었을 것이다. 내가 나의 성(性) 때문에 가치 없는 존재로 여겨지긴 했지만, 이제까지 한국 여자들이 겪어온 그 모든 고통에 가치가 없을 순 없다. 엄마와 딸의 관계가 가치 없을 리 없다. 외로움마저도 가치 있을 수 있다.

나는 피아노 앞에서 나의 외로움을 갈고닦았다. 한번에 육십분씩, 구십분씩, 네시간씩. 주방의 타이머가 그 끝없는, 깊은, 변치 않는 다정함을 쟀다. 난 한국에 오기 전에 피아노를 다른 작가에게 팔았고 악보들은 카나리아와 앙고라고양이와 함께 사는 남자에게 팔았다. 하지만 그 외로움은 여기까지 가져왔다가 한국에서 보낸 천일과 맞바꾸었다.

그 천일 동안 난 푸른 소나무와 눈부신 파란 하늘과 서울 남쪽의 초현대식 동네인 압구정의 선명하고 하얀 밝은 불빛들과 한강 북쪽에 있는 궁들의 절제를 모르는 전통 색채들을 보았다. 그렇지만 눈을 감고 한국을 떠올릴 때 내 마음에 도드라지는 색은 붉은색이다. 신호등의 붉은색, 정육점의 붉은색, 소방차의 붉은색, 창녀의 붉은색, 예수님은 모든 어린이를 사랑하신다는 붉은색. 눈을 감고 한국을 떠올릴 때 나에게 가장 익숙한 장소는—그간 그 많은 곳에 다녀왔는데도, 또 한국인 동료들에 둘러싸여 주 육십시간을 일하고 회식도 자주 하고, 한편으로는 입양인 활동가 모임에 나가고 밤에는 세계 각지에서 온 사람들과 포커를 치고 클럽에 다니는데도—문을 닫아둔 내 방이다. 그 닫힌 문은 이 건물에서 저 건물로, 이 도시에서 저 도시로 옮겨다녔고 그 와중에 책과 옷이 전보다 많아졌고 전자 피아노까지 생겼다. 하지만 그 천일의 밤에 어느 문안에서나 외로움은 언제나 똑같았다. 때는 언제나 밤, 계절은 언제나 장마철. 반도 절반과 수백개의 섬으로만 이루어진 나라는 어디에나 물이 있다.

남한의 해안과 북한의 해안을 함께 넘실대는 서해는 나의 자매들이 아버지의 유골을 뿌린 곳이다. 그들은 그렇게 해서 아버지를 전쟁 전에 그가 살던 북녘으로 돌려보냈다. 이제 이 세상에 이 남자가 존재했음을 보여주는 표식은 아무것도 없다. 아들이 없는 그의 가계는 그의 시신과 함께 재로 돌아갔다. 아무 가치가 없다며 자기 다섯째 딸을 죽이려 했던 이 남자는 흔적도 없이 사라졌다. 그러나 나는 아직 살아 있다.

난 한국에서 천일을 살았고, 최소한 천일은 더 한국에 살고 싶습니다. 그 천일이 어떤 날이 되든 오게 해주세요. 비가 오면 오게 하고 눈이 오면 오게 하고, 햇빛과 스모그가 가득하면 가득한 대로 맞게 해주세요. 태풍과 황사가 불어닥치다 잠잠해지고 또 불어닥치다 잠잠해지게 해주세요. 내 사람들이 내 나날을 채우게 해주세요. 그들이 아무리 아프고 아무리 복잡하고 아무리 단순한 사람이라도 그리 해주세요. 내 밤들이 한 남자와 함께, 한번도 본 적은 없지만 그의 습관을 내가 익히 알고 벽 저편에서 잠드는 그 남자와 함께 조화롭게 숨 쉬는 것으로 막을 내리게 해주세요. 혹시 외로움이 나를 신부로 선택한 것이라면 그의 신부가 되게 해주세요. 그 외로움 안에서 온전해지게 해주세요. 그 외로움 안에서 인간이 되게 해주세요. 다른 이들의 인간다움을 믿게 해주세요. 그들도 나의 인간다움을 믿게 해주세요. 내 영혼의 불이 꺼지지 않게 해주세요.

피아노 건반이 있는 풍경. 그 속에서 현재의 덧없는 환영들은 과거가 되고, 그것은 다시 현재의 현실에 제 모습을 비춘다. 그러나 우리가 어떤 과거를 지나왔든, 우리가 어떻게 다르든, 우리가 무엇에 실패하고 무엇에 성공했든 간에, 우리는 결국 혼자, 또 다 함께 마지막에 이를 것이다. 음악가들, 시인들, 공장 노동자들 모두 그곳에 이를 것이다. 위험할 정도로 미친 사람들, 암살자들, 피살자들 모두. 마음씨 좋은 사람들, 악의 없는 사람들, 악덕업자들과 타락한 사람들 모두. 엄마들, 아이들, 이름 붙일 수 없는 존재들, 우리(*uri*), 위(we), 모두. 우리는 이처럼 두렵고도 경이롭게 만들어졌고, 자기 말과 자기 손이 빚어내는 하나뿐인 미래의 거주민이다. 그리고 아직 오지 않은 그때에 우리가 하는 일은 공정하고 너그럽고 진실되고 풍요로울 수 있으리라.

그러리라는 것을 나는 너무도 잘 알고 있다.

저자 주석

이 책의 제목 '덧없는 환영들'(fugitive visions)은 쎄르게이 쁘로꼬피예프의 「덧없는 환영들」(작품번호 22)에서 가져왔다. 이 작품은 느슨하게 연결된 스무개의 짧은 피아노곡으로, 일부만 연주하거나 순서를 바꿔 연주하는 경우가 많다. 쁘로꼬피예프는 이 제목을 러시아 시인 꼰스딴띤 발몬뜨의 시 「먀몰요뜨노스띠」(Mymolyotnosti)에서 취했는데, 이 러시아어 제목의 프랑스어 역어가 '비지옹 퓌지띠브'(Visions fugitives), '덧없는 환영들'이다.

1장의 인용문 출처는 맬컴 L. 웨스트(Malcom L. West), 에이드리엔 E. 셸던켈러(Adrienne E. Sheldon-Keller)의 『관계 맺기의 유형들: 성인 애착에 대한 조망』(*Patterns of Relating: An Adult Attachment Perspective*)과 로버트 카렌(Robert Karen) 박사의 『애착 형성: 최초의 관계 및 그것들이 우리의 사랑 능력을 형성하는 방식』(*Becoming Attached: First Relationships and How They Shape Our Capacity to Love*)이다.

덧붙여 "어머니 보고 싶어"라는 한국어 문장은 차학경(Theresa Hak Kyung Cha)의 『딕떼』(*Dictée*)에 실린 사진과 관련이 있다. 그 사진에는 "고향에 가고 싶다" "배가 고파요"라는 문장도 있다.

2장의 인용문 출처는 『쎄인트폴 파이어니어』(*St.Paul Pioneer Press*)지와 토니 모리슨(Toni Morrison)의 『어둠 속의 유희: 백인성과 문학적 상상력』(*Playing in the Dark: Whiteness and the Literary*

Imagination)이다.

미네소타 주 쎄인트피터 소재 병원 관련 자료는 맨케이토 주립대학 기념도서관의 미네소타 남부역사관 기록보관소에서 확인할 수 있다.

4장의 인용문 출처는 장말희, 박명숙 지음, 『이주 근로자를 위한 빠르고 쉽게 배우는 한국말』(*Quick and Easy Korean for Migrant Workers*, 장락 2007)이다. 그 뒤에 실은 자료는 미국 국방부의 훈련교본에서 가져온 것이다.

3장과 4장에 나오는 쁘로꼬피예프 회고록 발췌문의 출처는 『쎄르게이 쁘로꼬피예프: 자서, 논설, 회고』(*Sergei Prokifiev: Autobiography, Articles, Reminiscences*)다.

7장의 피아니스트 스비아또슬라프 리히터의 인용문 출처는 할로우 로빈슨(Harlow Robinson)의 『쎄르게이 쁘로꼬피예프 자서전』(*Sergei Prokoviev: A Biography*)이다.

작가 본인을 제외한 이 책에 등장하는 인물들의 이름은 전부 실제와 다르다.

작가의 말

한국전쟁의 '종전' 이후로, 이십여만명에 달하는 남한 아이들이—정부 자료에 기록된 수치에 기록되지 않은 수치까지 합하면—'고아'로서 합법적으로 입양 목적으로 서양에 보내졌다. 이들은 주로 미국, 프랑스, 스칸디나비아 국가들에 입양되었다. 이렇게 동양에서 서양으로 아이들을 보낸 목적은 아이들에게 '더 나은 삶'을 제공하기 위해서였고, 입양을 승인한 서류들은 아이들에게 '깨끗한 단절'을 제공할 의도로 작성되었다.

그러므로 1980년대 후반, 남한에서 군사독재가 종식된 후 해외로 입양되었던 한국인들이 자신의 결정으로 입양국을 떠나 한국으로 돌아오게 된 것은 꽤나 놀라운 일이었다. 이 책이 쓰일 무렵(2004~08), 입양인들이 운영하는 단체인 '해외입양인연대'

(G.O.A.L, Global Overseas Adoptee's Link)에 따르면 한국에서 '입양인 단체' 활동을 하는 해외입양인들은 이백여명으로 추산된다.

한국에서 낯선 것들을 만나고자 자신의 가족과 나라, 언어, 문화를 떠나온 나의 입양 한국인 친구들이 그들의 삶의 일부를 볼 수 있는 특권을 내게 허락해준 것에 감사의 말을 전한다. 약 이십년 전에 한국에 돌아와, 지금 우리가 한국에 살도록 길을 열어준 이들에게 그 용기와 인내에 감사를 전한다. 2007년 한해 동안 해외입양된 1,364명 이상의 한국 아이들과, 우리가 태어난 곳으로부터 너무나 멀리 보내졌다는, 하찮은 것 같지만 결코 변하지 않는 사실 하나로 묶이게 된 그 모든 입양인들에게 언젠가는 우리가 찾아헤매던 것을 반드시 찾을 수 있다는 희망을 전한다.

이 책이 나오기까지 도움을 준 모든 이들에게 진심 어린 감사를 전한다. 그레이울프(Graywolf Press) 출판사 직원들이 보여준 인내와 자상함, 특히 편집자 피오나 매크레이와 앤 차르니에츠키에게 감사드린다. 스코빌 게일런 고시 에이전시의 애나 고시와 섀넌 퍼넬페더는 이 책을 기획하고 출간될 수 있게 도와주었다. 또, 로프트 커리어 이니셔티브 기금과 로프트맥나이트 예술가 지원기금 측의 충분한 지원 덕분에 글을 쓸 시간을 낼 수 있었다. 내게 지적, 예술적 모험의 기회를 제공해준 미니애폴리스의 옥스버그 대학 영문과 교수님들과 음악과에는 늘 신세를 진 기분이다. 특히, 내가 피아니스트 질 도우는 프로그램에 짧은 산문시를 덧붙이게 해 「덧없는 환영들」 연주회 때 주었고, 그 산문시가 십년이 지나 이 책의 일부가 되었다. 현대미국시를 가르쳤던 존 미첼(1940~2006)의 강의는 나의 산문시들에 영감을 주었다. 『스커트 풀 오브 블랙』(*Skirt Full of Black*)의 저자이기도 한 신선영과, 『인종 간 입양의 사회학』(*Outsiders Within: Writing on Transracial Adoption*, 뿌리의집 2012)을 공동으로 집필한 다른 저자들의 글 역시 내게 지대한 영향을 미쳤다. 내가 한국에 머물 수 있었던 데는, 미네소타의 내 여자 친구들이 큰 역할을 해주었다. 김재란, 섀넌 기브니, 이희원, 베스 경 로우, 김박 넬슨에게 특히 고맙다. 앞서 언급한 사람들과 더불어, 곽사진, 토비아스 휘비네뜨, 그레고리 최, 송재평은 내 초고를 보고 예리한 지적을 해주었다. 마지막으로, 입양인들의 세계에서 다양한 프로젝트를 수행하고 있는 너무도 많은 사람들을 일일이 거론할 수는 없지만, 서울의 단체들, 해외입양인연대(G.O.A.L)와 뿌리의집, 국외입양인연대(ASK, Adoptee Solidarity Korea), 진실과화해를위한 해외입양인모임(TRACK), 국제한국입양인봉사회(InKAS)에 감사를 전하고 싶다. 그리고 나를 집으로 맞아들여주고 나를 자매로 인정해준 그 용기와, 우리 가족을 재구성할 기회를 베풀어준 내 오빠와 언니들에게 진심 어린 감사와 변치 않는 사랑을 전한다.

제인 정 트렌카

한국어판에 붙여

『덧없는 환영』을 쓴 지 육년이 지난 지금, 나는 여전히 한국에 살고 있다. 내가 속한 귀국입양인 단체도 사람 수는 크게 늘었지만 상황은 육년 전과 똑같다. 현재 한국의 교도소에서 복역 중인 사람이 세명, 범죄에 연루되어 미국에서 강제추방되고 미국 시민권을 박탈당한 사람이 열명쯤 된다.

지금까지 스웨덴으로 입양된 한국 출신 입양인 중 사망자 수는 백십명이 넘는다. 그들의 이른 죽음은 자살이나 다른 형태의 폭력이 사망 원인이었음을 알려준다. 또, 북유럽 국가들만큼 인구통계가 정확하게 수집되지는 않는 미국에서도 지금까지 미국인 양부모의 손에 살해당한 한국 출신 입양인이 열두명에 이른다는 사실을 신문 헤드라인만으로도 쉽게 확인할 수 있다.

러시아 출신 어린이들도 마찬가지다. 지난 십여년 사이, 미국에서는 학대와 방치 끝에 죽음에 이른 러시아 입양아가 열아홉명에 이르렀고, 이에 러시아는 2013년 1월 1일부로 미국으로의 입양을 금지하는 결정을 내렸다. 이 조치로 한국은 미국의 4대 입양아 수출국에서 에티오피아, 중국에 이은 3대 수출국으로 올라서게 되었다. 미국에 유학을 가는 한국 학생들에게는 정말 당황스러운 현실일 것이다.

기적과도 같은 경제성장을 이루고 일부 계층이 막대한 부를 누리는 한국은 지금도 매년 약 구백명의 어린이를 해외로 입양 보내고, 아이들을 고아원에서 살게 하며, 취약가정에 충분한 지원을 하지 않는다. 아직도 이 사회는 미혼모에게 아이를 포기하라고 압박한다. 아직도 아버지들은 무책임하게 행동해도 되고, 자신의 아이를 돌보지 않아도 괜찮다. 아직도 부모들은 이혼하면 아이를 고아원에 맡긴다. 아직도 여자는 남자보다 적은 돈을 받고 일하며, 그 때문에 많은 여자들이 살아남기 위해 남자에게 의존한다. 한국의 성평등도는 세계 최악의 수준이다. 해외입양 프로그램은 모든 구성원에게 충분한 사회복지를 보장하지 않는 사회의 편견과 정부의 태만을 압축적으로 보여주는 현상인 것이다.

한국 최초의 여성 대통령으로 취임하는 박근혜 대통령이 이 상황을 타계할 수 있을까? 희망을 품어보고 싶지만, 그가 청와대에 살던 시기에 51,563명의 한국 어린이가 해외에 입양되었고, 그중 33,200여 명이 그가 퍼스트레이디로 있던 시절에 입양되었다. 박근혜 대통령은 사회의 가장 힘없는 이들을 위해 그간 무엇을 했던가

묻고 싶다.

우리의 새 대통령이 진심이든 체면치레이든 간에 해외입양인과 그 가족 들에게 사과할 의지가 있다면, 진정 의미있는 것이어야 하고, 이 위험한 사업을 중단하겠다는 의미여야 한다. 해외입양으로 아이들을 내보내는 일을 그만두려면 정부는 나라의 가장 어린 구성원의 권리를 보호하고 그들의 가족을 지원하는 데 지금보다 훨씬 더 많은 노력을 기울여야 할 것이다.

또, 진정 의미있는 사과라면 입양과 관계된 범법행위에 대해서도 모두 밝혀야 할 것이다. 입양 프로그램과 관련된 결정이 이루어진 고위급 회담들의 진상 역시 낱낱이 공개해야 한다. 그래야만 그 결정들이 일방적이진 않았는지, 정말로 대상이 된 아동의 이익만을 위하는 결정이었는지, 아니면 외화 축적을 노리고 원조나 일괄거래 품목으로 아이들을 거래한 것인지 알 수 있을 것이다.

또, 보건복지부가 위임한 한국의 사설 입양기관들이 보유한 모든 기록을 공개, 조사해야 한다. 은폐해야 할 범법행위가 없다면 떳떳하게, 보육 관련 기록은 물론 급여, 부동산, 해외여행, 고아원 책임자와 아동 발견자 들이 받은 선물과 사례금 등을 포함한 모든 내용을 공개해야 할 것이다.

미화 800달러에 내 몸이 팔려간 지 사십일년이 지났다. 어마어마한 확률을 뚫고 나를 비롯한 수많은 해외입양인이 국외추방과 입양생활에서 살아남아 한국으로 돌아오고 있다. 나는 우리의 '부재'가 아닌 우리의 '존재'가 이 나라 현대사의 일부가 되길 바란다. 여전히 민주화가 진행 중인 이곳에서, 아직도 수많은 이들이 인간으로서 존엄한 삶을 살고자 고군분투하고 있는 이곳에서, 우리가 힘있는 자들이 아니라 힘없는 자들에게 도움이 될 수 있기를 희망한다.

2012년 12월 31일, 서울에서

제인 정 트렌카

역자 후기

해외입양인 작가 제인 정 트렌카의 두번째 소설 『덧없는 환영들』(*Fugitive Visions*)은 2009년 발표되었다가 올해 한국어판이 나오게 되었다. 2013년 들어 한국사회의 미래를 가늠하려는 사회적 지혜가 그 어느 때보다 더욱 긴요해진 시점에 제인 정의 작품이 한국 독자들과 만날 수 있게 된 것이다. 이 작품은 21세기를 사는 한국인으로서 우리가 우리 자신과 주변을 깨어 있는 눈으로 응시하게끔 독려한다. 지금의 삶이 과거에 비해 향상되었다고 느끼는 사람, 과거의 개발독재에 휩쓸리고 짓뭉개진 삶의 파편들이 있다손 쳐도 오히려 그 기성세대의 삶에서는 도전과 보상이 가능했고 이젠 그게 불가능하지 않나, 하고 반문하는 사람에게 이 작품은 그 삶의 향상과 도전, 그리고 보상이 과연 어떤 것이었는지 따져볼 수 있도록 해준다.

작가의 첫번째 소설 『피의 언어』(*The Language of Blood*, 도마뱀출판사 2012)의 속편이라 할 이 책에서 작가는 해외입양인의 혼란스러운 경험, 그 파편화되고 산재된 기억들을 총체적 구조로 축조해낸다. 주인공 경아의 기억은 마치 양손이 빚어내는 피아노의 선율처럼 한국과 미국에서의 기억들을 따라 자유로이 오가면서 통합된 의미를 구성한다. 그 의미의 핵심은 '터의 기억'이라 할 만하다. 달리 말해, 경아가 살아낸 땅이 곧 경아가 되는, 더 나아가 우리가 살아낸 땅이 곧 우리가 되는 바에 대한 이야기이다. 경아에게 미국에서의 삶, 한국에서의 삶은 극복의 대상이기보다는 통렬하게 되짚어 기억해야 하는 생생한 현재다. 그 각각의 터전에서 보낸 하루하루를 깨어 있는 의식으로 기억하고 바라볼 때 사람은 그 자신의 터속에서 굳건히 살아 있을 수 있다,라고 경아의 경험을 통해 작가는 말을 건넨다.

작품이 전해주는, 습속과 형편에 쫓겨 흩어져 살아야 했던 경아 가족의 이야기는 어느 외딴 개인들의 삶의 면면으로 볼 것이 아니라 지리적으로 분단되어 외국군이 주둔한 우리 사회의 현실과의 상동관계 속에서 이해할 문제이다. 삶의 터전이 분단과 점령이라는 거대서사에 함몰되어 있는 사회에서 그 주민들이 마음 놓고 아기를 낳아 기를 권리는 걸핏하면 짓밟히거나, 그러한 유의 거대서사에 봉사하는 한에서의 권리로 축소될 수밖에 없다. 덧붙여, 오늘날 우리가 만들어내고자 하는 여러 이야기들, 다문화주의와 초국가주의, 세계시민으로서의 한국인이 실상 어느 지점까지 왔는지를 안과 밖에서 두루 비춰주는 작가의 예리하고 섬세한 통찰은 이 작품이 거둔 또 하나의 값진 성과이겠다.

책을 내기 전, 서울과 군산에서 몇차례 제인 정과 만났다. 그는 근간 여러 매체를 빌어 한국사회, 더 나아가 세계현실에서 아동을 사고파는 관행으로써 입양이 일반에 왜곡되어 알려지고 심지어 권장되는 현실에 맞서 분투하고 있다. 나아가 우리 사회의 아이들이, 무척이나 부당하게도 시혜와 자비로 풀이되는 입양 절차를 거쳐 '깨끗한 단절'을 당하도록 권장되기보다는 그 시작에서부터 친부모로부터 버림받지 않고, 태어난 아기가 친부모에게 듬뿍 사랑받으며 자랄 수 있는 사회를 만드는 게 우선이라는 그의 주장과 그 뜻을 같이 하는 사회 실천가들의 노력이 좋은 결실을 맺기를 응원한다. 여러모로 부족한 옮긴이의 번역에서 실수를 꼼꼼히 바로잡아주고 가다듬어준 오윤성 씨와 창비 편집부에게 감사드리며, 원고가 책으로 나오기까지의 시간 동안 최초 독자 노릇을 해준 남편 김진국에게 고마움을 전한다.

2013년 1월, 연구실에서

이일수

덧없는 환영들

초판 1쇄 발행/2013년 1월 30일

지은이/제인 정 트렌카
옮긴이/이일수
펴낸이/강일우
책임편집/권은경
펴낸곳/(주)창비
등록/1986년 8월 5일 제85호
주소/413-120 경기도 파주시 회동길 184
전화/031-955-3333
팩시밀리/영업 031-955-3399 편집 031-955-3400
홈페이지/www.changbi.com
전자우편/lit@changbi.com

ISBN 978-89-364-7224-5 03840

* 책값은 뒤표지에 표시되어 있습니다.